KB114581

HERO2300

FUSION FANTASTIC STORY **영웅2300**

말리브 장편 소설

영웅2300 6

말리브 장편 소설

초판 1쇄 찍은 날 § 2016년 8월 16일
초판 1쇄 펴낸 날 § 2016년 8월 23일

지은이 § 말리브
펴낸이 § 서경석

편집책임 § 고승진

펴낸곳 § 도서출판 청어람
등록번호 § 제387-1999-000006호
등록일자 § 1999. 5. 31
어람번호 § 제1-2505호

주소 § 경기도 부천시 원미구 부일로 483번길 40 서경B/D 3F (우) 14640
전화 § 032-656-4452 팩스 § 032-656-4453
http://www.chungeoram.com
E-mail § chungeorambook@daum.net

ISBN 979-11-04-90933-7 04810
ISBN 979-11-316-9111-3 (세트)

HERO 2300

FUSION FANTASTIC STORY

영웅2300

말리브 장편 소설

6

[완결]

청어람

CONTENTS

1장

새로운 장비들

오열은 주위를 둘러보고 아바타 접속을 종료했다. 지금 있는 곳의 광물을 채취하는 것은 여러모로 아주 중요했다. 새로운 형태의 방어구를 만들려면 이 뉴비드 행성에서 나는 에너지스톤이나 마나석이 필요하기 때문이다.

지구에 있는 몬스터의 진화 속도를 능력자들이 따라잡지 못하고 있었다. 터키와 아프리카의 남수단 일부 지역은 몬스터의 준동으로 말미암아 사람들이 살지 못하는 불모지가 되었다. 또 시간이 흐를수록 그러한 지역이 점차 증가하는 추세이기도 했다.

몬스터의 부산물이 인류에게 새로운 형태의 산업을 가능

하게 만들어주기는 했지만 그렇다고 카오스에너지가 만능은 아니었다. 인류의 미래와 맞바꿀 정도로 가치 있는 것은 절대로 아니었다.

"왜 안 나오지?"

오열은 고개를 갸웃거렸다. 원래 아만다는 아바타 접속에 그다지 적극적이지 않았다. 아바타 접속보다는 옆집 아주머니와 수다 떠는 것을 더 좋아했다.

'뭐, 올슨이 있으니까 괜찮겠지.'

오열은 아만다가 아바타로 접속하고 있기에 걱정하지 않으려고 했지만 그녀가 시간이 지나도 접속 종료를 하지 않기에 의아했다.

'무슨 일이 있나?'

오열은 아만다의 아바타 접속기에 가서 외부 호출을 하려다가 말았다. 이유가 있으니 나오지 않는 것일 것이다. 노련한 용병들과 아바타의 조합은 위험도가 0%에 가까웠다. 또 아바타는 파손된다고 죽는 것이 아니다. 물론 아주 충격이 없는 것은 아니지만 대단치 않았다.

오열은 오랜만에 연금술을 하기로 했다. 이전까지는 연금술을 배우는 목적이 돈을 버는 것이었다면 지금은 인류에 대한 사명감 비슷한 것이 생겨 버렸다.

'왜 몬스터는 자꾸만 강해지는 것일까?'

오열은 아무리 생각해도 이상했다. 몬스터를 강력하게 만드는 것은 바로 카오스에너지다. 이는 오열이 몬스터에게서 추출한 생명에너지를 통해 실험하여 얻은 결론이다. 생명에너지를 먹은 몬스터는 강해졌다.

'어디선가 카오스에너지가 꾸준히 유입되고 있는 것이 틀림없어. 그런데 왜 지금에서야?'

몬스터는 왜 인간에게 적의를 느끼는 것일까? 오열은 생각을 거듭했다. 몬스터는 인간과 달리 특별한 조건만 맞춰주면 먹이를 먹지 않아도 생존하는 데 지장이 없다.

처음에 나타난 몬스터는 인간에게 에너지를 공급하는 것 이상의 의미가 없었다. 하지만 몬스터의 진화 속도가 빨라지면서 인간과 몬스터는 투쟁적인 관계에 놓이게 되었다.

"뭔가 있어."

오열은 몬스터를 급속도로 강하게 만드는 제3의 존재가 있을 것이라는 생각이 들었다.

오열은 메탈아머의 성능을 강화시키는 방법을 연구하기 시작했다. 이전에는 돈을 벌기 위해 연구를 했지만 이제는 돈은 쓸 만큼 있기에 순수한 열정으로 하는 것이다.

오열이 만든 장비들은 기존의 에너지 효율을 극대화시켰다. 힐러의 힐이 중간에 유실되는 것을 잡은 것 하나만 해도 인류사회에 엄청나게 기여했다고 볼 수 있다.

PMC가 의도하는 대로 이영 공주가 착용한 장비들을 더 많은 이들에게 확대하려면 천문학적인 금액이 투입되어야 한다. 메탈아머 하나만도 1조가 넘는 돈이 들어가는 엄청난 프로젝트다. 하지만 그 작업을 등한히 한다면 메탈사이퍼들은 몬스터를 이길 수 없게 된다.

'다행히 이영 공주가 몬스터 사냥에 나선 것은 엄청난 일이야!'

현재 한국에서 가장 강한 능력자는 당연히 이영 공주다. 그녀는 후천적으로 각성한 것이 아니라 태어날 때부터 능력자였으니까. 능력치의 차이는 일반 능력자들과 비교하는 것 자체가 의미가 없을 정도이다. 그런 이영 공주가 몬스터사냥꾼이 된 것은 그나마 다행이라고 할 수 있다.

특히 몬스터사냥꾼인 이영 공주는 본체도 아닌 아바타. 전투에 참여하는 인간 중에서 몇몇은 이제 아바타로 접속이 가능하게 될 것이다. 그렇게 된다면 인간은 몬스터와의 싸움에서 조금은 유리해질 수 있게 된다.

'마법을 배워보면 어떨까?'

오열은 2서클까지 마법을 알고 있다. 공격마법보다는 연금술과 관계된 마법에 국한된 것이긴 하지만 장비를 제작하는데 많은 도움이 된다. 오열은 5서클에 이르는 마법을 배우면 달라지지 않을까 하는 막연한 생각이 들기도 했다.

'한번 생각해 보자.'

마법과 연금술을 결합시키는 것이다. 오열은 보다 강력한 장비를 만들 수 있는 것은 '네트'라는 신물질을 몬스터에게서 발견했기 때문에 가능한 것도 있지만 강화마법진을 사용하여 안전성을 높인 것도 한몫했다. 그런데 더 상위의 마법을 안다면 더 강력한 장비를 만들 수 있게 될지도 모른다.

오열이 네트를 이용하여 만든 장비는 기존의 것보다 45%의 효율성을 가졌다. 때문에 힐러들의 장비는 115%라는 엄청난 효율성을 가지게 되었고. 힐러들이 대상에게 힐을 시전할 때 약 30%에 가까운 에너지가 중간에서 유실되고 있었는데 오열이 만든 장비 덕분에 오히려 115%로 힐의 양이 늘어난 것. 무엇보다 고무적인 것은 힐의 시전 속도가 빨라져서 메달 사이퍼들에게 위험이 줄어들게 되었다.

'인류의 미래를 구원해 줄 수 있는 것은 어쩌면 연금술이 될지도 몰라.'

오열은 이런 상상을 하면서 빙그레 웃었다.

'그나저나 이제 슬슬 생명에너지를 카오스에너지로 만들어 팔아먹어야 할 텐데.'

창고에 가득 찬 생명에너지를 보며 오열은 생각에 잠겼다. 하지만 당장은 쉽지가 않다. 카오스에너지가 어디서 났는지 그 출처를 밝히지 않으면 거래 자체가 곤란하게 될 테니까. 메탈드워프들이 버리는 마정석 찌꺼기에서 생명에너지를 추출하게 되었다는 것을 알게 된다면 메탈드워프들은 지금처럼 순순히 내주지 않을 것이다.

'창고를 더 지어야 하나?'

이제 돈이 많아 건물을 짓는 것은 문제도 되지 않는다. 그때였다.

지이이잉.

휴대전화가 울렸다. 오열이 액정을 보니 이기명 사장이다. 일전에 제일부동산 사장인 그에게 인근 땅 매입을 부탁했는데 어떻게 되었는지 궁금하던 차에 전화가 왔다.

"여보세요?"

[아, 여기 제일부동산입니다. 사장님께서 전에 부탁하신 땅을 땅 주인들이 모두 판다고 합니다.]

"그래요?"

[네. 48호에 있는 집도 매입할 수 있게 되었고, 앞산도 주인이 가격만 적당하다면 판매할 의사가 있다고 합니다.]

"아, 수고하셨습니다. 그러면 모두 면적이 어떻게 됩니까?"

[주택 부지가 5천 평이 조금 넘고요, 산을 포함하면 20만 평이 넘습니다. 그런데 가격이······.]

"가격이 얼마입니까?"

[주택 부지는 평당 1천 정도이고 산은 200을 달라고 합니다.]

"아, 네."

생각보다 많은 돈이 땅을 매입하는 데 들어갈 것 같다. 주택 매입에 5천억, 산을 매입하는 데 4천억이 들어간다. 엄청난 돈이지만 사실 주황색 마정석 하나 가격이 5천억이 넘어가는 것이 많아서 땅을 매입하는 게 그다지 부담되는 것은 아니다.

'산을 매입할 수 있게 된 것은 다행이군.'

오늘날의 산은 몬스터가 나타나는 경우가 있어 가격이 많이 하락하였는데 주인이 평당 200이나 부르는 것은 다소 무리가 있지만 오열은 판다고 할 때 매입하기로 마음먹었다. 통장 잔고가 많이 줄겠지만 앞으로 들어올 돈을 생각하면 그다지 부담되는 것은 아니다. 한국의 재벌과 명문가에는 미치지 못하지만 이미 오열은 거부의 명단에 들어간 지 오래되었다.

산을 매입하는 이유는 연금술 때문이다. 주택가에서 연금술을 연구하기는 쉽지 않다. 위험한 연구는 할 수 없으니 말이다. 도시 외곽이라고 하더라도 산이라면 마음 놓고 실험을 할 수 있을 것이다. 그렇게 된다면 지금보다 더 강력한 장비나 무기를 개발할 수 있게 된다.

특히 몬스터의 진화 실험은 더욱 그랬다. 허약한 몬스터에게 생명에너지를 먹여 몬스터가 어디까지 진화할 수 있는지를 살펴보는 것은 굉장히 중요한 연구지만 도심지에서 그런 짓을 했다가는 난리가 날 것이 뻔했다. 그래서 일정 수준이 되면 더 이상 실험을 해보지 못했다.

*　　*　　*

아만다는 화를 억누르며 주먹을 꽉 쥐었다. 그녀는 복수할

생각이다. 은혜를 원수로 갚은 철면피 귀족에게 따끔한 맛을
보여줄 생각이다.

위이잉.

아만다는 육안으로 기마대가 보이자 흥분되기 시작했다.
오늘 처음 사람을 죽였다. 그리고 지금도 안드로이 자작을 죽
일 생각을 하고 있다. 아만다는 생명을 구해준 호의가 미첼의
죽음으로 돌아온 것을 좀처럼 받아들일 수 없었다. 그녀와 함
께한 시간은 길지 않았지만 같은 여자라는 공통점 때문에 정
이 많이 들었다. 그런 그녀가 죽었다. 아무 잘못도 없이 오직
자기를 호위하다가 죽었다.

아만다는 피스톨의 탄창을 바꿔 끼웠다. 대량 살상 무기가
없는 것이 통탄할 정도로 분했다.

안드로이 자작은 자신의 눈을 믿을 수 없었다. 기사 중에서
가장 강한 만이슈가 죽었고, 30여 명의 기사 중에서 사망자가
11명에 달했으며 부상자는 6명이나 되었다. 기마병은 사상자
가 50여 명이나 되었다.

'젠장!'

안드로이 자작은 이를 악물었다. 중앙 정계로 진출하기 위
해서는 반드시 남부의 지배자인 맥버드 백작의 허락을 받아
야 하기에 많은 보물과 장비를 배에 실었다. 시일이 촉박하여
기마대가 배에 탑승하지 못하게 되자 육로를 통해 오기로 약
속했다. 여기까지는 아무 문제가 없었다. 하지만 오다프로스

강에서 해마리안 해적을 만날 것이라고 누가 짐작이나 했겠는가. 그리고 보코소 영지의 영주 더글라스 자작이 해마리안 해적과 손을 잡을 줄 어찌 상상이나 할 수 있겠는가.

"영주님, 맥버드 백작을 만나러 계속 가시겠습니까?"

"아니다. 철수한다. 빈손으로 그 영감을 만난다면 만나지 않는 것만 못하게 된다. 그는 나보다 내가 줄 뇌물에 관심이 많을 터이니 말이다."

"소문이 사실인가 봅니다. 보코소 영지의 더글라스 자작이 정말로 사고를 칠 생각입니다."

"흥, 그 건방진 놈이."

안드로이 자작은 더글라스 자작을 생각하며 이를 갈았다. 델포이 영지가 전쟁의 포화를 빗겨갔다면 더글라스 자작의 영지인 보코소는 오다프로스 강 덕분에 전쟁 중에도 상당한 부를 축적하였다. 오스만 왕국에 식량과 전쟁 물자를 배로 이송했는데 이때 더글라스 자작이 상당한 이득을 본 것이다.

"영주님, 그 백작 영애를 이대로 내버려 두어도 괜찮겠습니까?"

제이콥 기사가 걱정된다는 표정으로 조심스럽게 안드로이 자작에게 물었다.

"노톨리에스 영지라면 우리 왕국에서 두 번째로 좋은 왕실령이다. 그 영지의 주인인 백작의 영애라면 그냥 넘어가지는 않겠지."

말을 하면서도 안드로이 자작은 얼굴을 찡그리며 고통스러운 표정을 지었다. 반드시 죽여야 하는데 놓쳤다. 해마리안 해적으로 인해 경제적인 타격을 입었고, 아만다와 싸운 후에는 기사와 기마대원을 잃었다. 사실 기마병의 손실은 크지 않다. 비록 기마병이 다른 병과에 비해 전문성과 오랜 훈련을 해야 하는 특수성이 있지만 기사와 비교한다면 아무것도 아니었다.

　"만이슈 경을 죽게 만든 그 무기는 무엇일까요?"

　"나도 잘 모르겠네. 하지만 무시무시한 무기임에는 틀림없네."

　"아티팩트일까요?"

　"모르지."

　고대의 유물 중 하나라고 생각하는 제이콥과는 달리 안드로이 자작은 전혀 그렇게 생각하지 않았다. 아만다의 무기가 이전의 고대유적지에서 발굴된 유물과는 너무나 달랐기 때문이다.

　"영주님, 빨리 이곳을 벗어나야 할 것 같습니다."

　"뭐?"

　제이콥의 말에 안드로이 자작은 그게 무슨 소리인가 하고 반문하는 눈빛으로 제이콥을 바라보았다.

　"만약 그녀가 되돌아온다면……."

　제이콥은 더 이상의 말을 할 수 없었다. 그렇게 된다면 자작님의 목숨을 지켜드릴 자신이 없다는 말을 감히 할 수 없었던 것이다.

"좋다, 당장 오델만 남작령으로 간다."

"알겠습니다, 영주님."

제이콥은 고개를 돌려 남은 기사들과 기마대원에게 신속히 자리를 정리하고 오델만 남작이 다스리는 이세골로 가라는 명령을 내렸다. 이세골은 이곳에서 불과 반나절 거리에 있는 도시다. 그곳으로 간다면 어느 정도 안전을 담보할 수 있게 될 것이다.

"출발하라!"

제이콥의 명령이 내려지자마자 기마대와 기사들이 움직이기 시작했다.

아만다는 하늘에서 움직이고 있는 안드로이 자작의 기마대를 보았다.

'당한 만큼 돌려줄 거야.'

아만다는 중얼거렸다. 저 멀리 안드로이 자작의 모습이 들어왔다.

여자가 한을 품으면 오뉴월에도 서리가 내린다는 말이 있다. 미첼의 죽음에 분노한 아만다는 복수를 맹세했다.

위이이잉.

에어부스터가 속도를 낮추자 가까운 거리에서 기사들에게

둘러싸인 안드로이 자작이 보인다.

"흥!"

아만다는 안드로이 자작의 뚱뚱한 몸과 뻔뻔한 얼굴을 보며 피스톨을 겨루었다.

"어?"

기마병 하나가 무심결에 하늘을 바라보다가 아만다를 보고 놀라 소리도 지르지 못하고 손가락으로 허공만 가리켰다.

"자네, 왜 그러나?"

옆에 있던 기마병이 하늘을 올려다보고는 기겁했다.

"적이다!"

그의 외침에 기사들이 기민하게 대응했다.

"그년이 다시 온 것 같습니다."

"뭐라고?"

안드로이 자작이 제이콥의 말에 겁을 집어먹고 주위를 두리번거렸다.

탕!

아만다의 피스톨이 불을 뿜었다.

"크악!"

안드로이 자작 옆에 있던 기사 하나가 가슴에 총탄을 맞고 쓰러졌다.

"자작님을 보호하라!"

기사의 명령에 기사들과 병사들이 방패로 진형을 짜고 이

중으로 막아섰다.

"아! 빗나갔네."

아만다는 눈을 크게 뜨고 다시 조준하려다가 그만두었다. 이미 기사들이 완벽하게 안드로이 자작을 방어하고 있었기에 더 공격한다고 해도 소용이 없어 보였다. 그리고 사실 피스톨의 총알도 많지 않았다. 위험 대비를 위해 몇 발 가지고 있던 것이어서 함부로 낭비할 수도 없었다.

아만다는 접속을 종료해야 했지만 부상당한 용병들 때문에 그렇게 할 수도 없었다.

'일단 돌아가자.'

이만다가 왔던 곳으로 돌아가자 그제야 안도의 한숨을 내쉰 안드로이 자작은 자리에 털썩 주저앉았다.

"저년이 가버렸군."

"영주님, 저년이 공중에 있어서 어쩌지 못하였습니다."

"땅에 내려오면 죽일 수는 있고?"

"……."

아만다는 위협적인 무기를 가지고 있고 누구도 죽이지 못할 정도의 방어복을 착용하고 있다. 소드익스퍼드의 오러검도 막히지 않았던가? 혹시 소드마스터가 온다면 가능할지는 몰라도 여기에 있는 모든 기사가 덤벼든다더라도 죽일 수 없을 것이다.

"빨리, 빨리 영지로 돌아간다."

"충!"

기사 하나가 군례를 취한 후 병사들을 독려하여 길을 떠났다. 이전보다는 배나 빠른 속도였다.

두두두두!

아만다는 그 모습을 멀리서 지켜보며 주먹을 꼭 쥐었다.

'꼭 죽일 거야.'

아만다가 돌아왔을 때 다행하게도 올슨은 정신을 차린 후였다.

"아가씨!"

올슨이 기쁜 표정으로 아만다를 반겼다. 그 모습이 아만다의 마음을 더 아프게 만들었다. 사람을 살린 대가치고는 너무나 처참했다. 선한 의도로 행한 일이 이런 결과를 가져올 줄이야. 귀족 돼지를 살린 대가치고는 너무나 혹독했다.

"미안해요. 나 때문에."

"아닙니다요, 아가씨."

올슨은 자신의 다리가 잘린 것을 알고도 미소를 지었다. 용병의 인생이란 으레 이런 것이다. 언제 죽을지 모르는, 목숨을 담보로 돈을 버는 직업. 오늘은 다리 하나를 잃었다. 용병의 최후치고는 최악은 아니었다.

"오열 님이 오시면 올슨의 다리를 고쳐줄 거예요."

"그럼요, 아가씨."

말을 한 아만다나 그에 화답한 올슨 역시 그것이 불가능한 것임을 알고 있다. 잘리지 않았다면 몰라도 이미 떨어진 다리를 어떻게 이어붙이겠는가. 이는 마법사도 할 수 없는 일이다.

아만다는 다비드에게 안전하게 쉴 수 있는 곳을 찾으라고 명령을 내렸다. 한 시간 후에 돌아온 다비드는 작은 동굴로 일행을 인도했다.

＊　　　＊　　　＊

'왜 아직 접속 종료를 하지 않는 것이지?'

오열은 아만다를 기다리다가 저녁을 걸렀다. 이런 일은 처음이다.

오열은 아만다를 기다리면서 브로도스가 준 마법사의 돌을 만드는 방법을 살펴보았다.

'아무리 봐도 무슨 말인지 모르겠네.'

오열이 연금술로 여러 무기를 만들었지만 그의 연금술은 실용적인 분야에 발달해 있었고 이론적인 부분에는 다소 취약했다.

브로도스가 준 책에는 수없이 많은 마법 재료와 수식, 그리고 비전이 담겨 있는데 문제는 체계적이지 않았다. 적어도 고차원적인 연금술을 알고 있지 않다면 이해할 수 없는 것들이었다.

'일단 이것들을 한국어로 번역해 볼까?'

연금술 책을 읽다 보면 해석이 되지 않는 것이 너무나 많았다. 따라서 책의 내용이 무엇인지 모르는 것들이 간혹 나왔다. 이는 독해에 나쁜 영향을 끼쳤다.

"좋았어. 번역을 시작하자."

오열은 환하게 미소를 지었다. 번역하다가 이해되지 않는 부분은 뉴비드 행성에서 관련 분야의 책을 수집하든지 아니면 브로도스를 만나 배움을 청할 생각이다.

'그나저나 요즘 몬스터의 난동이 뜸하네.'

벌써 석 달째 몬스터가 나타나지 않는다. 때문에 오열의 여행은 아무런 방해를 받지 않고 진행되었다.

"후후, 하하."

오열은 미지의 산에 도착한 후 엄청난 광물이 밀집해 있는 것을 생각하자 저절로 미소가 나왔다. 한동안 채광을 하는 데 어려움이 있겠지만 엄청난 자원이 묻혀 있다. 기분이 좋지 않을 수 없었다.

오열은 소파에서 일어나 아만다가 나올 때까지 기다렸다. 저녁 늦게 아만다가 접속을 종료하고 나와서 그동안 있던 일들을 말하기 시작했다.

'흠, 이거 곤란하게 되었군.'

아만다의 고향이 뮤란트 대륙이기에 오열이 느끼는 것보다 더 크게 받아들이는 것 같았다.

아만다는 복수하고 싶었다. 어린 나이에 전쟁터를 돌아다니던 아만다라 사람이 죽고 사는 것에 무덤덤한 편이다: 그런 그녀가 복수에 이를 갈았다.

'누군지 몰라도 죽었군.'

오열은 한숨을 내쉬며 걱정했다. 아만다에게 아바타를 만들어준 것은 그녀가 약해진 것이 혹시 향수병 때문이 아닐까 염려되어서였다. 아바타를 만들어 접속하면 그 순간만큼은 가족과 함께 있을 수 있기 때문이다. 그런데 여행을 떠나려던 오열에게 아만다가 따라붙었다.

'뭔가를 만들어주기는 해야겠지만 만나기도 쉽지 않아.'

오열의 아바타는 깊은 산에서 길을 잃어버렸고 용병 올슨은 다쳤다. 빨리 만나야 하기에 마음이 급하기도 했다.

오열은 다음 날 아바타에 접속하여 하루 동안 계속 날아다니며 아만다와 일행을 찾았다. 결국 저녁 늦게 아만다와 만나서 올슨을 치료해 주었다. 하지만 잘린 다리는 어떻게 해볼 수 없었다.

"올슨, 집으로 가서 기다리게. 이곳 일을 마치고 나서 자네의 다리를 만들어주겠네."

"아, 할아버지에게 부탁하면 되지 않을까요?"

아만다가 중간에 끼어들었다. 오열은 이제 이곳에서 아만다와 헤어져야 할 것을 깨달았다. 물론 광산을 개발하는 데 아만다가 옆에 있으면 심심하지는 않겠지만 그 작업이 꽤나 고되다. 아만다에게 그런 고생을 하자고 하기가 꺼려졌다.

"아만다, 이제 노톨리에스 영지로 돌아가서 기다려. 나도 광산을 발견해서 같이 다닐 수 없어."

"네, 여보."

"다비드 자네는 아가씨를 모시고 노톨리에스 영지로 귀환하게. 충분한 무기를 줄 테니 돌아갈 때 위험은 없을 거야. 용병도 더 많이 고용하고."

"네, 알겠습니다."

오열은 돈과 무기를 아공간에서 꺼내주었다. 사실 중간에 헤어질 줄 알았다면 더 많은 무기를 그에게 제공했을 것이다. 항상 같이 있을 것이기에 조금만 주었다.

오열은 아만다와 다비드, 그리고 올슨을 보내고 다시 처음 발견한 그 광산으로 가려고 했다. 그 산맥의 이름은 안트로이스 산맥. 그 인근 마을의 이름을 알아두었으니 다시 찾아가는 것은 어렵지 않은 일이다. 문제는 광물이 있다고 해도 어떻게 캐느냐이다. 혼자 캔다면 정말 오랜 시간이 걸릴 것이다. 물론 장비 보완은 되었지만 결코 쉽지 않은 작업이다.

오열은 일행과 헤어지고 안트로이스 산맥으로 돌아왔다. 거대한 산림에 몬스터가 득실거렸지만 이제 몬스터 따위는 한칼이다.

"아하!"

오열은 손뼉을 탁 치고 웃음을 터뜨렸다. 굳이 지구에서 실험할 필요가 없지 않은가. 이곳 함뮤트 대륙에서 실험하면 된다. 그렇게 되면 위험도도 낮아질 것이고. 특히 몬스터가 바글 거리는 이곳 산맥에서 실험하면 더할 나위 없이 좋은 일이다.

"후후후."

오열은 주먹을 불끈 쥐었다. 이곳은 사람들이 사는 도시와 는 엄청나게 떨어진 산맥. 몬스터가 난리를 쳐봐야 사람들에 게 미치는 영향은 0%에 가깝다. 몬스터를 사육해서 더 상위 의 마정석을 얻어내면서 연구도 하고 돈도 벌고 일석이조다. 게다가 창고에 쌓인 생명에너지를 함뮤트 대륙에서 처리할 수도 있게 된다. 아무리 생각해 봐도 좋은 생각이다. 연금술 과 창조신화에 대한 조사가 늦어진다는 것이 꺼림칙하기는 했지만 현실적으로 눈앞에 닥친 것을 먼저 하는 것이 좋게 느 껴졌다.

오열은 채굴기를 꺼내 작동시켰다.

위이잉!

채굴기가 요란한 소리를 내며 바위산을 파고들어 간다. 채 굴기가 돌아가는 요란한 소리에 몬스터들이 튀어나왔지만 금 방 오열의 검에 시체가 되었다.

―뚜뚜뚜.

그때 PMC에서 호출이 왔다. 오열은 채굴을 멈추고 아바타 접속을 종료했다. 국가안전위원회 장일성 소장의 호출은 정 말 짜증 나는 일이지만 불응할 수는 없다. 현실에서 또 무언 가가 일어난 것이 틀림없기 때문이다.

오열은 아바타를 종료하고 1층으로 올라와 차가운 맥주를 마셨다.

"하아~"

한숨을 내뱉고 나자 나른한 피곤함이 몰려왔다. 하지만 지금은 장일성 소장에게 연락해야 한다. 정부와 관련된 사람과 일하는 것은 정말 싫다. 그래도 해야 한다. 그게 오열의 일이니까. 또 아바타에 접속한 상태에서 비상연락을 해왔기에 더더욱 외면할 수가 없다.

오열은 손목에 착용한 통신기의 버튼을 슬쩍 눌렀다. 그러자 허공에 홀로그램이 펼쳐지며 장일성 소장이 나왔다.

[반갑네, 오열 군.]

"무슨 일이신가요?"

오열이 짜증 난 표정으로 장일성 소장을 바라보자 그가 씁쓸한 미소를 지었다.

[사실 이번 사건은 매우 시급하기도 하지만 시간은 다소 있네.]

"무슨 말이 그래요?"

시급하면 시급한 것이지 시간적 여유가 있다니. 그렇다면 시급하지 않은 것이어야 한다.

[먼저 화면을 보게.]

"아, 네."

홀로그램에서 장일성 소장이 사라지고 새로운 그림이 나타났다. 나무와 바위 사이에서 검은 안개가 꾸물거리며 움직이고 있다.

"흠."

오열은 신음을 터뜨렸다. 무엇인지 알 수 없지만 예감이 좋지 않았다. 안개는 검고 탁했다.

'뭐지?'

장일성 소장이 연락할 정도면 심상치 않은 것임에 틀림없다. 몬스터가 소동을 일으킨 것이 아니라 알 수 없는 안개라니!

다행히도 안개의 범위는 매우 작았다. 하지만 점점 그 범위를 넓혀가고 있었다.

[보았나?]

장일성 소장이 화면에 나타나 오열을 보며 말했다.

"아까 그건 뭐죠?"

[북한산에서 나오는 검은 연기는 무색무취지만 강력한 에너지 파장을 가지고 있네.]

"네?"

[던전 안에 있는 카오스에너지와는 비교할 수 없을 정도로 농도가 강해서 메탈사이퍼조차 쉽게 접근할 수가 없네.]

"흠… 그런데요?"

[자네가 한번 가보지 않겠나? 자네는 연금술사가 아닌가?]

"제가 간다고 무슨 도움이 되겠어요?"

[부탁하네.]

의문의 안개라? 오열은 흥미를 느꼈다. 연금술사의 호기심이 발동했다. 아직 연차가 낮은 연금술사라 본다고 바로 알 수는 없겠지만 그래도 호기심이 생기는 것은 어쩔 수가 없다.

오열은 아만다가 나올 때까지 기다렸다. 긴급을 요하는 것이라 하였지만 그렇다고 당장 몬스터가 나타난 것은 아니니 시간적 여유가 있다. 게다가 간다고 해결된다는 보장도 없다. 몬스터라면 이영 공주와 협력하여 싸워볼 텐데 이번에는 어떻게 할 방법이 생각나지 않는다.

'점점 이상해지는군.'

아니, 원래부터 이상했다. 이 세계에 몬스터가 출몰하는 것부터 말이 안 되었다.

'어쩌면 이 모든 것은 연금술로 치환될지도 몰라. 연금술은 사물의 본질을 궁구하는 학문이므로.'

근거 없는 확신이지만 오열은 자신의 생각이 맞으리라는 막연한 느낌이 들었다. 메탈드워프도 해결하지 못한 것을 연금술로 가볍게 해결한 것이 한두 번이 아니다.

저녁 시간이 다 되어서야 아만다가 아바타를 종료하고 나왔다. 그녀는 용병들과 함께 여관에 투숙해 있다고 한다. 용병 올슨이 여행할 정도로 회복하지 못했기 때문이다. 그 때문에 이야기가 쉽게 되었다.

"그럼 여보, 거기 가볼 거예요?"

"응. 아마도 카오스에너지를 생명에너지로 바꿀 수 있지 않을까 하는 생각이 들거든. 마법적 지식이 더해지면 더 쉬울 것 같기도 해."

"그럼 마법을 배울 생각이에요?"

"지금도 마법은 할 줄 알아. 비록 생활마법에 국한된 것이기는 하지만 말이지."

"네. 호호!"

아만다가 귀여운 표정으로 웃음을 터뜨렸다. 아바타에 접속한 후로는 건강이 더 이상 악화되지 않고 있는 그녀이다. 물론 좋아지지도 않고.

"여보, 그러면 당신이 너무 바빠지는 거 아녀요?"

"뭐, 적당히 조절해야지."

주변 일대의 산과 대지를 매입했기에 앞으로 살 집을 짓고 연금술을 실험할 장소도 만들어야 한다. 또 함무트 대륙에서 발견한 광물도 채취해야 하고 알 수 없는 검은 안개도 조사해야 한다. 바쁘긴 바빴다.

"아만다, 노톨리에스 영지에 도착하면 스승님께 연금술과 신화, 그리고 마법 서적 좀 구해달라고 해줘."

"책을요?"

"어. 아무리 생각해도 마법과 연금술이 열쇠인 거 같아. 거기에 과학이 더해지면 아마도 뭔가가 나오지 않을까 해."

아만다는 오열의 말에 고개를 끄덕였다. 그녀가 기대하는 것은 마법이 아니라 과학이었다. 실제로 지구의 과학은 함뮤트 대륙에 우주선을 보내고 아바타를 파견할 정도로 뛰어났다. 분명 과학은 갑자기 변한 이 세계에 대한 이유를 설명해 줄 수 있을 것이다.

오열은 저녁을 먹고 아만다와 이야기를 나누다가 일찍 잤다. 그리고 다음 날 일찍 일어나 도봉산으로 향했다.

도봉산의 중턱에 군인들이 일반인들의 접근을 차단하고 있었다. 입구에서 기다리고 있던 PMC 직원이 오열을 알아보고 인사를 해왔다.

"오열 님, 어서 오십시오. 기다리고 있었습니다."

"여긴가요?"

"네, 장일성 소장님도 나와 계십니다."

"그래요?"

오열의 반문에 직원은 고개를 살짝 끄덕였다. 그로서는 그 이상의 말을 할 정보가 없었다.

현장에 도착해서 보니 검은 안개는 일정 지역을 벗어나지 않고 있었는데 무척 위험하게 느껴졌다. 조금만 가까이 다가가도 피부가 따끔거렸다.

"흠."

오열은 안개를 보고 많이 놀랐다. 안개에서 나오는 에너지가 너무 강했기 때문이다. 도봉산의 반이 유성과 부딪쳐 날아갔다. 그리고 생성된 크레이터에서는 거대한 카오스에너지가 끊임없이 흘러나왔다.

"어서 오게."

장일성 소장이 걱정스러운 표정을 지으며 다가왔다.

"어떻게 된 것입니까?"

"저 크레이터에서 연기가 나오기 시작한 것은 한 달이 조금 넘었네. 처음에는 무시할 정도였는데 지금은 자네가 보고 있는 모습이네."

"정말 괴상하군요."

"과학자들이 조사한 바로는 저 안개가 카오스에너지가 맞는다고 하네. 단지 왜 그것이 지금 지표면을 뚫고 나오는지 알 수 없다는 것이지."

"그렇군요."

오열은 안개를 보면서 머리를 굴렸다. 많은 생각이 그의 머릿속을 스쳐 지나갔다.

'한번 해보자.'

몬스터의 몸에 있는 카오스에너지를 생명에너지로 변화시킨 그것 말이다.

오열은 장비를 꺼내 조심스럽게 설치했다. 그리고 안개 속으로 살짝 밀어 넣었다.

"어?"

30분도 안 되어 기계가 녹아내렸다.

"이제 문제의 심각성을 알겠나?"

장일성 소장의 말에 오열은 고개를 끄덕였다. 문제는 이 안개가 어디까지 확장하느냐에 있다. 만약 안개가 더 이상 확산

하지 않고 산에만 머문다면 군인들로 하여금 사람들과 이 지역을 차단하면 된다.

오열은 이런 생각을 하며 장일성 소장에게 물었다.

"확산 속도는 어느 정도인가요?"

"빠르지는 않네. 하지만 PMC의 몬스터 연구팀이 우려하는 바는 카오스에너지가 이렇게 지표면으로 나오게 된다면… 끔찍한 일이 발생할 것이라네."

"……?"

장일성 소장이 한숨을 내쉬고 입을 열었다.

"지금까지는 몬스터가 던전에 주로 있었는데 이제부터는 필드가 던전화될 수 있다는 것이지."

오열은 장일성 소장의 말에 몸을 부르르 떨었다. 지금도 가끔 출몰하는 몬스터를 잡는 데 많은 희생이 발생한다. 그런데 필드에 몬스터가 넘쳐난다면? 생각만으로도 끔찍했다.

지금도 필드에 몬스터가 없는 것은 아니다. 일부 지역에는 몬스터가 있는데 모두 약한 몬스터다. 그래서 소규모의 파티가 사냥하곤 했다. 오열 역시 한때 필드에서 몬스터를 사냥하곤 했다.

'흠, 카오스에너지가 이렇게 지표면을 뚫고 나온다면 필드 몬스터가 강해질 수 있다는 거잖아!'

오열이 최근 한창 실험하는 것이 몬스터에게 생명에너지를 먹여 몬스터의 진화를 밝히는 것이다. 그런데 한두 마리가 아닌 수십, 수백의 필드에 있는 몬스터가 강해진다? 생각만으로도 끔찍했다.

"일단 저도 어떻게 할 수 없네요. 좀 더 생각해 봐야겠어요."

오열의 말에 장일성 소장이 고개를 끄덕였다. 지금 이 일로 몬스터학자는 물론 과학자들까지 달라붙어서 연구하고 있다. 오열을 부른 것은 당장 그에게서 문제를 해결할 수 있는 답을 원한 것은 아니었다. 단지 그가 연금술사이기에 혹시나 해서 연락한 것이다. 급박하지는 않지만 엄청나게 중요한 사건이었다.

오열은 망가진 기계를 가지고 집으로 돌아왔다. 수리하려고 기계를 뜯었는데 순간 오열은 깜짝 놀랐다. 기계 안에 소량의 생명에너지가 젤리 형태로 담겨 있었기 때문이다.

"와아!"

오열은 자신도 모르게 함성을 질렀다. 엄청난 일이 발생한 것이다.

"이럴 수가!"

오열은 두 손을 마주 잡고 소리를 질렀다. 문제를 해결할 가능성이 생겼기 때문이다.

"하하하!"

오열은 기분 좋게 웃었다. 카오스에너지를 생명에너지로 치환하는 것이 가능해졌다. 이제는 어떻게 효율적으로 문제를 해결할 수 있을까를 생각해 보면 된다.

'뭐지?'

하지만 생각이 나지 않는다. 게다가 무엇인가 중요한 것을 빠뜨린 것만 같았다.

어떻게 하면 카오스에너지에 녹지 않는 장비를 만들 수 있을까? 이것만 해결하면 도봉산에 있는 검은 안개는 해결된다. 하지만 어떻게?

"흠, 쉽지 않겠군."

오열은 나지막하게 신음을 터뜨렸다. 망가진 기계를 보니 카오스에너지를 생명에너지로 변환하는 데 들어가는 비용이 더 들 것 같았기 때문이다. 어떤 기계든 만드는 데는 적지 않은 비용이 들어간다. 오열이 도봉산에서 사용한 기계는 평상시에 별 문제 없이 쓰던 기구이다.

'강렬한 카오스에너지를 버틸 금속을 찾아야 해.'

근처에 가기만 해도 피부가 따가울 정도로 강렬한 에너지가 검은 안개에 담겨 있다. 그런데 그 에너지 파장에 메탈아머도 버텨내지 못한다.

오열은 PMC에 전화를 걸어 자료 요청을 했다. 자료는 간단했다.

─블랙 미스트(Black mist)에 대한 실험보고서.

PMC도 그동안 검은 안개에 견딜 수 있는 물체가 무엇이 있나 고민하고 연구하였었다.

─메탈아머: 3시간

—모나베헴 합금 100g: 32시간 25분

—아다티움 합금 100g: 22시간

견고한 모나베헴합금이나 아다티움 합금도 얼마 버티지 못하고 녹아내렸다고 한다. 그렇다면 도대체 어떤 물질로 기계를 만들어야 한단 말인가? 아무리 생각해도 답이 나오지 않았다. 새로운 합금을 만든다고 해도 버틴다는 보장이 없고 또 시간도 많이 걸린다.

지구상에 존재하는 가장 강한 합금도 결국에는 버티지 못했다.

'이거 문제군. 생명에너지로 만들 수는 있어도 방법이 없어.'

애초에 지구에 크레이터가 생기고 이어 던전이 생기자 탐사에 나선 사람들은 모조리 죽고 무인기계마저 모두 파괴되었다. 또 자외선 차단 기능과 빛이 투과하지 못해 인공위성으로도 파악이 불가능했다. 인류는 몬스터가 지구에 생긴 원인을 파악하려고 부단히 노력했지만 쉽지 않았다.

"흠, 반드시 뭔가가 있어."

오열은 고개를 갸웃거리며 생각에 잠겼다. 현재로서는 비상사태다. 검은 안개가 이대로 멈춘다면 몰라도 계속 확장된다면 앞으로 어떤 일이 일어날지 모른다.

[문제는 몬스터가 놀라울 정도로 이른 시간 내에 더 강해질지도 모른다는 것일세.]

오열은 장일성 소장의 말이 마음에 걸렸다. 카오스에너지는 몬스터가 존재할 수 있는 생명의 원천이다. 이 말은 지구에서 카오스에너지를 몰아낸다면 몬스터 역시 사라진다는 말이다. 하지만 몬스터의 몸에서 나오는 마정석은 인류의 미래를 밝혀줄 에너지원이 되었다. 아이러니다.

지금 가장 큰 문제는 몬스터의 거대화에 있다. 작은 몬스터라면 메탈사이퍼들에 의해 에너지원이 될 뿐이다. 하지만 강해진 몬스터가 도심을 습격하면 막대한 인명 피해와 함께 재산 손실이 생겨난다는 것. 게다가 필드의 몬스터가 더 강해진다면 지금과 같이 평범한 국민들의 안전한 생활도 모두 끝이 난다. 그나마 가끔 도심에 나타나는 몬스터는 메탈사이퍼에 의해 잘 제어되고 있다. 특히 예측 시스템의 구비로 인해 최근에는 몬스터가 도심을 침범하기 전에 퇴치되고 있었다. 이런 상황에서 몬스터가 대량으로 풀릴 수 있는 상황이 되었다.

'문제군, 문제야.'

오열은 최근 한 달 동안 연금실에서 실험을 하느라 아바타에 접속하지도 못하고 있었다. 따라서 광물의 채광은 꿈도 꿀 수 없는 상황이다.

2장

몬스터 침공

시간이 또 한 달이나 흘러갔다.

그런데 예측한 대로 몬스터의 출몰이 더 잦아졌다. 그나마 몬스터가 완전한 변화를 못 했는지 메탈사이퍼에 의해 바로 제압되곤 했다. 하지만 던전에서 사냥을 하던 팀들이 필드로 나와야 했다. 그만큼 상황이 좋지 않게 돌아가고 있었다. 이제 몬스터 사냥은 돈벌이에서 생존을 위한 불가피한 상황으로 점점 바뀌고 있었다.

'어떻게 이렇게 금방 바뀌었지?'

한순간이었다. 던전의 몬스터는 더 강해졌고 필드의 몬스터도 어지간한 파티가 아니면 사냥하는 것이 불가능할 정도로 강해졌다. 당연히 오열이 만든 장비들은 불티나게 팔리고 있었다. 하지만 돈을 벌어도 기분이 좋지 못했다.

—삐삐.

오열은 벌떡 일어났다. PMC의 호출이다. 공중에 나타난 홀로그램에서는 장일성 소장이 급박한 목소리로 말하고 있었다.

—오열 군, 긴급사태네. 당장 출동해 줘야겠어.

"네?"

—몬스터 군단이 내려오고 있네.

"네?"

—일단 화면을 보게.

바뀐 장면에서는 수많은 몬스터가 도심을 향해 내려오고 있었다.

—삼천 이상의 몬스터가 나타났네. 자네와 아만다 양은 왕궁 산하의 벙커로 피해서 아바타에 접속해 주게.

"네, 알겠습니다."

몬스터가 몰려오는 곳은 오열의 집과 멀리 떨어져 있지만 안심할 수는 없는 상황. 왕실 산하의 안전지대로 가서 이후의 일을 의논할 필요가 있었다.

오열은 마침 아바타에 접속하지 않고 있는 아만다의 손을 잡고 왕실로 달려갔다.

도시는 공포에 떨고 있었다. 도로는 피난을 떠나는 차로 주차장이 되어버렸다.

대공황.

물론 사람들 역시 몬스터의 존재를 알고 있었다. 하지만 몬스터의 침공이라고 할 수 있을 정도로 몬스터가 몰려오자 이제는 남의 일이 아니게 되었다. 메탈사이퍼가 더 이상 몬스터를 사냥해서 돈을 잘 버는 존재가 아니라 인류의 생존과 밀접한 관련이 있게 되었다.

"여보, 길이 너무 막혀요."

"그러게."

나이트윙을 타지 않고 차를 가지고 나온 것이 실수다. 하지만 중간에서 차를 놓고 갈 수도 없다.

'젠장!'

오열은 차에서 내려 아만다를 내리게 했다.

빵빵!

뒤에서 클랙슨이 울렸지만 상관하지 않았다. 메탈아머를 착용하고 힘을 주자 두 손으로 자동차가 번쩍 들렸다. 그는 차를 한쪽 구석에 치워놓고 에어부스터를 켰다. 메탈아머가 없는 아만다를 위해 마법 주머니에서 아머를 꺼내 착용하게 했다.

"메탈사이퍼다!"

"각성자다!"

몇몇 사람이 창문을 내리고 소리쳤으나 오열은 신경 쓰지 않았다.

"됐지?"

"네."

오열은 아만다의 말을 듣자마자 에어부스터를 켜고 왕궁으로 날아갔다. 오열은 하늘로 올라가면서 사람들의 부러움을 샀다. 메탈사이퍼 중에서도 에어부스터를 가진 사람은 없었다.

저 멀리 왕궁이 보인다.

'저긴 변함없네.'

왕궁 주위는 평상시와 다를 바가 없었다. 하지만 가까이 다가가자 주위를 지키는 병사의 숫자가 많아졌다. 삼엄한 경계가 이루어지고 있었다.

"충성!"

왕궁 입구를 지키던 병사가 오열을 보고 인사를 해왔다. 이미 연락을 받았는지 무선으로 연락을 취하자 바로 PMC 직원이 나와서 오열을 지하 벙커로 안내했다.

벙커는 지하 200미터에 있다. 핵탄두가 터져도 안전하다는 말을 듣고 오열은 고개를 끄덕였다.

"저, 그런데 제 부모님이 계시는 곳은 무사한가요?"

"그곳은 아직 몬스터가 출몰하지 않고 있습니다. 장일성 소장님의 명령으로 곧 오열 씨의 부모님도 이곳으로 모셔올 것입니다."

"그래요? 아, 정말 감사합니다."

오열은 시골에 계신 부모님을 챙기는 PMC에 고마운 마음을 느꼈다. 사실 PMC에 매번 이용당하기도 하지만 많은 편의를 제공받기에 불만은 크지 않았다.

지하 건물 안쪽으로 들어가자 장일성 소장이 나왔다.

"안녕하세요."

"어서 오게. 국왕 전하와 총리는 컨트롤타워에서 상황을 주시하고 계시네."

"아, 네."

오열은 장일성 소장의 말에 고개를 끄덕였다. 이철 국왕의 안전이 무엇보다 중요한 것은 사실이다. 그가 있어야 지휘통제가 제대로 돌아갈 수 있기 때문이다.

"몬스터는 북한산에서 출발하여 은평구로 내려오고 있네."

"아, 네."

오열은 고개를 끄덕였다. 몬스터가 얼마나 되든지 그다지 신경 쓰지 않았다. 몬스터는 퇴치하면 되고 그것이 되지 않을 때에는 도망치면 그만이다. 아만다와 부모님이 무사하다면 말이다. 국민이 죽는다 해도 도의적으로 마음이 좋지 못할 뿐이지 그 자신에게 왕국의 국민을 보살필 의무는 없었다.

"몬스터의 수가 얼마나 되나요?"

오열은 나지막한 목소리로 물었다.

"흠, 한 1만 정도."

"네?"

"처음엔 3천 마리가 내려왔네. 출동한 메탈사이퍼에 의해 퇴치되었지만 지금은 저지선이 무너져 후퇴한 상태이고 시청과 경복궁을 중심으로 저지선을 구축하고 있네. 이영 공주 전하께서는 최전선에서 몬스터를 저지하고 있네."

"아, 네. 그런데 어떻게 몬스터가 그렇게 많이 올 수 있습니까?"

오열은 이해가 되지 않았다. 집을 떠나기 전만 하더라도 3천 마리에 불과했다. 몇 시간 되지도 않았는데 세 배 이상 숫자가 불어났다. 이상했다. 상식적으로 몬스터가 그렇게 기하급수적으로 갑자기 증가할 수는 없기 때문이다.

"…던전에 있던 몬스터도 나온 모양이네."

"이런, 젠장!"

던전의 몬스터마저 나왔다면 이해가 된다. 필드 사냥에 치중하던 메탈사이버들이다. 당연히 던전의 몬스터는 그동안 방치되었다. 그러자 던전에 있던 몬스터들이 던전을 벗어난 것이다.

"빨리 처리해야겠군요."

"그래서 자네에게 부탁하네."

"제가 사용할 아바타는 어디 있습니까?"

"이곳 아바타센터에 있네. 자네를 포함해서 11기가 가동할 수 있네."

오열은 고개를 끄덕였다. 이영 공주가 아바타를 사용하면서 최고의 능력을 갖춘 메탈사이퍼들에게 아바타를 지급하기로 결정이 났었다.

"빨리 출동해 주게."

"아, 네."

오열은 지급 받은 아바타에 접속했다. 생소한 이질감이 온몸의 세포를 파고들었다. 새로운 형태의 아바타인지 함뮤트 행성에 접속하는 아바타와 느낌이 달랐다. 보다 진보된 형태의 아바타가 틀림없었다.

오열은 눈을 떴다. 출구를 따라 걸어가자 한강의 밑바닥이 나왔다.

'이건 뭐야?'

투명한 스카이윙에 몸을 싣자 스카이윙이 한강물을 뚫고 하늘로 솟아올랐다. 자동항속장치가 부착된 스카이윙이다.

―오열 군, 이영 공주님이 계신 최전방 저지선으로 우선 가 주게.

"네. 아만다와 부모님을 부탁드립니다."

―걱정하지 말게. 자네 부모님도 요원들이 접속해서 이곳으로 모시고 오는 중이라고 들었네.

"감사합니다."

스카이윙은 연신내를 향해 날아갔다.

―삐삐. 1분 후에 도착합니다.

오열은 기계음을 들으며 무장을 확인했다. 아바타에 접속하지 않게 되면서 그곳 장비를 이곳으로 옮겨놓았다. 그 때문에 장비는 빵빵했다.

'쇼 타임이다. 화끈하게 해보자.'

오열은 허리에 찬 검을 만지작거리며 주먹을 불끈 쥐었다. 아바타다. 죽어도 죽는 것이 아니다. 그러기에 더 과감하게 사냥할 수 있다.

아바타는 만들고 유지하는 데 많은 돈이 들어간다. 그래서 초기에는 정부가 실험적으로 메탈사이퍼에게 아바타를 제공했고, 이후에는 군사적 목적으로만 사용했다. 그런데 이제는 인류의 위기 상황에서 다시 아바타가 등장했다. 비록 최고 등급의 메탈사이퍼에게만 제공되는 것이기는 하지만 말이다.

'저기군.'

하늘에서 내려다보니 메탈사이퍼들이 힘겹게 몬스터를 막아내고 있다. 몬스터 한 마리는 별것 아니지만 떼로 몰려 있어서 몬스터를 막는 것이 매우 힘들어 보였다.

붕.

오열은 스카이윙의 문을 열고 공중에서 뛰어내렸다. 가볍게 바닥에 착지한 후 주위를 둘러보았다.

바로 옆에서 거대한 몬스터가 도끼를 휘두르고 있다. 도끼를 막은 메탈사이버가 뒤로 주르륵 밀려났다.

"이놈의 몬스터가!"

뒤로 물러난 메탈사이퍼가 몬스터에게 밀린 것이 창피한지 소리쳤다. 하지만 몬스터는 그런 그를 내버려 두고 가장 가까이 있는 메탈사이퍼에게 달려들었다.

"헉!"

갑작스러운 몬스터의 공격에 남자가 바닥으로 몸을 날려 뒹굴었다. 메탈사이퍼들은 던전에서 몬스터를 사냥할 때 주로 파티를 했기 때문에 지금처럼 난전이 벌어지면 제대로 싸움을 하지 못했다.

오열은 에너지소드를 꺼내 휘둘렀다. 검의 표면에 붉은 검기가 이글거리고 있다.

드래곤나이트. 이 검은 KP가 무려 320,000나 된다. 이렇게 뛰어난 검에 맞은 몬스터는 허리에서부터 이등분되었다. 둘로 쪼개진 몬스터의 몸에서 피가 분수처럼 솟구쳤다.

"헛!"

"말도 안 돼."

몇몇 메탈사이퍼가 놀라 오열을 바라보았다. 지금 앞에 있는 몬스터는 상위 등급에 속한 놈으로 이렇게 쉽게 처리할 수 없었다.

베리큘리에타. 이족보행을 하는 이 몬스터는 견고한 외피를 가지고 있어 아무리 메탈사이퍼라 하더라도 공략하기가 쉽지 않았다. 현재 문제가 되고 있는 것은 몬스터가 도심을 대규모로 침공해서 각성자가 턱없이 부족했다. 그것을 지형 지물을 이용하여 간신히 막고 있었다. 그래서 평소처럼 교대로 몬스터를 상대할 수 없기에 메탈사이퍼들은 시간이 갈수록 지쳐갔다. 이제는 거의 한계치에 다다르고 있었다. 서서히 몸을 뺄 것인가 말 것인가를 결정해야 하는 순간이 다가오고 있었다. 몸을 빼면 도심은 몬스터에게 점령당할 것이요 버티면 죽는다. 그때였다.

붕!

몬스터 한 마리가 하늘을 날았다.

'뭐지?'

오열은 몬스터를 에너지소드로 베면서 주위를 둘러보았다. 몬스터 따위의 공격은 하나도 두렵지 않았다. 그가 착용한 메탈아머의 HP는 무려 650,000이나 되었다. 중대형급 몬스터로는 메탈아머의 HP도 깎을 수 없다.

붕!

또다시 한 마리의 몬스터가 하늘을 날았다. 자세히 보니 몬스터의 한쪽 가슴이 파쇄되어 있다.

'이영 공주님이시군. 그렇다면 나도 실력 발휘를 해볼까?'

오열은 다시 에너지소드에 마나를 집어넣었다. 그러자 에너지소드에 붉은 강기가 서렸다. 오열은 에너지소드를 채찍처럼 휘둘렀다.

"비켜요!"

오열은 에너지소드를 휘두르며 주위를 둘러보며 큰소리로 외쳤다. 검기 다발이 섬광처럼 날아가 몬스터를 짓이겼다.

"와! 굉장하다."

"믿을 수 없어! 에너지소드가 저렇게도 가능해?"

몇몇 메탈사이퍼가 믿을 수 없다는 표정으로 오열을 바라보았다. 오열은 최근 사냥을 거의 하지 않았다. 그리고 도심으로 들어오는 거대 몬스터를 상대할 때 외에는 그의 실력을 본 사람이 없으니 이런 활약에 놀라는 것이 어쩌면 당연했다.

우두두두!

몬스터가 검기 다발에 맞아 터지고 찢어졌다. 그것도 한꺼번에 수십 마리가.

"와아, 길마님이 오셨다!"

"조금만 힘내라. 오열 님이 우리를 구해주실 거다."

오열은 귀를 쫑긋 세웠다. 그동안 잊고 있던 '더 나이트' 길드의 부길마 장준식의 목소리였다. 지금까지 길드에서 나오는 돈만 받아먹고 있다가 갑자기 길드원의 목소리를 듣자 양심이 조금 찔렸다. 오열은 검기 다발을 좌우로 휘둘러 몬스터를 도륙하여 메탈사이퍼들이 쉴 수 있게 되자 에어부스터를 커서 하늘로 올라갔다.

'더 나이트' 길드는 사거리를 중심으로 건물을 끼고 몬스터를 상대하고 있었는데 몬스터의 수가 너무 많았다. 이곳은 산에서 내려온 몬스터가 지나가는 길목인 것 같았다.

오열은 아공간에서 활과 화살을 꺼냈다. 에어머신도 있지만 지금과 같은 상황에서는 활을 사용하는 것이 더 좋았다.

오열은 활을 힘껏 당겨 쏘았다. 화살은 번개처럼 날아가 몬스터의 뒤로 떨어졌다.

쫭!

거대한 폭풍이 몰려왔다. 오열이 날린 화살은 붉은 늑대 길드를 상대했을 때 사용하던 화살이다. 하지만 그때보다 에너지스톤을 더 많이 넣어 증폭 효과는 더 컸다.

한 발의 화살로 무려 30여 마리의 몬스터가 죽었다. 오열은 끊임없이 화살을 날렸다. 몬스터가 그만큼 끊임없이 몰려왔기 때문이다.

30여 발의 화살을 날리고 나서야 몬스터는 더 이상 내려오지 않았다. 하지만 도로는 융단폭격을 맞은 듯 처참할 정도로 파괴되었다. 움푹움푹 파인 고랑이 운동장만 했다.

다행인 것은 몬스터가 몰려오면서 정부가 가스를 긴급 차단한 것이다. 그렇지 않았다면 몬스터에 의해서가 아니라 가스 폭발로 도시가 날아갔을 것이다. 하지만 인근에 있던 주유소 하나가 결국에는 폭발에 휩쓸려 불타 버렸다.

벌겋게 타오르는 주유소를 보며 오열은 쓴웃음을 지었다. 검은 연기가 하늘로 치솟아 올라갈 때 일군의 메탈사이퍼들이 몰려들었다.

더 나이트의 길드원이다. 용의 기사단 소속으로 만든 길드가 아직도 잘 유지되고 있는 것은 순전히 오열의 명성 때문이었다. 정부와 주변의 거대 길드들이 알게 모르게 지원을 해주고 있었기 때문이다.

"아, 장준식 부길마님, 그동안 잘 지내셨어요?"

"네, 잘 지냈습니다. 그런데 우리끼리 힘들게 몬스터를 막고 있었는데 길마님의 그 무기는 정말 굉장하군요."

"아, 네."

오열은 쑥스러운 미소를 짓고는 주위를 돌아보았다. 30여 발의 폭발이 있던 후에는 몬스터의 공세가 한풀 꺾였다.

"저쪽에 공주님이 계십니다."

오열은 장준식이 가리키는 방향을 바라보았다. 그곳에는 이영 공주가 몬스터를 막고 있었는데 그녀가 주먹을 휘두를 때마다 몬스터가 가슴이 부서지거나 머리가 터져 죽곤 했다. 하지만 그녀의 재능은 거대 몬스터를 상대하기에는 유리하지만 오늘처럼 대규모 난전이 벌어지면 전투 효율이 급격하게 떨어졌다. 그녀는 오열과 같은 대규모 몬스터를 상대할 무기가 없었다.

시간이 지나면서 몬스터의 공세가 주춤하게 되자 메탈사이퍼들이 조금씩 한숨을 돌리며 쉴 수 있게 되었다.

"이놈들이 센가요?"

오열은 길드원들이 힘들어하는 것을 보며 질문했다.

"네. 길마님. 중급 던전 이상의 몬스터들입니다. 그래서 각

길드를 중심으로 도심을 방어하고 있었지만 매우 힘들었습니다."

"중급 던전이요?"

"네. 몬스터들이 무시무시해졌습니다."

오열은 장준식의 말에 고개를 끄덕였다. 중급 던전은 메탈 사이퍼들이 파티를 짜서 방어형 탱커가 앞에서 몸빵을 해주면 격수들이 나와 딜링을 하는 형태로 사냥한다. 그런데 그런 몬스터가 한꺼번에 도심에 풀렸으니 메탈사이퍼들이 막아내기가 쉽지 않았던 것이다.

오열은 길드원들에게 돌아가면서 쉬라고 하고는 자리를 떠났다. 아직도 전투가 끝나지 않은 곳이 많았기 때문이다.

오열은 생각했다. 얼마 전에 나타난 검은 안개를 처리하지 못한 것이 이런 결과를 가져온 것 같았다. 그는 빠르게 주변을 돌아다니면서 몬스터를 도륙했다. 그의 활약으로 몬스터를 1차적으로 퇴치할 수 있게 되었다.

"어서 와요."

"아, 이영 공주님."

아름다운 이영 공주가 오열을 보며 반갑게 인사를 해왔다. 오열은 그녀를 보며 빙그레 웃었다. 일국의 공주인 그녀는 매우 순수했다. 그리고 국민의 안위를 위해서라면 몸을 사리지 않았다. 오열은 그런 그녀를 마음속으로 존경하고 있다.

"정말 연금술로 만든 무기의 위력은 엄청나네요."

"좋게 평가해 주셔서 고맙습니다."

"사실인걸요."

오열은 이영의 얼굴을 바라보며 고개를 끄덕였다. 아바타인데도 그녀는 아름다웠다.

"이 정도면 사람도 많이 죽었겠네요."

오열의 말에 이영 공주가 어두운 낯빛으로 고개를 끄덕였다. 서둘러 피난을 가지 못한 사람들은 몬스터에게 화를 당했다. 오열도 나지막하게 한숨을 내쉬었다.

이제는 정부가 연금술로 만든 무기를 요구하면 거절할 수 없게 되어버렸다. 이전까지는 여러 이유를 들어 거절했다. 연금술로 만든 무기는 효과가 좋지만 잘못 다루면 피해도 그에 못지않기 때문이다.

1차 저지선에서 몬스터를 막아낸 대부분의 메탈사이퍼들은 탈진으로 쓰러져 아스팔트 바닥에 누워 있다.

"흠, 이거 쉽지 않군요. 언제 또 몬스터가 내려올지 모르니까요."

"네, 맞아요."

오열의 걱정처럼 근본적인 문제를 해결하지 않으면 몬스터의 침공은 계속될 것이다. 몬스터는 카오스에너지만 있으면 생존이 가능하다. 그러니 언제 어떻게 도심으로 몰려올지 모르는 것이다.

'그 검은 안개 때문이야.'

아무리 생각해도 도봉산에 나타난 검은 안개 때문인 것 같았다. 다른 지역에서는 몬스터의 도발이 없는 것을 보면 말이다.

'어떻게 한다?'

연금술로 만들 수 있는 무기는 많지가 않다. 최근에는 채굴도 하지 않아 여분의 에너지스톤이 없기 때문이다. 증폭을 시키는 에너지스톤이 없다면 연금술로 만드는 무기의 공격력은 사실 별거 아니다.

에너지스톤은 함뮤트 대륙에서도 많이 나오지 않는 희귀 광물에 속했다. 바위 지대에서 주로 나오는데 그 때문에 채굴하는 데 시간이 오래 걸린다. 가지고 있는 에너지스톤으로는 오늘 사용한 분량의 두 배 정도밖에 남아 있지 않았다.

'다음부터는 일찍 와서 몬스터를 막는 수밖에 없겠군.'

지구가 이렇게 위험한데 한가하게 뉴비드행성으로 가서 땅굴을 팔 수는 없다. 아껴 쓰면 몬스터의 침공을 여러 번 막을 수 있을 것이다. 그런데 그다음이 문제다. 더 강한 몬스터가 나타난다면 오열이 할 수 있는 일도 별로 없어지게 된다.

* * *

"국왕 전하, 도심을 침범한 몬스터가 퇴치되었다고 합니다."

이철 국왕은 모니터로 도시에서 벌어지는 전투를 직접 보았다. 몬스터에게 잡아먹히는 힘없는 시민들과 죽어가는 메탈사이퍼를 보자 눈물이 절로 나왔다.

장일성 소장은 국왕의 얼굴을 보며 나지막하게 한숨을 내쉬었다. 도심을 침공한 거대 몬스터를 대처할 방법이 마련되자마자 갑자기 대규모 몬스터 침공이 진행되었던 것.

"다른 나라들은 어떤가요?"

"미국, 중국, 일본 등 대부분의 나라에서 비슷한 일이 벌어지고 있다고 하옵니다. 그나마 우리나라가 빨리 몬스터의 침공을 막은 경우에 속합니다."

"흠."

이철 국왕이 나지막하게 신음을 토해냈다. 몬스터가 죄 없는 시민을 잡아먹어도 국왕이 할 수 있는 일이 없었다. 메탈사이퍼가 아니면 몬스터에게 데미지도 줄 수 없다. 최첨단 무기도 효율이 극히 떨어졌다. 게다가 도심으로 들어온 몬스터에게는 미사일을 발사할 수도 없다. 그러기에 오로지 메탈사이퍼만이 몬스터를 퇴치해야 한다.

"연금술사가 사용한 무기를 대량으로 만들어 사용할 수 없소?"

"오열 군과 이야기를 해봐야겠지만 에너지스톤의 구입이 쉽지 않을 것 같습니다."

이전에 장일성 소장이 오열에게 연금술로 만든 무기를 팔라고 했다가 거절당했다. 이유는 다루기에 위험하다는 것도 있었지만 무기를 만들 때 들어가는 에너지스톤이 별로 없기 때문이었다. 그 때문에 인류는 위기를 맞이하게 되었다.

                    *   *   *

'흠, 일단 생명에너지로 무기를 만들어야 해.'

에너지스톤은 사실 무기를 작게 만들 때 유용하다. 이는 화약과 생명에너지를 많이 넣는다면 해결된다. 그렇게 되면 무기가 엄청나게 커지는 단점이 생긴다. 그래도 재래식 무기보다는 효율성이 좋다.

'그래, 이참에 창고에 쌓인 생명에너지를 모두 소비시켜 버리자.'

어차피 무기를 다룰 주체가 자신이 아닌 군인이라면 무기가 커도 상관없었다. 전략적 요충지대에 배치하여 사용하면 된다.

오열은 창고에 있는 생명에너지를 생각하며 빙그레 웃었다. 재고를 정리할 때가 온 것이다.

이영 공주가 오열을 보고 말했다.

"오열 씨, 고마워요."

오늘 오열이 아니었다면 얼마나 큰 피해를 입었을지 알 수 없었다. 그러기에 이영이 오열에게 한 감사 인사는 진심이었다.

"아닙니다, 공주님."

"오열 씨가 오기 전에는 몬스터를 어떻게 처리해야 할지 난감했어요. 나는 한 번에 한 마리밖에 상대할 수 없어서……."

오열은 이영 공주의 말에 말없이 고개를 끄덕였다. 한국 최고의 실력자인 이영 공주는 불행하게도 격투가다. 한꺼번에 여러 마리의 몬스터를 상대할 수가 없다. 극강의 공격력을 가진 것에 비하면 무척이나 애석한 일이다.

"그런데 오열 씨의 그 무기는 엄청나군요."

"아, 이거요? 에너지스톤이 공격력을 증폭시켰기 때문입니다."

"아, 에너지… 스톤."

이영 공주는 에너지스톤을 작은 소리로 중얼거렸다. 연금술로 만든 무기를 가지고 있으면 평범한 일반인도 몬스터를 상대할 수 있다. 이는 매우 놀라운 일이 아닐 수 없다. 메탈사이퍼가 아니어도 몬스터를 상대할 수 있다니. 그런데 그것을 메탈사이퍼가 사용한다면 위력은 더욱 증가한다.

"아쉬운 일이지만, 에너지스톤이 얼마 남지 않아 오늘과 같은 몬스터의 습격이 계속되면 저도 어쩔 수가 없습니다."

오열은 이영 공주가 기대하는 표정을 짓자 솔직하게 말했다. 몬스터가 인류의 생존은 물론 가족의 안위까지 위협하는

마당에 사사로이 자기 이익을 따질 상황이 아니었다. 에너지
스톤이 있다면 공짜로라도 풀어서 가족을 지키고 싶은 지경
이다.

"아……!"

이영이 안타까운지 나지막하게 한탄했다. 국민을 생각하
는 이런 이영 공주의 태도는 오열의 마음을 움직였다. 아무런
대가도 없이 그녀는 국가를 위해 헌신한다. 이영은 자신이 공
주로 태어났으니 국민을 위해 봉사하는 것이 당연하다고 생
각하는 사람이었다.

노블레스 오블리제를 철저하게 실천하는 로열패밀리의 표
본. 오열은 그런 공주를 존경했다.

"공주님, 제가 일반인도 사용할 수 있는 새로운 무기를 만
들어보겠습니다."

"아! 정말요?"

"네. 에너지스톤을 사용하지 않고도 몬스터를 처치할 수
있는 그런 무기를 만들어야죠."

"오! 멋져요!"

오열은 이영 공주의 말에 빙그레 웃었다. 처음 아바타를 만
들어 뉴비드행성에서 도착하였을 때 그녀의 도움을 많이 받
았다. 그때 도움을 받지 않았다면 지금의 오열은 없을 것이
다. 오열은 이 점에 대해 늘 고맙게 생각하고 있었다.

몬스터 퇴치는 국가가 해야 하는 것이 맞지만 각성한 사람

이라면 누구나 외면해서는 안 되는 일이다. 왜냐하면 몬스터 퇴치는 자신과 가족의 안위가 달린 문제니까 말이다. 그래서 오열은 PMC에 협조하는 것이다. 물론 PMC로부터 많은 편의를 받기도 했지만 말이다.

이영 공주의 주위로 메탈사이퍼들이 몰려들었다. 그들은 모두 동일한 메탈아머와 무기를 착용하고 있었다.

'아, 이들도 아바타구나.'

그렇다면 이들은 뛰어난 능력을 갖춘 메탈사이퍼임에 틀림없을 것이다. 그들은 이영 공주에게 인사를 하고 나서 오열과도 이야기를 나눴다.

"어떻게 된 것입니까?"

오열은 갑자기 연락을 받고 바로 출동해서 어떻게 된 일인지 아직 모르고 있었다. 오열의 질문에 일행의 대표로 보이는 남자가 입을 열었다.

"이영 공주님과 몇몇 아바타를 착용한 요원들이 도봉산의 안개를 지키고 있었습니다. 그런데 며칠 전부터 갑자기 안개가 짙어지더니 오늘 아침에 몬스터가 몰려나왔습니다."

수염을 덥수룩하게 기른 남자가 대답했다. 오열은 고개를 끄덕였다. 그도 역시 그럴 것으로 생각했기 때문이다. 몬스터가 갑자기 다른 곳에서 나올 리가 없었다.

'국가안전위원회와 이야기를 해봐야겠군.'

오열은 처참하게 파괴된 도시와 몬스터의 사체를 보면서

도대체 왜 이런 일이 일어났는지 이해가 되지 않았다. 보이지 않는 손이 있다면 용서할 수 없다고 생각했지만, 자신에게 그런 능력이 있을지가 의문이다. 이 거대한 사건을 일으킨 존재에게 인간의 힘은 무력할 것이 뻔했다. 비록 그렇다고 하더라도 그런 존재가 있다면 용서하고 싶지 않았다.

오열은 이영 공주와 이야기를 조금 더 나누다가 복귀했다. 아직도 여전히 소규모의 몬스터가 도심을 어슬렁거리고 다녔지만 그 정도는 기존의 메탈사이퍼들이 처리할 수 있었다.

오열은 벙커로 돌아오자마자 국가안전위원회의 의장인 장일성 소장을 만났다. 그에게 새로운 형태의 무기를 제시할 생각이다.

장일성 소장이 조금은 편안해진 얼굴로 오열을 맞았다.

"그러니까 일반인이 몬스터를 퇴치할 무기를 만들 수 있단 말인가?"

"네, 그렇습니다."

"오! 믿을 수 없군. 정말 그게 가능한가?"

장일성 소장은 오열에게 거듭 물었다. 이제까지 몬스터를 퇴치할 수 있는 재래식 무기는 하나도 없었기 때문이다.

"네. 그런 무기를 만들 수는 있는데 위력은 조금 떨어질 것입니다. 그리고 무기의 크기도 커지고요."

"그건 또 왜 그런가?"

"제가 지금 사용하는 무기의 특징은 에너지 증폭에 있습니다. 에너지 증폭을 하려면 에너지스톤이 있어야 하는데 이것을 발견하기가 거의 불가능에 가깝습니다."

"아, 그렇군. 충분히 이해하네."

장일성 소장은 에너지스톤의 희소성을 잘 알고 있기에 오열의 말에 쉽게 이해하고 고개를 끄덕였다.

"그런데 제가 기존의 무기 체계를 알지 못합니다. 그래서 어떻게 만들어야 할지 감이 생기지 않는군요."

"그건 걱정하지 말게. 담당자를 불러주겠네."

장일성 소장은 바로 전화를 걸어 무기전문가를 불렀다. 그가 이렇게 서두른 이유는 이번 사건으로 국가가 당한 충격이 엄청났기 때문이다. 몬스터의 도심 침략으로 말미암아 막대한 인명 피해와 재산상 손해를 보았다. 나라가 망할 정도는 아니지만 오열이 나서지 않았다면 상상하기 힘든 피해를 봤을 것이다. 그중에서 가장 큰 피해는 많은 메탈사이퍼들의 죽음이다. 그들이 죽게 되면 다음에 또 이런 일이 생길 경우 협조를 받기가 힘들어질 수 있기에 메탈사이퍼들의 안전은 매우 중요한 일이었다.

오열은 항상 PMC의 일이나 국가안전위원회, 또는 용의 기사단의 일에 시큰둥했다. 그러나 지금은 이전과 달리 적극적으로 나서는 이유는 순전히 부모님과 아만다 때문이다. 지금은 나라의 안전과 가족의 안전을 따로 떼어놓고 생각할 수 있는 상황이 아니었기에.

'그러고 보니 이참에 부모님께도 메탈아머를 만들어 드려야겠어.'

오열은 그동안 이런저런 이유로 모시지 못한 부모님과 함께 살 생각을 했다. 이번 몬스터의 출몰은 도봉산에서 이뤄졌다. 하지만 이제는 지방도 안심할 수가 없다. 시간이 흐르면서 던전을 떠나 도심으로 나오는 몬스터가 많아지고 있기 때문이다.

오열이 잠시 생각하고 있는데 유중일 대령이 와서 현재 사용하고 있는 무기 체계에 관해 설명하기 시작했다.

'흠, 박격포 형태가 좋다는 것이군.'

도심의 옥상에 박격포를 설치해서 포격하면 이번 메탈사이퍼만으로 몬스터를 처치하는 것보다 효율적일 것 같았다.

'포탄의 사이즈가 조금 더 크면 좋겠는데.'

에너지스톤을 사용하지 못하면 포탄의 크기가 클수록 좋다. 그만큼 생명에너지를 많이 담을 수 있기 때문이다. 생명에너지를 마법을 이용하여 몬스터에게 충격을 주는 무기를 만들 생각이다.

오열은 120㎜ 포탄을 하나 얻었다. 혹시나 사고를 대비해서 화약을 제거했다. 자신은 각성자라 옆에서 포탄이 터져도 살아남을 수 있지만 아버지와 어머니는 아니기 때문이다.

"소장님, 그럼 저는 이제 가보겠습니다."

"아, 수고했네. 그리고 고맙네. 이철 국왕 전하를 대신해서 자네에게 감사를 표하네."

"뭐, 이런 일로……. 당연히 제가 해야 할 일인데요. 제 부모님과 아만다도 챙겨주셨잖아요."

"하하, 그게 어떻게 같을 수 있나. 하여튼 고맙네. 그리고 몬스터 살상용 무기 개발도 잘 부탁하네."

"네, 알겠습니다."

오열은 왕궁에 있는 벙커로 갔다. 지하 200m에 있는 벙커라서 그런지 대단히 안정감이 들었다. 오열은 헌병의 안내를 받아 가족이 머무는 곳으로 갔다. 방을 열자 아만다와 부모님이 다정하게 이야기하고 있는 모습이 보인다. 아만다가 오열을 보고 달려왔다.

"여보!"

오열은 아만다의 뺨에 잠시 입을 맞추고 부모님께 인사를 했다.

"아버지, 어머니, 그동안 잘 지내셨어요?"

"우리야 잘 지냈지. 그런데 우리가 왜 이곳에 와 있는 거니?"

어리둥절한 표정으로 아버지가 물었다. 오열은 난처한 표정으로 머리를 긁적였다.

"몬스터가 도심을 습격했어요. 국가 위기 상황이라 국가안전위원회가 모신 거고요. 제가 NSA에 도움을 주고 있거든요."

"아, 그러니? 네가 장한 일을 하였구나."

아버지가 흐뭇한 표정으로 미소를 지었다. 오열은 가족들을 보고 안도의 한숨을 내쉬었다. 사랑하는 사람들이 잘못된다면 그것은 정말 견디기 힘들 것이다.

'도대체 인류는 어디로 가고 있는 것이지?'

오열은 갑자기 인류의 미래가 궁금해졌다. 그동안 돈을 벌고 도심에 나타난 몬스터를 막는 데 급급했다. 하지만 앞으로도 이런 식으로 계속할 수는 없었다. 근본적인 문제가 해결되어야 인류가 안전할 수 있었다.

오열이 이런저런 걱정을 하며 내린 결론은 새로운 광산개발에 힘을 써야 한다는 것이다. 갑작스럽게 공격해 온 몬스터에 대항하기 위해 메탈사이퍼들이 더 강해져야 한다. 그러기 위해서는 메탈사이퍼들의 무장이 급선무였다. 그리고 연금술사인 자신이 그 역할을 해야 함도 잘 알고 있었다.

"하아, 정말 힘들군."

오열이 나지막하게 한숨을 내쉬자 아만다가 '자기, 뭐가 힘들어?' 하고 걱정스러운 표정으로 물었다. 그 모습에 오열은 다시 한숨을 내쉬었다.

"몬스터가 대대적으로 습격했어. 도시는 파괴되고 무고한 시민들이 죽었지. 연금술사인 나는 뭔가를 해야 할 사명감을 느꼈어. 그래서 광산 개발과 무기 개량에 많은 시간을 보내야 할 것 같아."

오열의 설명에 아만다가 고개를 끄덕였다. 그녀 역시 함뮤트 대륙에서 전쟁을 경험했기 때문이다.

"나도 도울까?"

"흠……."

아만다의 말에 오열은 깊이 숨을 내쉬었다. 지금은 일손이 터무니없이 부족한 시점이긴 했다. 뉴비드 행성에서 아만다의 아바타는 장인에게 되돌아가고 있는데 중간에 되돌아올 수 있다면 그것보다 더 좋은 일은 없었다. 하지만 아만다 혼자 할 수 있는 일은 없었다.

"아만다, 용병들을 고용해서 올 수 있을까?"

"응, 가능해, 자기야."

아만다의 말에 오열이 빙긋 웃었다. 아만다의 말처럼 그렇게 쉽지 않을 것을 알고 있기 때문이다. 상처를 입은 용병 올슨을 도와줘야 하고, 또 적지 않은 용병을 고용해서 안트로이스 산맥으로 오는 일은 결코 쉬운 일이 아니기 때문이다.

'장일성 소장에게 말해서 장비 지원을 더 받아야 해.'

우주선에 있는 장비를 지원받는다면 지금보다는 더 쉽게 광산 개발을 할 수 있을 것이다. 하지만 우주선에 있는 다국적군이 안드로이드를 만들지 못하고 있기에 그것 역시 한계가 있다. 안드로이드만 만들 수 있다면 지금보다 쉽게 광산 채굴을 할 수 있을 텐데 말이다.

오열은 머리가 아파왔다. 몬스터를 상대할 때보다 심력의 소비가 많은 탓이다. 오열은 부모님에게 다가갔다.

"아버지, 이제 우리 집으로 돌아가요. 거기서 같이 살아요."

"생각해 보마."

오열의 말에 이영호가 심각한 표정으로 대답했다. 아들이 어떤 일을 하는지 정확하게 알 수는 없지만 국가에서 자신을 보호해 줄 정도면 아주 중요한 일을 하고 있음이 틀림없었다. 그런 아들에게 혹시 걸림돌이 되지 않을까 염려되었다.

"여보, 그만 오열이 말 들어요. 아들이 우리 걱정하는 거 눈에 안 보여요?"

이영호는 아내의 말을 듣고 나지막하게 한숨을 내쉬었다. 그 역시 아들과 왜 같이 살고 싶지 않겠는가? 하지만 정든 고향을 떠나는 것도, 아들 내외와 한집에서 같이 사는 것이 쉬운 일이 아님을 너무나 잘 알고 있다. 하지만 어쩌겠는가? 세상이 변해 몬스터가 도심에 나타나 무죄한 사람들을 죽이고 있다. 이런 상황이니 아들과 함께하고 싶은 마음이 굴뚝같았다.

이영호는 어색한 웃음을 지었다. 그러자 눈가에 자글자글한 주름이 얼굴 전체로 번졌다. 오열은 그 모습을 보고 자신의 무심함을 자책했다. 남들은 상상도 할 수 없는 돈을 벌었음에도 부모님께 해드린 것이 거의 없었기 때문이다.

"오열인 그만 가서 쉬어라."

이영호는 나지막하게 말을 하고 뒤돌아섰다. 오수련은 그런 남편을 보고 못내 아쉬운 표정을 지었다. 그런 그녀의 표정에 아만다가 작은 목소리로 '어머니, 걱정하지 마세요.' 한다.

오열은 일단 지하 벙커에서 국가가 제공해 준 침대에 누웠다. 지하 200m 아래에 있는 벙커는 좁았다. 거대한 공간이긴 하지만 많은 사람이 피난을 와 있기에 오열에게 제공한 방은 아주 작았다.

'넓은 방을 두고 여기서 뭔 고생이냐?'

오열은 나지막하게 한숨을 내쉬었다. 아만다가 그런 그의 품 안으로 파고들며 나지막하게 속삭였다.

"다 잘될 거예요."

오열은 아만다의 말에 위로가 되었다. 눈을 감자 잠이 몰려들었다.

*   *   *

오열은 오랜만에 아바타에 접속했다. 그는 앞으로 우주선에서 안드로이드를 받아서 광산 개발을 할 생각이다. 소형 비행정을 타고 아마스트라스 숲으로 되돌아오는 데 일주일이 걸렸다. 하지만 대답은 부정적이었다.

"우리가 지원해 줄 수 있는 안드로이드는 사실상 없네. UN

이 안드로이드 승인을 해주지 않아서……. 하지만 다른 형태의 지원이라면 가능하네."

"……?"

이철수 대령이 사람 좋은 미소를 지으며 오열을 바라보았다. 오열이 말없이 그를 바라보자 그가 재미없다는 표정을 지으며 입을 열었다.

"안드로이드 대신이 오토매틱 기계를 주겠네."

"오토매틱이요?"

"단순 작업을 할 수 있는 기계들이지. 사실 광산 개발에 안드로이드가 꼭 필요한 것은 아니지 않나? 안드로이드는 원래 전투용으로 개발된 로봇이네. 반면 광물 채굴은 단순 작업이지 않나?"

"네, 그렇습니다."

"그럼 자네가 원하는 것을 아주 쉽게 얻을 수 있을 걸세."

"아! 감사합니다."

오열은 이철수 대령의 말이 무척 마음에 들었다. 사실 우주선 지니어스23에서 오열에게 해줄 수 있는 것은 매우 제한적이었다. 우주선 지니어스23은 네 개의 국가가 공동으로 운영하는 것이고, 각국의 우주인들은 자체적으로 생존하기 위해 많은 것이 필요했다. 그들은 착실히 에너지스톤을 모으면서 우주선의 동력을 회복하고 지구로 귀환하고자 하는 조치를 해야 하기 때문이다. 그러하기에 이철수 대령이 오열에게 지원해 줄 수 있는 여력은 별로 없었다.

'맞아. 닭을 잡는 데 굳이 소 잡는 칼이 필요한 것은 아니지.'

오열은 이철수 대령의 말을 이해했다. 안드로이드는 광물을 채굴하는 데 사용하기에는 너무 고급 기종이다. 또 만드는 데 들어가는 재료가 너무 고가였다.

오열은 하루를 지니어스23에 머물면서 필요한 장비를 지급 받았다. 다행인 것은 마법배낭이 있어 많은 내용물을 담을 수 있다는 점이다.

"그것 참 신기하군."

이철수 대령이 오열의 마법배낭을 탐욕스러운 눈으로 바라보았다. 하지만 오열은 그런 그의 눈길을 외면했다. 사실 우주선 내에서 마법배낭을 필요로 하는 일은 거의 없다. 게다가 만들기도 쉽지 않아 구하기가 쉽지 않았다.

"이제 가보겠습니다."

"허허, 그렇게 하게. 자네는 이제부터 땅굴 파는 일에 전념해야겠군."

"네."

이철수 대령의 말에 오열이 풀 죽은 목소리로 대답했다. 땅굴을 파는 것은 아주 싫었다. 처음 이 함뮤트 대륙에 도착하여 1년 넘게 땅굴만 판 후유증 때문이다. 땅굴 생각만 해도 토가 나올 정도로 싫었지만, 지금은 팔 수밖에 없는 상황이다. 그나마 오토매틱 로봇을 얻은 것이 위안 아닌 위안거리였다.

인류의 미래를 지키는 일이 땅굴을 파는 것이라는 것에 자괴감마저 들었지만, 자원의 중요성은 아무리 강조해도 부족함이 없다. 석유, 석탄 등등 과거의 화석원료 역시 땅을 파서 마련했다. 그 결과로 절대다수의 사람이 혜택을 봤다.

'뭐, 공짜도 아니고. 이렇게 기계까지 얻었으니 땅을 안 팔 수가 없구나!'

돈을 벌긴 하지만 내키는 일은 아니었다. 오열이 돈 욕심이 많은 사람도 아니었고 또 돈은 메탈사이퍼를 위한 장비를 만들어 팔면 된다. 굳이 싫어하는 땅을 파는 것은 순전히 이타적인 의도였다.

오열은 지니어스23을 나왔다. 녹색으로 가득한 아마스트라스 숲이 시야에 들어왔다. 처음 이곳에 왔을 때 경험한 기억들이 생각나자 오열은 피식 웃음을 터뜨렸다.

'자, 이제 가자!'

회상에 잠겨 있기에는 할 일이 너무 많았다. 가장 먼저 안트로이스 산맥으로 돌아가서 광물을 채취해야 한다.

땅굴을 팔 생각을 하자 벌써 구토가 날 것 같다. 처음 땅굴을 팔 때보다는 아주 많이 강해졌지만 여전히 땅속 몬스터는 그에게 위협적인 존재였다. 혹시 드래곤이나 웜을 만나면 생명은 물론 오랜 시간을 작업한 땅굴이 순식간에 무너질 수도 있었다. 이런 의미에서 지하의 세계에서는 무력이 큰 의미가 없다. 아바타라 생명의 위협은 없다고 하지만 오열의 아바타가 착용하고 있는 장비의 희소성은 아무리 그라도 쉽게 생각할 수 없었다.

'괜히 아만다에게 오라고 했네.'

오열은 아만다에게 용병을 모집해서 안트로이스 산맥으로 오라고 한 것이 필요 없는 일이라는 생각이 들었다. 이철수 대령이 제공해 주는 오토매틱을 사용하면 되니 말이다.

땅을 파고 흙을 나무로 만든 레일에 실어 나르면 끝이다. 땅을 파는 작업은 단순한 일이다. 문제는 땅굴이 무너지지 않도록 파는 것이 노하우다.

'그래도 나무 레일을 깔기 위해서는 용병이 아주 필요 없는 것은 아니지.'

단순 작업일수록 예상외로 많은 사람이 필요하다. 광물 채광은 오로지 노동력으로 결과물을 만들어내야 하기 때문이다.

'젠장, 빌어먹을! 인류는 대체 어디로 가고 있는 거야?'

갑작스럽게 나타난 몬스터의 출몰은 인류의 생존을 위협하고 있다. 몬스터를 가공해서 만들어내는 부산물로 많은 이득을 보는 사람들이 존재했지만 역시나 죽고 나면 말짱 꽝이다. 이런 의미에서 하루빨리 몬스터를 완벽하게 퇴치를 해야한다.

　　　　　*　　　*　　　*

두두두두!

오토매틱이 요란한 소리를 내며 암벽을 뚫기 시작했다.

지이잉!

거대한 바위가 드릴에 뚫리고 잘려나갔다.

두둑두둑!

부서진 바위 조각들이 떨어지기 시작했다.

'쉽다, 쉬워.'

오토매틱을 사용하자 화약의 사용 빈도가 현저하게 줄어들었다. 오토매틱은 정밀한 기계다. 하지만 인공지능이 장착되어 있지 않아 일일이 옆에서 작업을 지켜보아야 한다. 오열은 오토매틱이 뚫어놓은 흙과 바위 조각들을 짐차에 싣고 버튼을 눌렀다.

지이잉!

짐차들이 레일 위로 움직이기 시작했다. 확실히 단순 작업에는 이 오토매틱이 제격이다. 오열이 하는 일은 이미 뚫린 굴에 튼튼한 부목을 대어 지지대를 설치하는 것이다. 이전에 일일이 수십 km의 거리를 짊어진 후에 그것을 버린 것에 비하면 지금 하는 일은 일도 아니다.

"여보, 이제 얼마나 남았어요?"

아만다가 오토매틱이 뚫은 바위를 보며 물었다. 이곳에서 작업을 시작한 지 이제 한 달이 조금 넘었다.

"아직 멀었어."

"빨리 끝났으면 좋겠어요."

"여기 심심하지?"

"아니, 그런 것은 아니지만……."

말로는 아니라고 하였지만 역시나 심심할 수밖에 없다. 땅굴을 파는 작업이 워낙 단순 작업이기 때문인데, 오열은 땅속 몬스터를 피해 땅을 파야 했기 때문에 자리를 이탈할 수 없었다.

오열은 한숨을 내쉬었다. 앞으로도 한 달은 족히 더 이 작업을 해야 한다.

'하지 말까?'

오열은 자신이 연금술사이지 광부는 아니라는 생각이 들었다. 하지만 지구에서 몬스터의 갑작스러운 이상행동은 무시할 수 없었다. 더 좋은 장비로 헌터들이 무장하지 않는다면 당장 가족의 안전조차도 보장할 수 없게 된다.

'그나마 다행이지.'

오열은 나지막하게 한숨을 내쉬었다. 몬스터브레이크가 발생해도 정부가 가족을 최우선적으로 보호해 주니 말이다. 이번 몬스터브레이크 때도 부모님과 아만다가 왕실 소유의 안전지대로 피하지 않았는가.

용의 기사단에서 자유로워지고 싶지만 그게 쉽지가 않다. 인간은 더 강해져야 생존을 담보할 수 있게 되고, 오열의 가족 역시 안전하게 되니까 말이다.

인내심.

인내심 하나만큼은 최고인 오열은 묵묵히 땅을 팠다. 그나마 아만다가 옆에 있어서 심심하지 않아서 좋았다. 이철수 대령에게서 얻어온 장비들은 성능이 아주 좋아서 이번에는 용병을 고용하지 않고도 작업이 어렵지 않았다.

"조금만 참아요. 아버지가 일꾼을 보내주신다고 했어요."

"일꾼?"

"네. 믿을 수 있는 용병들을 보내신대요."

"아, 그러면 나야 좋지."

장인이 보내는 사람이라면 믿을 수 있다. 백작이지 않은가.

이 대륙에서 채취하는 광물 중 에너지스톤이나 마나석, 은과 금 등은 지구나 이 대륙 모두 인기가 높다. 하지만 모나베헴 합금이나 아다티움 합금은 이 대륙의 기술로는 제대로 활용하지 못한다.

'더 강한 금속을 찾아야 해.'

지구에 나타난 몬스터를 박멸하기 위해서는 거대한 크레이에이터를 부숴야 한다. 카오스에너지를 약화시켜야 몬스터의 거대화를 막을 수 있기 때문이다.

두두두두두!

굴착기가 자동으로 움직였다. 떨어지는 흙과 바위를 레일 위의 트레일러에 넣고 버튼을 눌렀다. 트레일러가 자동으로 움직인다.

단순 작업이지만 장비의 도움이 컸다. 시간이 지날수록 채굴되는 광물과 원석들이 많아졌지만 여전히 더 깊숙이에 있는 광물 채집을 위해 노력해야 한다.

모나베헴 합금이나 아다티움 합금 외에 더 강한 광물을 발견해야 한다. 그리고 양도 중요했다. 아바타로 싸우는 헌터들이 많아질수록 거대 몬스터와의 전투에서 승리할 확률이 올라갈 것이기 때문이다.

그렇게 시간이 흘러갔다. 땅굴을 파고 광물을 채굴하기 시작한 지 두 달.

드디어 노톨리에스 영지에서 보낸 용병들이 도착했다.

"막스라고 합니다."

"소인은 베버라고 하옵니다."

"한슨이라고 합니다."

다행한 것은 이들 무리와 함께 올슨도 같이 온 것이다.

"자네는 어떻게 온 것인가?"

"브로도스 자작님이 제 다리를 만들어주셨습니다. 아직 완전하지는 않지만 아가씨와 오열 님을 돕고 싶습니다."

"잘 왔네."

오열은 믿을 수 있는 올슨이 온 것이 기뻤다. 그라면 자신이 없는 때에 이곳을 맡길 수 있을 터이니 말이다.

"자네들의 대장은 여기 있는 올슨이다. 혹시 반대하는 사람이 있나?"

"없습니다."

"없습니다."

12명의 용병들은 오열의 말에 토를 달지 않았다. 아마도 백작의 지시가 있었고 올슨도 이들에게 인심을 잃지 않은 듯했다. 오열은 올슨이 마음에 들었지만 몸이 성한 다비드가 오지 않고 그가 온 것은 의외였다.

3장

개고생

　"자네들은 부목을 만들기 위해 나무를 자르는 일을 최우선
으로 하게. 게다가 레일을 만들어야 하니 그 일도 하고."

　"알겠습니다요."

　목수 일에 조예가 있는 몇몇 용병이 나서서 대답했다. 이곳
에서 일하려면 평범한 목수로는 곤란했다. 언제 몬스터가 나
타날지 모르는 험지이기 때문이다. 그런데 올슨이라면 오열
이 믿고 무기를 맡길 수 있다.

　오열은 올슨에게 피스톨과 마력탄을 맡기고 광물 채집에
열을 올렸다. 과연 용병들이 가세하자 일의 속도가 붙기 시작
했다. 백지장도 맞들면 낫다고 했듯이 일을 나눠서 하니 속도

가 붙은 것이다.

땅굴을 하도 파서인지 진도가 팍팍 나갔다. 예전에 고블린에게 감자와 고구마를 나눠 주면서 땅을 파던 때와는 비교도할 수 없는 속도였다. 무엇보다 레일을 사용하여 파낸 땅을수레에 실어 나른 덕분이기도 했다. 또 그때는 오열이 삽을사용했다면 지금은 전동기로 파내고 있으니 속도가 같을 수없었다.

"어, 잠시만."

오열은 월슨이 땅을 파내는 것을 멈추게 했다. 그는 광물탐색기에서 꿈틀거리는 점들을 바라보았다. 이상했다. 광물인 것은 맞는데 물처럼 흐르고 있었다. 그것도 아주 느리게.

'어떻게 광물이 흐를 수 있어? 그런데 이것은 물이 아니야. 광물이라고!'

탐사장치에 나타난 것은 분명한 광물. 물처럼 흐르는 액체광물이라? 이해가 되지 않았다. 오열은 고민했다. 액체 광물은 오른쪽으로 심하게 휘어져 있다. 이를 채취하기 위해서는10여 ㎞를 더 파 내려가야 한다는 말이다. 몇 달 동안 땅굴만파다 보니 슬슬 지겨워지고 있던 참이다. 그런데 10여 ㎞를더 파 내려간다?

'그래도 이건 채굴해 봐야 해.'

만약 이것이 액체금속이라면 어쩌면 굉장한 것일 수도 있다. 이곳에서 나온 일부 금속, 예를 들면 모나베헴 합금이나 아다티움 합금과 같은 것을 발견하게 된다면 이는 매우 혁신적인 일이다. 이런 건 못 먹어도 고다.

오열은 다시 땅을 파기 시작했다. 가장 중요한 것은 땅을 파서 버리고 나면 동굴이 무너지지 않게 다시 부목을 세우는 일이다.

"어어, 무너진다."

오열은 기겁하며 뒤로 물러났다.

쿵!

100m를 남겨두고 광산이 무너졌다. 거대한 바위에 맞아 뒤로 튕겨 나간 오열은 숨이 막혔다.

'이렇게 죽나?'

오열은 나지막하게 한숨을 내쉬었다. 그동안 많은 땅굴을 팠지만 한 번도 무너지지 않은 것이 용했다. 오열이 안전하게 채굴한 것도 있지만 운이 좋은 것이 컸다.

오열은 아바타를 새로 만드는 비용과 시간을 생각하자 가슴이 답답했다. 그런데 한참이나 지났는데도 아무런 일도 발생하지 않았다.

'안 죽었나?'

오열은 메탈아머 HP를 살펴보았다. HP가 반도 더 남았다.

"하하, 이거 무지막지한 슈트 때문에 안 죽었군."

오열은 가슴을 짓누르고 있는 바위를 옆으로 밀어냈다.

쿵!

마력을 사용해서 그런가? 거대한 바위가 생각보다 더 쉽게 치워졌다.

"젠장, 빌어먹을!"

오열은 드래곤나이트를 꺼내 휘둘렀다.

서걱.

무려 KP포인트가 320,000이나 하는 무지막지한 검이다. 거기에 오러까지 담겼으니 바위들이 두부처럼 잘려 나갔다.

막힌 갱도를 새로 만드느니 에너지소드를 휘둘러 새롭게 동굴을 만들었다. 붉은늑대길드와 전투했을 때 그는 던전을 무너뜨리고 새롭게 동굴을 판 적이 있다.

"하아!"

공기가 폐로 들어오는 것을 느끼며 오열은 안도했다. 아무리 아바타라 할지라도 숨을 쉬지 않으면 죽는다. 뚫린 동굴을 통해 시원한 공기마저 들어왔다.

'이렇게 된 이상 끝까지 판다.'

오열은 100m를 파려고 하다가 10분도 안 되어 포기했다. 에너지소드를 휘둘러 바위를 잘라낸다더라도 버릴 곳이 없었다. 오열은 할 수 없이 갱도 밖으로 나왔다.

"여보!"

아만다가 놀라 뛰어와 가슴에 안겼다.

"용병들은?"

"그게……."

오열은 아만다가 머뭇거리는 것을 보고 짐작했다.

"그래도 올슨과 윌슨, 막스와 한슨은 살아남았어요."

"젠장, 빌어먹을."

오열은 갱도 밖으로 나오자 처참한 몰골로 쉬고 있는 네 명이 보인다.

"다행입니다. 오열 님께서 살아남으셔서."

올슨이 기뻐하며 환한 미소를 지었다. 나머지 윌슨과 한슨, 그리고 막스가 다행이라는 표정을 지었다. 용병이란 의뢰를 수행하다가 언제든지 죽을 수 있는 위험한 직종이다. 그러기에 많은 돈을 받는 것이 아닌가.

"다행이오. 자네들이나마 살아남아서."

"운이 좋았습니다."

올슨의 말에 막스가 고개를 끄덕였다. 살아남은 이들은 잠시 쉬러 나왔다가 살아남은 것이다. 아만다의 경우는 메탈아머의 내구력 때문에 살아남은 것이고.

"이제 어떻게 하시겠습니까?"

올슨이 조심스러운 표정으로 오열의 눈치를 살폈다. 이는 막스와 한슨, 윌슨도 마찬가지였다. 고액의 의뢰비를 받았지만 광산을 개발하는 것은 생각보다 위험했다. 사실 광산에는 엄청난 인력이 동원된다. 오열처럼 이렇게 적은 인원으로 광산 개발을 하는 사람은 없었다. 하지만 그렇다고 여기서 광산 개발을 포기할 수는 없었다.

"우리는 광산 개발을 계속합니다."

오열의 말에 용병들이 한숨을 내쉬었다. 용병들은 의뢰비를 배로 올렸어도 그다지 좋아하지 않았지만 그렇다고 의뢰를 파기할 생각은 하지 않은 듯했다. 오열은 그것으로 만족했다. 사실 땅을 파는 것은 그 혼자로도 충분했다. 땅을 판 흙을 옮기고 부목을 설치하는 데 용병들의 손이 필요할 뿐이다. 다만 이번에 죽은 용병 가운데 기술자가 많은 것이 문제였다. 윌슨을 제외하고는 이제 광산 개발에 도움이 되는 용병은 거의 없었다.

"일단 며칠 쉽시다."

"네, 오열 님."

올슨이 가장 먼저 대답했다. 나머지 사람들도 며칠 쉰다는 오열의 말에 안도하는 표정이 역력했다. 용병들로서는 몬스터 퇴치 의뢰를 맡든 아니면 다른 의뢰를 맡든 위험한 것은 같았다. 그러니 의뢰 파기를 요구하지 않은 것이다.

무너진 갱도를 복구하면서 죽은 용병들의 시체가 나왔다. 살아남은 자들이 그들을 양지바른 곳에 묻었다.

다행한 것은 채굴기는 파손되지 않았다. 부목의 일부가 무너지고 레일이 많이 파손되었다. 이런 자잘한 것을 손보느라 작업 속도는 아주 느렸다.

오열은 아바타 접속을 끊고 PMC로 가서 지니어스23호에 있는 이철수 대령에게 연락을 넣었다. 나무로만 부목을 대는

것은 위험하다는 것을 느꼈기 때문에 강철로 된 부목이 필요
했다. 또한 어머니와 아버지가 쓸 메탈아머도 부탁했다. 동시
에 안트로이스 산맥에서 채취한 광물을 일부 넘겨주기로 약
속했다.

"여보, 쉬는 동안 복수하고 싶어요."

"뭐? 무슨 복수?"

"미첼을 죽인 안드로이 자작을 그냥 내버려 둘 수는 없잖
아요. 그는 내가 노톨리에스의 영주 막스 백작의 딸이라는 것
을 알고 있어요. 아버지에게 무슨 짓을 하기 전에 처리하고
싶어요."

"안드로이 자작의 영지 델포이는 여기서 먼데."

"여보, 우리에게는 에어부스터가 있잖아요."

오열이 머뭇거리는데 아만다가 이렇게까지 말하는 것을
보니 결심이 선 것 같았다. 그러니 오열은 마냥 아만다의 부
탁을 외면할 수가 없다. 그렇다고 아만다 혼자 보내기는 더욱
곤란했다. 아만다가 어릴 때부터 전쟁의 참화를 직접 겪기는
했지만 그렇다고 직접 사람을 죽이거나 하지는 않았으니.

"좋아, 이철수 대령으로부터 연락이 오면 그때부터 움직이
도록 하자고."

"네, 고마워요."

오열은 피식 웃었다. 지금은 광산 개발로 바빠서 그렇지 장
인을 위해서라도 안드로이 자작을 처치하긴 해야 했다. 델포

이 영주 안드로이 자작은 남부지역의 패자가 되고자 하는 야망이 있는 자였다. 그런 자를 그냥 내버려 두기에는 위험했다.

"그럼 밀린 일이나 하자고."

오열은 드래곤나이트를 뽑아 주위의 나무를 잘라냈다. 거대한 나무가 칼질 한 방에 썩은 무처럼 잘려나갔다. 그 모습을 옆에서 지켜보던 용병들이 두 눈을 부릅뜨고 감탄을 터뜨렸다.

"소드마스터야!"

"소드마스터가 나무나 베고 있다니 두 눈으로 보고 있어도 믿어지지 않아."

윌슨과 막스, 한슨이 보고도 믿지 못하겠다는 표정을 지었다.

*   *   *

델포이 영지.

오다프로스 강을 끼고 있어서 풍요로운 곡창지대일 뿐만 아니라 철광과 은광도 있다. 게다가 바티안 왕국과의 전쟁에서 거의 피해를 보지 않아 전후에는 강력한 힘을 가지게 되었다.

"이곳 영지민의 삶이 좋지 않은가 봐요."

비루하게 곯은 망아지처럼 영지민들의 모습이 볼품없었다. 피죽도 못 먹은 얼굴을 한 사람이 열에 넷은 되었다.

"그 녀석이 좋은 영주가 아닌가 보네."

델포이 영지는 비옥한 영지와 광산이 있어 부유한 도시다. 그런데 영지민의 삶이 이렇다면 알 만했다. 영지민에게는 무관심한 악덕 영주가 틀림없었다. 하긴 권력에 눈이 멀어 무모한 일을 감행한 자가 아니던가. 갈등의 시작은 안드로이 자작이 은혜를 원수로 갚았기 때문이다.

"빨리 처리하고 가요."

"어. 그놈만 죽이면 되지?"

"네."

아만다는 대답을 하면서도 표정이 어두웠다. 아무리 상대가 천하의 나쁜 놈이라도 사람을 죽인다는 것은 부담스러운 일이다.

타르겐트 도시는 매우 번화했다. 화려한 옷을 입은 사람이 많았다. 오열과 아만다는 밤을 이용해 타르겐트 도시에 도착했다. 여관에 투숙하고 아침이 되었다.

"영주관이 어디 있는지 파악해야 해."

오열의 말에 아만다가 고개를 끄덕였다. 자신이 우겨 이곳에 오게 되었지만 시간이 없는 것을 잘 알고 있다. 무너진 갱도를 복구하고 다시 파야 한다. 새로운 광물을 채취하는 것에 인류의 미래가 달려 있다. 지니어스23호에 있는 미국과 일본의 우주인들도 광물 채집에 혈안이 되어 있는 것은 마찬가지였다. 그들은 오열만큼 뛰어난 광산개발자는 없어도 초기부터 막대한 투자를 해왔기에 한국보다는 여유로운 편이다.

"그냥 쳐들어가서 죽이고 가요."

"그럴까?"

오열은 굳이 영주가 의로운 자인가 불의한 자인가를 따질 필요가 없다고 생각했다. 원한이란 상대가 정의로운가를 따지는 것이 아니다. 그냥 복수하면 되는 것이다.

"그래, 그러자."

오열의 말에 아만다가 나지막하게 안도의 한숨을 내쉬었다. 그녀로서도 오열에게 미안했다.

여관에 투숙하고 종업원에게 영주관 위치를 얻은 오열과 아만다는 낮에는 방에서 쉬었다. 이 대륙에서 사고를 치고 싶지 않았다. 여전히 UN은 이 행성에서 아바타가 개입하는 것을 강력하게 규제하고 있었고, 오열 역시 그런 UN의 조치가 옳다고 생각했다. 어떻게 보면 아바타를 만들어 자원을 강탈하는 것만으로도 충분했다.

UN이 아바타의 행성 개입을 적극적으로 막고 있지만 실질적으로 감시하는 시스템은 없었다. 일단 UN 자체가 이 행성에서 지구인의 행동을 간섭하려면 많은 인원을 파견해야 하는데 UN 소속의 인물이 불과 수십 명밖에 되지 않아 정확한 통제가 되지 않았다.

오열은 여관 2층에서 저무는 타르겐트 도시의 황혼을 바라보았다. 황홀하도록 아름다운 하늘이다. 하늘은 붉은 노을이 파도처럼 몰아치고 있었다.

'젠장, 날씨가 안 좋군.'

오열은 붉은 노을이 이제 죽여야 하는 타르겐트의 영주 안드로이 자작의 피처럼 느껴졌다. 누군가를 죽여야 하는 것은 기분 나쁜 일이다. 몬스터의 침략과 같은 것이 아니라면 굳이 손에 피를 묻힐 일이 없었다.

"아름다워요."

아만다가 도시의 어둠을 감탄했다. 오열은 그녀의 말에 가만히 고개를 끄덕였다. 이 행성은 유독 아름다운 절경이 많았다. 그가 작업하는 안트로이스 산맥의 경치도 유난히 아름다웠다. 황산의 기암괴석과 장가계의 유려함이 모두 있는 곳이다. 한국으로 따지면 금강산보다 아름다운 곳이 한두 곳이 아니었다.

"자, 이제 가볼까?"

"네."

오열이 창문을 열고 나오자 아만다가 뒤따랐다. 에어부스터를 켜고 하늘을 날자 영주관에 순식간에 도착했다.

"여기."

"네."

오열은 가장 화려한 건물의 지붕에 착륙했다. 그러자 아만다도 그의 곁에 착륙했다.

'자작이 이곳에 있을까?'

악인일수록 뱀의 허물을 벗듯 새로운 아지트를 만들게 마련이다. 오열은 안드로이 자작이 그렇게 하지 않기를 바랐다. 만약 그렇게 된다면 무고한 사람을 더 많이 죽이게 될 것이기 때문이다. 오열은 안드로이 자작만 찾아 죽일 만큼 시간적인 여유가 없었다.

4장

복수

창문을 열자 화려한 실내가 나타났다.

'다행히 창문을 닫지 않았군.'

오열은 빙그레 미소를 지었다. 창문을 닫지 않은 것은 고사하고 알람마법마저 없다. 이상했다.

"아만다, 조심해."

"네."

오열은 알람마법이 설치되지 않았다는 것에 의심이 들었다.

함정.

함정일 확률이 높았다. 함정이라고 해도 문제는 없다. 왜

냐하면 지금 움직이고 있는 것은 아바타이므로 생명의 위험 따위는 없다. 그리고 강력한 메탈아머를 착용했기에 어떠한 위험이 닥치더라도 헤쳐나갈 수 있을 것이다. 그리고 오열의 무력은 소드마스터 이상이다. 그러므로 함정이라고 하더라도 문제가 없었다.

저벅저벅.

조용하게 걷는데도 발소리가 컸다.

"아만다, 함정이야."

"네."

안드로이 자작이 이곳에 있다면 이렇게 조용할 리가 없었다. 오열은 마법을 사용했다.

"마나 디텍트!"

화르르륵.

마나가 불길처럼 어둠 속으로 사라졌다. 어둠 속으로 사라진 마나가 생명체에 반응했다.

"백여 명이 넘는 기사가 포진하고 있어."

오열은 아만다에게 낮은 목소리로 말했다. 오열은 안드로이 자작이 얼마나 치밀한 놈인지 깨달았다. 사건이 발생한 지 수개월이 지났음에도 이런 인(人)의 장막을 펼쳤다는 것은 그만큼 독기가 있는 인물이라는 것.

"가지."

"네."

오열은 검을 뽑아 주위를 향해 휘둘렀다.

서걱.

오러에 둘러싸인 검이 스친 공간이 무너져 내렸다.

"쳐라!"

벽이 허물어지자 다급한 목소리가 들려왔다. 그러자 판금 갑옷을 입은 기사들이 튀어나왔다.

오열은 기사들을 향해 오러검을 휘둘렀다.

서걱.

"크아아악!"

오러가 닿는 것은 사람이든 벽이든 모두 갈라졌다. 강대한 마나가 검끝에 넘실거린다. 그 마나에 힘을 얻어 검을 휘두르면 공간과 시간을 가른다.

"크아아악!"

다시 비명 소리가 들려왔다.

"여보!"

아만다가 죽어가는 기사를 보고 소리를 질렀다. 하지만 오열은 상관하지 않았다. 이들이 죄 없는 자들이라고는 생각하지 않았다. 먹고살기 위한 것이라고는 하지만, 불의한 권력에 결탁한 자들이다.

"스크롤을 찢어라!"

오열이 회랑에 나타나자마자 우두머리로 보이는 기사의 외침이 튀어나왔다.

찌이익.

스크롤을 찢는 소리가 들려왔다.

화염이 날아와 두 사람에게 부딪쳤다.

펑!

메탈아머에 부딪친 화염의 불꽃이 튕겨나갔다.

"쉴드마법이 인챈되어 있습니다."

"계속 찢어라!"

아이스에로우와 파이어볼과 같은 마법이 다시 날아왔다.

치이이익!

파이어볼과 아이스에로우가 허공에서 부딪치자 순식간에 수증기를 만들어내면서 주위가 안개에 뒤덮였다.

"지금이다! 공격하라!"

오열은 날아오는 파이어볼 사이로 마법진을 보았다.

"젠장!"

마법진을 향해 오러검을 휘둘렀지만 한발 늦었다. 오열은 서둘러 아만다의 허리를 붙잡았다.

펑.

공간이 갈라지면서 오열의 몸을 잠식했다.

'텔레포트 마법진?'

공격이 먹히지 않자 침입자에게 텔레포트 마법을 사용한 것이다.

"여보!"

아만다가 오열을 꽉 안고 소리를 질렀다. 주위는 어둠에 가로막혀 있다. 오열은 비록 마법사이기는 하지만 저 서클 마법사에 불과했다. 또 스크롤을 사용한 마법은 마나의 유동이 적어 고서클의 마법사가 아니라면 방어하기가 쉽지 않았다.

"젠장!"

오열은 불평을 터뜨리며 라이트마법을 사용했다. 주위가 밝아지자 매캐한 냄새가 코를 찔렀다. 오열은 정말 단 한 순간도 상대가 마법스크롤을 사용할 것이라고는 생각하지 못했다. 마법스크롤이 얼마나 비싼지 잘 알고 있기 때문이다.

"이곳은 어디지?"

마법스크롤의 좌표는 꼭 가본 곳이 아니라도 상관없다. 스크롤에 인챈된 마나의 양만큼 대상을 공간으로 보낼 수 있기 때문이다. 그래서 정확한 좌표가 아니라면 바다나 땅속에 파묻힐 수도 있어 최악의 상황이 아니라면 텔레포트 마법을 사용하지 않는다.

다행스럽게도 숨을 쉴 수 있는 공기가 있어 오열은 안도했다. 아바타라 해도 공기가 없다면 죽는다. 이 때문에 안드로이드 로봇이 아닌 아바타는 제한이 많았지만 안드로이드 로봇이 불가능한 많은 것을 아바타는 할 수 있다. 아바타는 본체와 동일한 능력을 발휘할 수 있으니까 말이다.

오열은 재빠르게 주위를 둘러보았다.

"젠장, 빌어먹을 놈!"

오열은 안드로이 자작을 향해 분노하면서도 그런 자에게 당한 것에 부끄러움을 느꼈다.

"어머나!"

아만다가 기겁하며 오열의 품 안으로 파고들었다.

아만다 주위로 쥐 몇 마리가 쏜살같이 지나갔다.

찍! 찌익!

쥐 소리가 들리자 아만다가 더욱 놀랐다. 어둠 속에서 푸르스름하게 빛나는 작은 눈동자를 보며 오열은 말없이 걸었다.

오열이 텔레포트당한 곳은 지하 하수구였다. 도시를 관통하는 거대한 하수구였기에 오열은 오러를 취소하고 조심스럽게 나갔다. 지하의 하수구는 때로 가스가 압축되어 있는 곳이 있어 불꽃을 사용하면 안 된다. 물론 가스가 터진다고 하더라도 메탈아머의 방어력을 생각한다면 안전하기는 했지만 그렇다고 모험을 하고 싶지는 않았다.

"여보, 어떻게 해요? 괜히 저 때문에……."

아만다가 오열을 보며 미안한 표정을 지었다. 바쁜 그를 이곳으로 끌고 온 것은 그녀였기에. 그녀는 오열이 자신의 말이라면 찰떡같이 듣는다는 것을 이용했다. 그래서 더 미안했다.

"괜찮아. 방심한 내가 잘못한 것이지. 안드로이 자작만 죽이려고 한 것이 잘못이야. 가능한 UN의 권고를 받아들이고 싶지만, 이제는 UN조차 이곳에서 무엇이 일어나든 관여하기 힘들어. 지구의 문제가 더 급하거든."

"아, 네. 그래도 미안해요."

오열은 거듭 미안해하는 아만다의 허리를 껴안고 빙그레 웃었다. 아내를 위해 며칠 낭비하는 것 정도야 못할 것도 아니다. 게다가 그도 이제는 안드로이 자작에게 한 방 먹은 직후라 오기가 생겼다.

사실 우주선이 이 행성에 도착한 후 안드로이드를 만들어 대대적인 탐사를 한 적이 있다. 그때 처참하게 실패했고 안드로이드를 이용한 작전은 폐쇄되었다. 지니어스23호에 있는 우주인 중에 상당수가 여전히 안드로이드를 사용하기는 하지만 지구에 있으면서 이 행성에 아바타를 만들어 활동하는 헌터는 이제 거의 없다시피 하다. 당연히 UN의 관심도 줄어들었다. 그런데도 오열은 가능하면 이곳의 주민과 마찰을 줄이려고 노력해 왔다.

'가능한 한 빨리 문제를 해결하고 안트로이스 산맥으로 돌아가자.'

언제까지 땅굴만 파고 있을 수 없기에 오열은 가능한 한 빨리 이곳에서 광물 채굴을 마칠 생각이다. 무너진 갱도가 이런 오열의 마음을 더욱 재촉했다. 우주선에 갔다가 온 것도 무너진 갱도 때문이다. 자재를 공급받아 빠르게 광물을 채취하기 위해서.

지하하수처리장은 생각보다 길었다. 오열은 아만다를 데리고 천천히 걸었다. 라이트마법으로 앞길을 밝히니 어려운 것은 없었다. 그렇게 한참을 가니 드디어 지상으로 갈 수 있는 계단이 나왔다.

"여보, 드디어 나왔어요."

아만다가 지하하수처리장을 나갈 수 있게 되자 아주 좋아했다. 깔끔한 성격의 그녀가 오물로 가득한 지하하수처리장을 걷는 것은 견디기 힘들었을 것이다.

"아만다, 잠시만."

오열은 지상으로 이어지는 계단으로 가려는 아만다를 급히 막았다.

"왜요?"

아만다가 되물었다. 오열이 지상으로 이어지는 계단 맞은편을 가리켰다.

"뭐예요?"

"몰라. 그런데 이상하게도 저곳이 거슬려."

"그럼 가봐요."

아만다는 오열에게 아주 많이 미안했다. 오열이 이곳에서 시간을 낭비해야 하는 것이. 그런데 눈치를 살피니 얼굴에 강한 호기심이 엿보인다. 그래서 그녀는 가보자고 한 것이다.

"그럴까?"

오열은 계단 주위에 있는 원을 중심으로 역삼각형이 중첩된 것을 보았다. 마법진이었다.

'왜 이곳에 마법진이?'

오열은 의아함을 느꼈다. 지하하수처리장이 있는 곳에 왜 이런 것이 있는지 이해가 되지 않는다. 비록 마법진이 부서져 제대로 발동하지 않는다더라도 말이다. 마법진은 아주 오래된 것으로 보였다. 오열은 마법진을 무시하고 지하로 이어지는 계단으로 내려갔다. 그러자 넓은 광장이 나왔다.

"아무것도 없네요."

"그렇군."

그런데 아만다의 말처럼 아무것도 없는 것은 아니었다. 빛이 바랜 벽화가 있었고 바닥에는 알 수 없는 돌들이 굴러다니고 있었다.

"이곳은 원래 뭐였을까요?"

"글쎄, 지금은 알 수가 없어. 마법진까지 있던 곳이라 중요한 곳이었을 테지만 이제는 그냥 지하하수처리장에 불과하잖아."

"맞아요."

오열의 말처럼 신화를 그린 것으로 보이는 벽화들도 습기와 이끼로 망가져 제대로 된 그림이 하나도 없었다.

"어머!"

아만다가 갑자기 깜짝 놀라 소리를 질렀다.

"왜?"

"돌들이 녹색이에요."

"이끼가 껴서 그렇게 보이는 거 아니야?"

"아니에요."

아만다의 말을 듣고서야 오열은 바닥에 뒹굴고 있는 돌덩어리들을 바라보았다. 맞았다. 돌멩이는 신기하게도 녹색이었다.

"흐음, 이상한데."

그의 눈에는 녹색의 돌들이 광물처럼 보였다. 하도 광물 채집을 하다 보니 이제는 돌이나 흙만 봐도 느낌이 왔다.

오열은 광물탐지기를 꺼내 작동시켰다. 그러자 기계가 맹렬한 신호를 보냈다.

"이거 광물이야, 아만다."

오열은 고개를 갸웃거리며 말했다. 바닥에 굴러다니는 돌덩어리가 적은 것치고는 기계의 신호가 아주 강했다.

오열은 돌들을 집어 마법배낭에 넣었다. 15개의 돌을 집어넣자 기계가 신호를 보내는 것을 멈췄다.

'고작 15개의 돌덩어리 때문에 그렇게 강한 신호를 내보냈다는 것인가?'

이해가 되지 않았다. 오열은 빙그레 미소를 지었다. 길을 가다가 넘어졌는데 돈을 주운 느낌이랄까?

"이제 가요."

오열은 아만다가 손을 잡아 이끄는 대로 지하 광장을 벗어나 지상으로 나왔다. 그들이 나온 곳은 타르겐트의 북쪽 외곽이었다. 영주성에서 두 시간 거리의 빈민가였다.

"완전히 당했군."

오열은 자신의 실수를 인정했다. 상대를 너무 얕봤다. 설마 그렇게 많은 시간이 지났는데도 이렇게 치밀하게 준비를 하고 있을 줄은 꿈에도 생각하지 못했다.

오열은 자신의 메탈아머를 내려다보았다. 그의 가디언 슈트는 아주 고풍스럽고 멋있다. 한눈에 보아도 명품이라는 것을 알 수 있을 정도로. 그리고 아만다의 갑옷 역시 마찬가지였다. 이곳의 갑옷과는 스타일 자체가 달랐다.

"아만다, 아마도 안드로이 자작이 우리가 온 것을 알아차린 것 같아."

"어머! 어떻게요?"

아만다가 믿을 수 없다는 표정으로 오열을 바라보았다. 그 모습을 보고 오열이 피식 웃었다.

"당신과 나의 옷차림."

"옷차림이 왜요?"

오열은 아만다의 말에 소리 내어 웃었다.

"봐, 이것들이 여기에서 만들 수 있는 갑옷이던가?"

"아뇨."

아만다는 바로 대답했다. 그녀가 착용한 메탈아머를 값으로 매긴다면 한 개의 성을 팔아도 사지 못할 것이다. 오러를 사용할 수 있는 기사의 검도 막아낸 갑옷이 아닌가? 그리고 디자인 역시 지구의 것이다. 대단히 감각적이고 아름답게 설

계되어 있다.

아만다는 오열의 말을 듣고 고개를 끄덕였다. 오열과 아만다가 타르겐트에 도착한 것은 정오 무렵, 그리고 그들은 저녁이 될 때까지 여관에 머물렀다. 그들이 이곳에 도착했을 때 영지민들이 흘끔거렸다. 그것은 어느 곳을 가나 마찬가지였기에 무시했는데 그게 잘못이었다. 안드로이 자작은 탐욕이 지나치게 강한 놈이긴 해도 어리석은 자는 아니었다.

아만다는 미첼의 죽음과 올슨의 다리를 생각하면 복수를 안 할 수 없다. 그들이 그녀에게 지극함을 다한 것도 있지만 안드로이 자작의 행위에 분노했다. 침몰하는 배에서 죽어가던 그를 살려줬는데 오히려 은혜를 원수로 갚은 안드로이 자작의 행태에 말할 수 없는 분노를 느꼈다. 복수하지 않으면 잠이 오지 않을 것 같았다. 그래서 남편의 도움을 받았다. 그녀 혼자 복수를 한다는 것은 아주 지난한 일이니까.

"우리 빨리 끝내고 안트로이스 산맥으로 가요. 빨리 끝내야죠. 용병들이 기다리고 있으니까요."

"그래, 아만다. 오늘 중에 끝내자."

"여보, 안드로이 자작을 죽이지 못한다더라도 큰 타격을 쳤으면 해요."

오열은 아만다의 말에 고개를 끄덕였다. 광산 개발도 끝내지 못하고 이곳에 온 이유는 바로 장인 때문이다. 아내가 막스 백작의 딸인 것을 알고 있는 안드로이 자작이 해코지하지나 않을까 걱정되어 달려온 것이니까 말이다. 막스 자작은 고지식한 공무원 출신이라 안드로이 자작처럼 음모와 궤계에 능한 자를 상대할 수 없다.

"자, 아만다. 다시 날아보자고."

"네."

오열과 아만다는 에어부스터를 켜고 위로 날아올랐다. 칠흑같이 어두운 밤하늘을 나르며 백작의 성을 찾아 나섰다.

"쉽군."

백작의 성을 찾는 것은 어렵지 않았다. 오열을 감당하지 못한 기사들이 마법스크롤을 사용했기 때문에 건물 하나가 불타 버렸다. 화재로 인해 멀리서도 자작의 성이 환하게 보였다.

지이이잉.

오열과 아만다는 순식간에 백작의 성에 도착했다. 마하의 속도를 내는 에어부스터 덕분이다.

"착륙."

"네."

오열과 아만다가 백작의 성에 내렸다.

"헉! 적이다!"

"놈이 다시 왔다!"

여기저기서 놀라 외치는 소리가 들려왔다. 오열은 그 소리를 들으며 마나를 퍼뜨렸다. 그런데 기사들은 물론 그 어디에도 안드로이 자작으로 보이는 움직임은 없었다.

"빠져나갔군."

"네?"

아만다의 반문에 오열은 이곳에 안드로이 자작이 없을 가능성이 높다고 말했다. 오열이 지하하수처리장으로 날아간 다음 바로 피한 듯 보였다. 기사의 오러에도 베이지 않는 갑옷을 착용한 오열에게 대항할 수 있는 것은 없다. 이는 안드로이 자작이나 그의 가신들도 모두 목격한 사실이다.

"어떻게 해요?"

몰려드는 사람들을 보며 아만다가 안타까운 표정을 지었다.

"여기를 정리하고 떠나자."

"정리요?"

"이렇게!"

오열은 말을 마치자마자 오러를 풀었다. 검에 실린 오러가 넘실거린다.

"앗, 오러블레이드다! 우리가 감당할 수 없어! 도망가자!"

"헉, 도망가자!"

몰려오던 병사들이 뒤로 물러나면서 꽁지가 빠지라 도망치기 시작했다.

"기사들도 없어."

"네."

안드로이 자작은 기사들을 **빼돌렸다**. 이곳을 포기했다는 말이다.

오열은 오러를 채찍처럼 만들어 휘둘렀다. 오러에 노출된 건물들이 힘없이 무너져 내렸다.

쿵!

쩍!

무를 베듯 날카롭게 잘린 건물들이 그대로 무너져 내렸다. 오열은 무한에 가까운 마나를 가지고 있기에 오러를 사용하는 데 아무 문제가 없었다. 오러블레이드를 채찍처럼 만들어 휘두르자 검기가 낭창낭창하게 날아갔다. 그럴 때마다 건물들이 무너져 내렸다.

"으악, 피해!"

"소드마스터다! 괴물이야!"

"으악!"

오열은 일부러 사람들을 죽이지 않았지만 오러블레이드를 보고 놀란 사람들이 지레 겁을 먹고 비명을 지르며 사방팔방으로 도망쳤다. 그들은 오러블레이드만 봐도 기절초풍할 터인데 그 오러를 채찍처럼 만들어 휘두르니 기겁한 것이다.

오열은 넓은 성을 돌아다니며 모든 건물을 부수었다. 건물뿐만 아니라 아름답게 가꾸어진 정원의 나무들까지 모조리 베었다.

초토화.

영주의 성은 지진이라도 난 것처럼 황폐하게 되었다. 사람들은 공포에 사로잡혔다. 일개 한 인간이 거대한 성을 완전하게 초토화시킨 것이다.

오열은 불타오르는 건물을 보며 마나가 가득 든 소리로 외쳤다.

"안드로이 자작! 반드시 너를 죽일 것이다! 은혜를 원수로 갚은 자여, 너를 지옥까지 따라가 반드시 죽일 것이다! 기다려라!"

오열은 말을 마치고 아만다의 손을 잡고 하늘로 날아올랐다.

"마법사였어!"

"마검사였단 말인가!"

오열은 사람들의 두려움에 가득 찬 말을 공중에서 들으며 천천히 방향을 틀었다.

그들이 한 시간 후에 도착한 곳은 한적한 시골 마을이었다.

"여보, 미안해요."

아만다가 오열에게 사과했다. 오열은 그런 아만다를 가만히 안고는 마을 여관을 찾았다. 여관은 아주 허름했지만 추적추적 내리고 있는 비를 피할 수 있는 것만으로도 좋았다.

안드로이 자작을 죽이지 못한 것은 아쉬웠지만 영주성을 초토화시켰기에 한동안은 안심할 수 있을 것이다.

"이제 아버지에게 보복하진 않겠죠?"

"마음에 걸리면 당신이 잠깐 다녀와. 내가 무기를 줄게. 스승님에게도 이 사실을 알리고."

"네, 그렇게 할게요."

"미안해. 빨리 땅굴 파는 것을 끝마치고 싶어서 그래. 당신이 수고 좀 해줘."

"네, 걱정하지 마세요."

오열은 아만다의 등을 두들겨 주고는 침대에 누웠다. 잠이 몰려오자 눈을 감았다.

*　　　*　　　*

두두두두!

안트로이스 산맥의 중심부에서 땅을 파는 요란한 소리가 났다. 대부분의 오토매틱 로봇이 갱도가 붕괴하면서 고장이 났는데 이번에 이철수 대령은 오토매틱 로봇뿐만 아니라 흙을 수레에 퍼 담는 로봇까지 제공해 줬다. 따라서 오열의 땅파기 작업은 이전보다 수월했다.

용병들은 갱도 안의 버팀목을 정비하는 일을 주로 맡았다. 새롭게 파고들어 가는 공사가 마침내 목표지에 도달했다.

"이건가?"

오열은 흐물거리는 광물을 조심스럽게 유리병에 담았다. 액체금속은 결정 분자가 대단히 불완전할 수 있기 때문이다.

"오! 뭔가 있어 보이네."

액체금속은 하얀색인데 자체 발광을 하고 있어 원래보다 더 밝게 빛났다.

형상기억합금이나 형체를 변형시키는 로봇을 만들려면 이처럼 액체금속이 있어야 한다. 하지만 과학과 마법이 고도로 발달했음에도 영화에 나오는 것처럼 모양을 바꾸는 로봇은 불가능했다.

액체금속은 생각보다 양이 많았다. 가지고 있던 수십 개의 유리병이 동나서 마을에서 급히 그릇을 사서 거기에 담아야 했다.

뉴비드 행성은 액체금속을 연구하기에는 여건도 좋지 않았고 아직 광물 채광이 끝난 것이 아니라서 오열은 계속 땅을 팠다.

지루한 작업이 계속되었다. 땅을 파기 시작한 지 4개월 만에 오열은 중심부에 도달할 수 있었다.

오열은 에너지스톤은 물론 오리칼쿰 등 희귀 금속도 많이 채광할 수 있었다.

"이제 드디어 끝나는군."

오열은 마법배낭에 광물을 가득 담았다. 이제 광물을 얻어도 넣을 곳이 없을 정도가 되었다. 그가 일찍이 뉴비드 행성에서 광산을 개발한 이래 이렇게 많은 광물을 확보한 경우는 이번이 처음이다.

'우주선에 한번 갔다 와?

만족할 정도로 광물을 얻기는 했지만 여전히 많은 광물이 남았다. 우주선에 갔다 오면 마법배낭의 3분의 1 정도는 더 채울 수 있을 것 같기도 했다. 땅굴을 판 것이 아깝기도 해서 계속하고 싶은 마음이 반, 지겨우니 여기서 그만두고 싶은 마음이 반이다. 그렇게 고민하고 있는데 땅이 조금씩 흔들리기 시작했다.

'몬스터?

오열은 지저의 괴물에 대해 생각하고 탐색기를 켰다. 붉은 점 하나가 천천히 움직이고 있었다.

"젠장, 몬스터다. 아만다, 용병들을 수레에 태우고 빨리 여길 빠져나가."

"몬스터요?"

아만다가 당황한 표정을 지으며 반문했다. 4개월가량 땅을 팠지만 이런 경험은 처음이라 당황했다.

"서둘러."

"알았어요."

아만다가 대답하고 올슨을 먼저 챙겼다.

"올슨이 먼저 타고 그 뒤에 타요."

"예, 아가씨."

용병들이 빠르게 짐수레에 탔다. 수레가 레일을 타고 천천히 작동했다.

몬스터의 움직임이 빨라지면서 갱도의 흔들림이 더 심해
졌다.

"싸워?"

어떤 몬스터라도 이길 자신이 있다. 하지만 이곳은 싸울 만
한 장소가 없다. 아스트라 숲의 주인 나르테스를 잡을 때는
거대한 지하공동이 있었다. 하지만 여기는 그런 것이 없다.
싸우면 100% 진다.

"아만다, 당신도 수레에 타."

"네, 여보."

아만다는 거세게 흔들리는 갱도를 보며 불안한 표정을 지
으며 대답했다.

후두둑!

지지대가 무너지면서 흙이 천장에서부터 떨어져 내렸다.
이렇게 간다면 모두 죽을 상황이라 오열이 수레를 밀었다. 거
대한 힘이 수레를 받치자 엄청난 속도로 올라가기 시작했다.

"여보, 안 될 것 같아요!"

아만다가 소리를 질렀다. 몬스터가 가까이 옴에 따라 갱도
의 붕괴가 빨라지기 시작했다.

"젠장, 어쩔 수 없네."

오열은 가지고 있는 마나를 수레를 밀고 있는 두 손에 넣고
뛰기 시작했다.

우르르릉!

본격적으로 갱도가 붕괴되기 시작했다. 오열은 아만다에게 앞에 있는 수레를 같이 잡으라고 말했다.

"아만다, 에어부스터를 써야 할 것 같아. 앞 수레를 손으로 잡아."

"알았어요. 하나는 내가 들까요?"

"어, 그렇게 해."

오열은 아만다의 말이 더 효과적일 것 같아 바로 승낙했다.

"에어부스터 온!"

아만다가 소리를 지르고 수레를 들었다. 하지만 세 명이나 탄 수레를 그녀가 들기에는 무리가 있었다.

"아만다, 그냥 바닥에 붙이고 가."

"네."

후두둑, 후두둑!

오열이 말을 하는 사이에도 지지대로 사용한 나무들이 무너지기 시작했다. 하지만 에어부스터의 강력한 힘이 수레에 탄 용병들을 엄청난 속도로 밀기 시작했다.

"좋아, 잘하고 있어!"

오열은 아만다를 칭찬하며 그녀의 뒤를 따랐다. 갱도가 조금만 더 넓었다면 그가 두 개의 수레를 들었을 것이다. 그는 한 손으로 수레를 들고 에어부스터를 켜서 갱도를 벗어나기 시작했다. 무너지는 갱도의 버팀목과 바위와 흙을 손으로 쳐내며 힘겹게 갱도를 벗어났다.

"악!"

"아이쿠!"

하늘을 날자 비명을 지르는 용병의 소리를 들으며 오열은 반사적으로 속도를 높였다. 용병 세 명을 감당하기에는 아만다의 힘이 약했다. 오열은 간신히 수레를 잡고 공중에서 바동거리는 아만다의 옆으로 가서 한 손으로 수레를 번쩍 들었다. 강대한 마나가 세 명의 용병이 탄 수레를 가뿐하게 들었을 뿐만 아니라 안전하게 지상에 착지할 수 있게 했다.

"휴우, 살았다."

"감사합니다, 오열 님. 감사합니다."

간신히 살아남은 용병들이 오열을 향해 감사의 인사를 했다. 그러면서 아만다에게도 고맙다는 인사를 했다. 살아남기는 했지만 부상을 당하지 않은 용병이 없다.

그래도 어딘가? 살아남았으니.

"포션을 먹으시오."

오열의 말이 끝나자마자 용병들이 자신의 짐에서 포션을 꺼내 먹기 시작했다. 하지만 짐을 챙기고 나온 사람은 달랑 두 명밖에 되지 않았다. 오열은 자신의 가방에서 포션을 꺼내 주었다.

크아아앙!

용병들이 포션을 먹을 때 땅을 뚫고 나온 몬스터가 있었다.

"컥!"

"헐~"

용병들이 놀라 두 눈을 동그랗게 뜨고 나타난 몬스터를 바라보았다. 거대한 지진을 일으킨 놈이라고 하기엔 작았다. 오열은 적어도 아스트라 숲의 지배자 정도의 크기가 아닐까 하는 생각을 했지만 아니었다. 굼벵이를 닮은 웜은 3m에 불과했다. 하지만 검은색의 표피는 강철처럼 단단했다. 푸르스름한 빛을 발하는 것을 보니 어지간한 공격으로는 감당이 되지 않을 듯했다.

"어……?"

오열은 잠시 멍하니 서 있었다. 새롭게 나타난 괴수가 생각보다 느렸기 때문이다. 또 강렬한 햇볕에 놀란 듯 꿈틀거리기만 할 뿐 공격할 생각을 하지 못하고 있었다.

'뭐지?'

거리가 멀다고는 하지만 몬스터가 인식하지 못할 정도의 거리는 아니었다. 그런데도 몬스터는 제대로 움직이지 못했다.

'의외네!'

오열은 차라리 몬스터가 나타난 것이 어쩌면 더 좋았다는 느낌이 들었다. 몬스터가 나타나지 않았다면 여전히 지금도 땅을 파고 있을 것이다. 하지만 힘들게 만든 갱도가 붕괴됨으로 더 이상 이곳에 남을 이유가 없어졌다. 어차피 충분한 광물을 얻었고 갱도가 무너진 이상 더 하고 싶지도 않았다. 이렇게 생각하자 몬스터가 고맙기까지 했다.

올슨과 윌슨, 막스, 한슨, 베트로, 테베스 등은 무사하게 갱도를 탈출하게 되자 소리를 지르며 환호했다. 오열은 그런 그들을 보며 빙그레 미소를 지었다.

고단한 땅굴 파는 작업이 끝났으니 오열도 기분이 좋았다. 어쨌든 5개월 동안의 대장정이 끝났다.

*　　　*　　　*

NSA는 비상이 걸렸다. 한동안 잠잠하던 몬스터의 도발이 다시 진행할 징조를 보이고 있기 때문이다.

"도봉산에서 다시 이상 징조가 보인다고?"

"네, 그렇습니다. 얼마 전부터 필드에서 몬스터가 보이지 않습니다. 반면 몬스터 이상 징조 지표가 올라갔다고 합니다."

장일성 소장은 인상을 찡그렸다. 필드에서 몬스터가 출몰하지 않으면 좋은 일이다. 하지만 몬스터 이상 징조 예측 프로그램에 나타난 그래프는 대폭 상승했다. 이는 심각한 일이 아닐 수 없었다.

"이오열 요원이 준 대몬스터 무기는 어떻게 되었나?"

"도시 밀집 지역을 중심으로 바주카포를 모두 배치했습니다. 또한 몬스터용 지뢰도 모두 설치했습니다."

"지뢰?"

"열 추적 장치가 아닌, 몬스터 탐지에 사용하는 전자파를 적용했습니다."

장일성 소장은 오준열 중령의 말에 고개를 끄덕였다. 일반적으로 지뢰는 밟는 즉시 터지는데 이번에 새로 설치한 대몬스터용 지뢰는 몬스터에게서 나는 생체에너지에 반응하는 것이다. 몬스터가 아니면 터지지 않는 지뢰이니 인간은 안전하다고 할 수 있었다.

"그래도 관리를 잘하게. 기계는 인간이 잘 관리하지 않으면 어떤 일이 발생할지 몰라."

"알고 있습니다."

"좋아, 그런데 UN에서 우주탐사선 지니어스23의 워프를 승인했다고?"

"우주선 전체가 아닌 자쿠A—1선이라고 합니다. 자쿠A—1선은 지니어스23에 탑재된 소형 전투선으로 광자포를 사용할 수 있다고 합니다."

"그럼 자쿠A—1선은 어디로 가는 것인가?"

"아무래도……."

"흠, 그렇군."

장일성 소장은 시니컬하게 웃었다. 미국이 UN을 움직인 것이 틀림없었다. 이 지니어스23호의 4개국 가운데 미국을 제외한 중국, 한국, 일본은 아시아에 있는데 하나밖에 없는 전투선을 미국이 가져간다는 것은 순전히 강대국의 횡포다.

"광자포가 몬스터 퇴치에 얼마나 도움이 되겠는가?"

"A급 몬스터의 생체방어막은 쉽게 뚫을 수 있으리라고 합니다."

"젠장, 빌어먹을!"

장일성 소장은 주먹을 불끈 쥐었다. 전투선을 몬스터가 많은 아시아에 배치하여 위급할 때에 사용하는 것이 옳았다. 하지만 힘의 논리가 먹혀들었다. 이는 어쩔 수 없는 일이다. 우주선을 만들 때 4개국이 공평하게 돈을 냈지만 가장 많은 기술을 제공한 나라는 미국이니까.

"전투선을 한 대 더 워프할 수 없다고 하나?"

"에너지가 모자란다고 합니다. 만약 무리하게 되면 지니어스23호에 있는 우주인들은 살아서 귀환할 수 없다고 합니다."

"……."

장일성 소장은 말없이 고개를 끄덕였다. 아무리 이곳이 어렵다고 해도 우주인의 무사 귀환을 막을 수는 없다. 그건 죽으라는 소리나 마찬가지니까.

그때 갑자기 NSA 회의장의 문이 벌컥 열렸다.

"뭔가?"

이세창 왕실비서관이 불쾌한 표정으로 헌병을 바라보았다.

"큰일 났습니다. 엄청난 놈이 나타났습니다."

"자세히 말해보게."

"직접 보십시오."

헌병이 내민 USB카드를 패드에 꽂자 공중에 홀로그램이 나타났다.

"헉!"

"저건 뭐야?"

위성에 찍힌 사진은 도봉산에 있는 중턱에서 검붉은 생물이 기어올랐는데 그 크기가 엄청났다. 사람들은 그 크기의 거대함에 그저 놀랄 뿐이다.

"맙소사."

괴수가 나타난 곳은 도봉산의 중간 지점인 용의 계곡이었다. 이곳은 특히 지하 세계에서 사는 괴수들이 자주 출몰하는 곳이다. 여기서 말하는 지하 세계는 단순히 던전의 개념을 뛰어넘은 어마어마하게 큰 지하 세계를 말한다. 메탈아머로 무장한 메탈사이퍼들이 진입할 수는 있어도 대다수의 능력자는 그런 무모한 도전을 하지 않는다. 던전은 몬스터가 날뛰어도 버틸 수 있는 견고한 구조로 되어 있는데 괴수가 사는 지하 세계는 그런 것이 아예 없다. 언제 무너질지 알지 못하는 불안정한 지대다.

용의 계곡.

판타지나 게임에서나 나올 법한 지명인데 이곳은 정말 무시무시한 몬스터가 득실거리는 곳이다. 그런데 이번에도 예외가 아니다. 위성에 관측된 괴수는 수백 m의 크기다. 저런 놈이 도심지를 습격한다면 그 자체로 재앙이다.

"비상이다! 빨리 메탈사이퍼를 모조리 출동시키시오!"

이세창은 소리를 지르며 지금 발생한 일을 관망하다가 문득 왕께 보고해야 할 사람이 자신임을 깨달았다. 이렇게 소리만 지르고 있으면 안 되었다. 물론 문제가 발생하면 NSA의 장일성 소장이 진두지휘할 것이다. 하지만 그 자신이 사태의 추이를 보고 대한민국의 최종결정권자인 이철 국왕께 보고하고 명령을 들어야 한다.

장일성 소장은 재빠르게 서울에 있는 메탈사이퍼에게 비상동원령을 내렸다. 또 지방에 있는 능력자들에게도 빨리 지원할 것을 요청하도록 지시를 내렸다.

'과연 그들로만 가능할까?'

거대 괴수는 아무리 뛰어난 메탈사이퍼라도 막아내기 힘겨운데 저놈은 보통 놈이 아닐 것 같은 예감이 들었다.

'공주님께 부탁드려야겠군.'

대한민국 최고의 실력자는 이영 공주다. 그리고 최근에는 최고 성능의 아바타까지 만들었기에 부탁하는 데 부담감이 거의 없다. 다만 재료 부족으로 아바타의 숫자가 많지 않다는 것이 문제였다.

그는 이영 공주에게 전화를 걸어 현재 상황을 설명했다. 이영 공주에게 출동한다는 확답을 듣고서도 마음이 놓이지 않았다. 이런 일에는 오열이 있어야 한다. 그는 시간이 지나면서 오열에게 부탁하는 것이 힘들어지고 있음을 느끼고 있다. 그의 부인 아만다의 병이 어느 정도 호전되면서 연구에 집중하려는 의도를 몇 번이나 피력하던 것이 기억났다.

'하긴 그는 연금술사지 전투 캐릭터는 아니지. 그런데 왜 그렇게 강한 것인지.'

장일성은 스마트폰을 꺼내 오열에게 전화를 걸었다. 아직 통화도 하기 전인데 따분하면서도 퉁명스러운 목소리가 귓가를 때리는 것 같아 껄끄러웠다.

신호가 가고 있는데도 한참 동안 전화를 받지 않는다. 그는 혹시 오열이 행성에서 자원 채굴을 하는 것이 아닌가 하는 생각이 들었다. 최근 정보 부서에서 들어온 바에 의하면 오열은 새로운 광물 채집을 위해 지니어스23호에서 장비를 대출해 갔다고 하지 않았는가. 전화를 끊고 집으로 하려고 종료 버튼을 누르려는 순간 수화기 너머에서 상상하던 그 목소리가 들려왔다.

[왜, 또 뭐요?]

나른하고 짜증이 물씬 묻어난 목소리다. 장일성은 망설였다. 이번이 마지막이다. 연금술사인 그를 묶어둔 줄이 이번에 그를 동원하면 끝이 난다. PMC이 아만다를 이계행성에서 지구로 포탈해 주는 대가로 얻은 강제동원령. 물론 그 옵션이 끝이 난다고 해도 오열은 여전히 강제 동원에 협조해야 한다. 하지만 그것은 근접 지역이 아니면 구속력이 없다.

'그래도 어쩔 수 없어. 저 거대한 놈이 도심으로 진입하면 끝장이다.'

장일성은 아쉬움을 뒤로하고 상황을 오열에게 말하기 시작했다. 출동한다는 말을 듣고서 나지막한 한숨을 내쉬었다.

물론 이런 옵션이 사라졌어도 오열은 국가가 부르는 동원령에 협조할 것이다. 그와 그의 가족이 지구에 사는 한. 그래도 지금처럼 막 부려먹을 수는 없게 된다.

'이제부터는 철저하게 을이 돼야 하는군.'

이제까지 값싸게 잘 부려먹었다. 수십, 수백 명이 동원되었어도 오열 한 명보다 못했다. 사실 오열이 잡은 괴수의 마정석을 그동안 국가가 반이나 착취했다. 반발이 있을 수도 있지만 다행히도 그런 조짐은 보이지 않았다. 이제는 오열의 부인과 부모님을 더 철저하게 보호하면서 유대관계를 긴밀히 하는 수밖에 없다.

그는 모니터를 바라보았다. 현장의 장면이 실시간으로 전해지고 있다. 엄청난 크기의 괴수 앞에 모인 메탈사이퍼들이 접근조차 하지 못하고 있다.

─더 많은 요원이 모일 때까지 대기하고 있겠습니다.

"알겠네."

100여 명도 안 되는 메탈사이퍼가 지옥의 악룡이라고 할 수 있는 바하렐에게는 코끼리 앞의 개미 떼처럼 초라하게 보였다.

악룡 바하렐은 용의 계곡 깊숙이 자리 잡은 놈이다. 벌써 수십 년 전에 놈의 존재를 파악하고 있었는데 놈은 시간이 지날수록 강해졌다. 위험을 알고 있었지만 제거하지 못했다. 왜냐하면 악룡의 서식지가 바로 암흑의 대지였기 때문이다. 그곳은 몬스터 사냥이 불가능한 지역이다. 가는 족족 메탈사이퍼들이 죽는 암흑의 땅. 그런 이유로 그 어떤 메탈사이퍼도 그곳으로 가서 몬스터 사냥을 하지 않았다.

"왜 지금 기어 나와서."

장일성은 나지막하게 한숨을 쉬면서 모니터를 바라보았다. 몬스터브레이크의 후유증이 채 아물지도 않았는데 거대한 놈이 나타난 것이다.

*　　　*　　　*

오열은 에어부스터를 조정하여 현장으로 내려왔다. 그를 기다리던 길드원들이 뛰어왔다.

"길마님 오셨습니까?"

"아, 네. 수고하시네요."

다행히 오열의 길드마스터로 있는 더 나이트 길드는 악룡 바하렐을 아직 상대하지 않고 있었다. 장일성 소장이 빠르게 연락한 탓이다.

수백 명이 돌아가면서 악룡 바하렐을 공격하고 있는데 고군분투하고 있는 모습이 눈에 들어왔다. 괴수급에 속하는 악룡 바하렐은 어지간한 공격에는 전혀 데미지가 들어가지 않았다.

50여 미터의 거대한 몸체, 단단한 비늘, 강인한 체력을 소유한 악룡 바하렐이 움직일 때마다 메탈사이퍼들이 피하기 급급할 뿐이다. 메탈사이퍼의 능력으로 괴수의 생체에너지막을 깰 수 있을 것 같지 않았다.

까아아아아앙!

악룡 바하렐이 포효했다. 그 포효에 놀라 몸이 굳은 메탈사이퍼들이 꼬리 공격에 맞아 수십 미터나 튕겨 날아갔다. 분명 엄청난 부상을 입었으리라. 다행히 메탈아머의 방어력 덕분에 즉사는 면했다.

오열은 뒤를 돌아보았다.

"더 기다리다가는 모두 죽겠습니다. 저를 따르십시오."

"네, 길마님!"

길드원들이 한목소리로 대답하며 악룡 바하렐을 향해 달려갔다. 오열도 에너지소드를 뽑아 들고 검을 휘둘렀다. 엄청난 에너르기파가 10여 m나 뻗어 나갔다.

펑!

그동안 꿈쩍하지 않던 악룡 바하렐이 처음으로 휘청거렸다.

"와아, 미친 연금술사가 드디어 왔다! 힘내라!"

"연금술사가 왔으니 이길 수 있어!"

"휴, 다행이다."

메탈사이퍼들은 몬스터에 칼질을 하면서도 안도했다. 어쨌든 연금술사가 나타나면 몬스터는 잡는다. 엄청난 괴력을 소유한 이 연금술사는 검술 실력도 대단하지만 이상한 물약을 많이 쓴다. 그동안 그가 연금술로 잡은 몬스터가 한두 마리가 아니었다.

이곳에 모인 500여 명의 메탈사이퍼들은 사실 연금술사가 도착할 때까지만 버티라는 상부의 명령을 들었다. 그가 도착했다고 하더라도 바로 빠지는 것은 아니다. 몬스터의 어그로를 끌고 조금이라도 데미지를 줘야 그만큼 더 빨리 사냥을 마칠 수 있으니까 말이다.

펑!

다시 악룡 바하렐이 휘청거렸다.

캬오오오오오오!

포효가 비명으로 바뀌었다.

"야, 조심해! 녀석이 날뛰려고 한다!"

"정면으로 맞으면 뒈질 수 있으니 적당히 눈치 봐서 빠져."

"젠장, 뭔 연금술사가 저리 강해?"

"몬스터 새끼가 연금술사 눈치를 본다. 시발, 우리가 공격할 때는 비웃던 놈이."

"우리는 빠져야 하는 거 아냐?"

"지금 빠지면 정산도 안 해줘. 시발, 저놈이 뱉어낼 마정석 가격이 얼마나 할 것 같아?"

"5천억?"

"시발 1조는 가뿐히 넘는다에 내 자랑스러운 부랄을 건다."

"다른 거 걸어. 냄새난다, 새끼야."

"히히히."

오열이 가세하자 메탈사이퍼들은 여유를 되찾고 농담을 하면서 데미지를 날렸다. 에너지소드에서 불꽃이 튕기며 에너지막에 생채기를 내기 시작했다. 그럴수록 바하렐의 저항은 격렬해졌다.

누가 상상이라도 할 수 있었을까? 한 도시를 짓뭉갤 수 있는 거대한 괴수몬스터가 고통으로 울부짖는다는 것을.

"크아아악!"

방심하던 메탈사이퍼 한 명이 바하렐의 꼬리 공격에 맞아 나가떨어졌다.

"이크, 조심해야지."

"새끼, 메탈아머를 좋은 것으로 사더니 오늘 고철로 변했군."

"그래도 별로 안 다쳤나 본데? 메탈아머가 좋은 것이긴 하나 보네."

"빙신아, 몬스터가 힘이 빠졌잖아."

"맞아. 힘 빠진 몬스터에게 당한 놈이 병신이지."

어디서 하는 말인지 사방에서 말들이 튀어나왔다. 수술실에서 의사들이 농담하면서 메스를 움직이듯 메탈사이퍼들은 쉬지 않고 입을 놀렸다. 이렇게 아무 의미도 없이 하는 말이 긴장감을 상당하게 낮출 수 있다. 이는 다음 조와 교체하기 전까지 무료한 공방 시간을 버티는 방법이기도 했다.

오열은 강철처럼 단단한 몬스터의 비늘이 떨어지는 것을 보았다. 생체에너지막이 드디어 뚫린 것이다.

오열이 바하렐의 어그로를 끌고 있는 사이 50여 명의 메탈사이퍼들이 쉬지 않고 칼질을 했다.

'이 녀석은 최근에 만난 놈 중에서 가장 강하군.'

500여 명의 메탈사이퍼의 공격을 무시할 정도로 강한 바하렐이다. 오열이 아마스트라스 숲의 주인 나르테스의 마정석을 섭취하지 않았다면 이런 일은 있을 수 없었을 것이다. 나르테스는 거의 드래곤급의 괴수몬스터였다. 사실 그가 나르테스의 마정석을 먹은 것은 아바타였기에 가능했다. 영혼의 각성으로 인해 아바타가 한 것이 본체에 깊은 영향을 미칠 수 있기에 시도했다. 실패하면 큰 데미지가 있겠지만 죽지는 않을 것이기에.

5장

악룡 바하렐

오열은 거듭 검을 휘둘렀다. 에너지파가 채찍처럼 휘어져 바하렐을 때렸다. 그러면 그때마다 바하렐은 비명을 질러댔다. 생체에너지막이 파괴된 바하렐은 더 이상 위협적인 존재가 아니었다.

카르르르르르륵!

"어, 이 녀석, 죽을 것 같은데?"

"뻗는다."

"와우, 저 이오열 연금술사는 엄청나군. 저 연금술사가 없으면 괴수는 정말 상대하기 힘들어."

"말이라고. 엄청난 연금술사지. 잡캐인 연금술사를 소드마스타급으로 키운 엄청난 노력가이기도 하지."

메탈사이퍼들은 마지막으로 발악하는 바하렐에게 칼질을 하면서 이오열에게 감탄을 터뜨렸다. 단신으로 붉은 늑대 길드를 척살한 전설적인 존재이기도 하다. 그가 길드마스터로 있는 '더 나이트 길드'는 이제 가장 강한 길드가 되었다.

쿵!

드디어 바하렐이 쓰러졌다.

"와아!"

"드디어 이겼다."

500여 명의 메탈사이퍼가 환호했다. 어느 때보다 더 치열한 전투였다.

"이 녀석의 마정석은 도대체 얼마일까?"

"꿈 깨. 우리에게 떨어지는 것은 임무 완수 수당밖에 없어."

"그것만 해도 일주일 치의 일당은 나오겠지."

"그건 그래. 그래도 다행인 건 오늘 징집에서 안 다친 거다."

"그러고 보니 연금술사가 온 다음에는 아무도 죽지 않았군. 멍청한 몇 놈만 다쳤고."

"하하! 자, 빨리 신고하고 술 빨러 가자."

헌터들이 만족스러운 표정으로 거대한 악룡 바하렐의 위에서 미친 듯이 해체하는 오열을 바라보았다. 그리고 거대한 검은색 마정석을 보고는 휘파람을 불기 시작했다.

오열은 기분 좋게 웃었다. 오늘 사냥을 통해 얻은 마정석은 기존의 것과는 아주 달랐다. 최소 1조 이상 될 거대한 놈이었다. 오늘 사냥으로 강제 징집이 끝이 난다. 이제는 동일 지역의 징집에만 응하면 된다. 굳이 지방 출장까지 가서 몬스터 사냥을 하지 않아도 된다. 그런데 그게 과연 가능할까?

오열은 마정석을 관리부 직원에게 넘기고 마저 해체 작업을 했다. 해체 작업이 거의 끝나갈 무렵 '더 나이트' 길드의 장준식 부길마가 인사를 해왔다.

"길마님, 수고하셨습니다."

"아, 네. 부길마님도 수고하셨습니다. 언제 길드원끼리 모여서 식사나 한번 하죠."

"그럼 저희야 좋죠. 그런데 길마님 시간이 되십니까?"

"행성에서 광산 채굴이 끝나서 이제 좀 한가해졌습니다. 길드원은 좀 늘었습니까?"

"네. 길마님이 신경 써주셔서 길드원이 새로 200여 명이나 늘었습니다."

"네……? 200명이요? 언제 그렇게 늘었습니까?"

"하하, 저희 길드가 이제 제법 커졌습니다. 아직 3대길드에는 들지 못하지만 요즘 가장 핫하게 뜨고 있는 길드입니다. 총 길드원이 350명이나 됩니다."

"용의 기사단이 그렇게나 많아졌습니까?"

"아닙니다. 용의 기사단은 여전히 인원이 많지 않습니다. 길마님이 활약하시는 모습을 보고 가입한 길드원이 늘었습니다."

오열은 장준식의 말에 얼굴이 뜨거워졌다. 명색이 길드장이지만 사실 그는 길드에는 거의 신경을 쓰지 않고 있다. 대부분 '더 나이트' 길드의 부길마인 장준식이 일을 처리한다. 그런데도 가장 많은 지분과 수익을 가져가고 있으니. 하지만 이는 애초에 길드를 만들 때 약속한 것이다. 어쩌면 '더 나이트' 길드가 오열의 명성에 기인한 바가 컸다. 그래서 길드원들은 오열이 길드에 무관심해도 크게 신경 쓰지 않았다.

오열이 몬스터 브레이크 기간이나 괴수의 도심 침공 시에 가끔 나와 활약해 주는 것만으로도 길드원에게는 무척이나 고무적인 일이었다. 오늘도 오열이 사냥에 참여하기 전에는 500여 명의 메탈사이퍼가 할 수 있는 일이 없었다. 악룡 바하렐이 날뛰어도 이를 제어할 능력자가 아예 없었단 말이다.

이영 공주만이 악룡의 어그로를 간신히 잡을 정도이다. 오늘도 이영 공주의 화려한 공격은 환상적이었으나 역부족이었다. 몬스터의 생체에너지막이 이전의 놈들과는 비교도 할 수 없을 정도로 강했기 때문이다.

'도대체 몬스터는 어디서 오는 것일까?'

오열은 아무리 생각해도 이해할 수가 없었다. 무엇인가 감이 올 것 같은데 손에 잡히지 않았다.

이 수수께끼 같은 것이 풀려야 지구에 나타난 몬스터를 퇴치할 수 있을 것으로 보였다. 몬스터 사냥을 통해 큰돈을 벌기는 하지만 언제까지 이러한 위험에 노출되어야 할지를 생각하면 암담했다.

장일성 소장은 모니터로 오열이 활약하는 것을 보며 감탄을 터뜨렸다.

"정말 굉장하군요. 이오열 요원이 오지 않았다면 큰일 날 뻔했습니다. 이영 공주님의 활약도 대단하시지만 이오열 요원의 무력은 엄청나군요."

"허허, 이제 이오열에게 묶어놓은 계약이 오늘로서 끝났네."

"아, 그거요. 아쉽습니다. 아마 그게 그의 부인을 워프시켜주면서 계약한 것이라죠?"

"그러하네. 강제 조항이 사라졌지만 그는 시간이 되면 여전히 예전처럼 출동할 것이네. 그는 이 일을 귀찮아하면서도 강한 사명감을 느끼고 있기 때문이야. 최근에는 부모님까지 모시고 있고, 그도 이제 이곳에서 아바타를 사용할 수 있게 되었으니까."

"공주님처럼 말이죠?"

"맞네. 아바타를 더 많이 만들어야 안전한 사냥이 이루어질 수 있을 터인데 재료 부족이야. 그런데 이번에 오열이 또 광산을 개발하였다네."

"헐~ 오열은 정말 돈을 엄청나게 버는군요."

"허허, 자네가 해보게. 아무리 아바타가 작업하는 것이지만 수개월 동안 혼자서 땅을 파는 작업을 해보면 돈 생각은 나지 않을 것이네. 이미 이오열은 엄청난 부자가 아닌가. 그는 그 일을 강한 사명감을 느끼고 있어서 하는 것이야. 이 세상에서 유일한 연금술사라는 책임감 말일세."

"오늘 얻은 마정석은 지금까지 본 것 중에서 최고로 큰 것 같았는데요."

"조금 있으면 알게 되겠지. 또 마정석을 얻을수록 새로운 장비를 만들 수 있게 되지."

"그 장비도 이오열이 만드는 것 아닙니까? 물론 메탈드워프가 장비를 만드는 것이긴 하지만 마정석의 에너지를 증폭시키는 기술은 오직 이오열만이 가능한 것이지요?"

"후후, 그렇다네."

장일성은 대답하면서도 쓸쓸한 감정을 느꼈다. 대한민국의 운명을 너무 한 사람에게만 의존하는 것 같았기 때문이다. 그나마 한 가닥 희망은 이영 공주가 새로운 요원들에게 마나를 사용하는 방법을 전수해 주고 있다는 점이다.

*　　　*　　　*

오열은 새로 얻은 광물을 연구하는 데 많은 시간을 투자했다. 이번에 안트로이스 산맥에서 얻은 광물은 희한한 것이 많았다. 액체금속은 물론 오라듐이라는 새로운 광물도 얻었다.

지글지글.

안트로이스 산맥의 동굴 안에서 오열은 연금술을 이용하여 광물의 특성을 실험하고 있었다.

"여보, 심심해요."

"그러니까 올슨을 따라 장인어른에게 가서 시간을 보내라고 하니깐 말을 안 듣고 말이야. 여기서 잠시 나가 있어. 여긴 위험해."

"뭐가요? 이건 아바타잖아요."

아만다가 오열의 말에 혀를 내밀며 귀엽게 반발했다. 그녀는 어린 시절에 겪은 전쟁 때문에 어지간한 일에는 눈도 깜짝하지 않았다. 그렇기는 하지만 연금술을 할 때는 그녀가 전혀 도움이 안 되었다. 지금은 액체금속의 강도와 끓는점을 측정하고 있었다.

오열은 광학현미경으로 액체금속이 어떻게 움직이는지를 지켜보고 있었다.

'엉……?'

수십만 배로 확대해서 볼 수 있는 현미경에 이상한 장면이 보였다. 액체금속들이 마치 살아 있는 생명체처럼 꿈틀거리고 있는 것. 그런데 그것이 아무리 봐도 미생물 같았다.

'어떻게 금속에 미생물이 살 수가 있지? 금속박테리아인가?'

금속박테리아는 금속을 먹는 미생물이다. 예전에 우주선 미르호를 폐기 처분하게 만든 우주박테리아는 금속을 산화시키는 능력이 있었다. 그런데 오열이 발견한 액체금속은 금속, 또는 광물을 부식시키는 것이 아니라 금속 속에서 자유롭게 떠다니며 생존했다. 그런데 이 미생물은 금속을 부식시키지 않았다.

'내 실력으로는 안 되겠는데?'

액체금속을 정밀하게 연구하는 것은 아마도 지구로 보내야 할 것 같았다. 미생물학 전문가가 참여해야 할 것 같았다. 연금술사는 우주의 원리를 연구하는 일을 하지만 그렇다고 모든 것을 아는 것은 아니다.

오열은 아공간에서 재료들을 조금씩 꺼내 강도를 측정하였다. 그리고 아주 미량의 금속을 서로 섞어서 합금을 만드는 작업을 했다. 에너지스톤과 각종 광물을 정제하고 이를 새로운 금속을 만드는 것은 연금술사가 가장 좋다. 연금술사는 과학의 도움이 없지만 마법을 보조 수단으로 삼기 때문이다.

새로운 금속을 얻는 것은 메탈아머의 성능 향상에 지대한 도움이 된다. 이는 지구에 출몰하는 몬스터 토벌에 가장 필요한 일이었다.

오열은 아공간에서 꺼낸 광물들을 조금씩 녹이기 시작했다.

'어? 이게 뭐지?'

오열은 녹색의 돌을 보고 고개를 갸웃거렸다.

"아, 그거 지하하수처리장에서 얻은 것이잖아요."

아만다가 녹색의 돌을 보고 말했다. 그제야 오열도 생각이 났다. 아만다가 안드로이 자작에게 복수하러 간 영주의 성에서 텔레포트 마법에 당해 떨어진 지하하수처리장에서 발견한 기이한 돌이었다.

'아, 그 녀석, 도망가서 찾지를 못했는데 찾아가서 죽여야 하지 않을까?

지난번에는 안드로이 자작이 미리 준비하고 있어서 당했지만 지금은 아니다. 안드로이 자작은 무너진 영주성에서 막대한 피해를 봤기에 다시 올 생각은 하지 못할 것이다.

"아만다, 그 자작이라는 녀석, 다시 찾아가서 혼내줘야 하지 않을까?"

"여보, 저도 그러기를 원해요. 빨리 실험을 마치고 같이 가요. 그 녀석이 아버지에게 무슨 짓을 할지 몰라요."

오열은 아만다의 말에 고개를 끄덕였다. 오스만 왕국의 침략전쟁에서 다른 영주와는 달리 피해를 하나도 입지 않고 오히려 그 기간에 힘을 길러 중앙 정계에 진출하려고 한 야심가인 안드로이 자작을 반드시 죽이고 싶었다.

무엇보다 은혜를 원수로 갚은 그 패씸한 심보에는 반드시 보복하고 싶었다. 오열은 이런저런 이야기를 나누다가 무심코 녹색의 돌을 오라듐이라는 금속에 섞었다. 두 금속이 결합하게 된다면 어떤 강도를 지닐까가 중요했다.

지글지글.

마침내 두 금속이 결합했다. 아주 미량의 금속이라 안심하고 있었다. 그래서 일을 하는 와중에도 아만다와 잡담을 나눌 수 있던 오열이다.

먼저 액체금속을 용광로에 집어넣었다.

치이이이익.

용광로에 들어간 금속이 녹아내렸다. 오열은 액체금속을 조금 들어내서 광학현미경에 놓았다.

'죽었겠지.'

오열은 액체금속에 있는 미생물이 당연히 죽었을 것으로 생각했다. 수천 도가 넘는 용광로 속에서는 미생물이 버틸 수 없기 때문이다. 그런데 살아남았을 뿐만 아니라 더욱 많은 활동량을 보이고 있었다.

'어떻게 금속에서 미생물이 살 수 있을까?'

그것이 아무리 박테리아라도 믿을 수 없는 일이다. 이 미생물이 금속의 결정화를 막고 있었다.

오열은 어쩌면 굉장한 합금이 나올지도 모른다는 생각이 들었다.

'미생물이 암흑물질처럼 미증유의 힘을 가졌기를 바라야지.'

암흑물질. 우주를 구성하는 물질이면서 눈에 보이지 않는 물질. 전파나 적외선, 자외선, X선, 감마선에 의해서는 파악

되지 않고 오직 중력렌즈에 의해서만 관측되는 물질로 은하계의 생성에 관여한 이 물질처럼 어떤 특별한 물질이 발견된다면 지구에서 그동안 단 한 번도 성공하지 못한 크레이터를 탐사를 시도할 수 있게 될지도 모른다.

치이이이이익.

광물과 광물이 결합한다. 오열은 아주 미세한 양이라 걱정하지 않았지만 마법쉴드가 펼쳐진 연구실에 용광로가 불타올랐다.

―새로운 물질이 생성되었습니다.

오열은 실험 기계에서 새로운 합금을 꺼내 살펴보았다. 오라듐과 액체금속(liquid metal)이 결합하자 아주 강도가 높은 금속이 나왔다.

"좋은데?!"

오열은 새로운 금속을 보고는 감탄을 터뜨렸다. 이전에는 보지 못한 새로운 형태의 금속이 탄생한 것이다.

오열은 이 새로운 합금을 일단 오라듐LM―A타입이라고 명명했다. 오라듐과 액체금속이 반응한 것이 중요했다. 한번 이렇게 반응한 금속은 쉽게 다른 형태로도 결합한다. 따라서 가장 최적의 합금 비율을 알아내는 것은 시간문제였다.

'가장 중요한 것은 과연 새로운 합금에 미생물이 살 수 있느냐 하는 것인데…….'

오열은 광학현미경을 꺼내 새롭게 형성된 오라듐LM―A타입의 조각을 조사했다. 그러자 왕성하던 미생물의 입자가 그대로 보였지만 활동은 눈에 띄게 줄어들었다.

'하아, 이거 뭐라고 설명해야 할지. 용광로에서도 죽지 않는 미생물이라니……..'

2001년 러시아는 우주정거장인 미르호를 폐기처분하기로 선언했다. 그 이유는 바로 미르호에 발생한 우주박테리아 때문이다. 박테리아에 공격당한 미르호는 강력한 속도로 부식했다. 그 때문에 미르호는 더 이상 우주정거장 임무를 수행할 수 없었다.

무중력 상태에서도 살아남은 박테리아의 놀라운 번식력은 지구인에게 두려움을 주었다. 그런데 오열이 발견한 이 미생물은 새로운 환경에서도 살아남아 활동했다. 문제는 이 미생물의 유해성 검증이다. 아무리 성능이 좋아도 우주박테리아처럼 빠른 번식력을 가지고 있다면 인류에게 거대한 위험을 줄 수도 있다. 오열은 그래서 깊이 고민하며 실험을 거듭했다.

'아무리 강한 합금을 만든다 해도 메탈에너지에 노출되었을 때 어떻게 반응하느냐가 문제이다. 만약 메탈에너지에 이상 반응을 하게 된다면 말짱 도루묵이고.'

그래서 오열은 오라듐LM—A타입의 최적화보다는 메탈에너지와 결합되었을 때 어떻게 반응하느냐를 연구할 필요를 느꼈다.

싱글벙글하는 오열을 보고 아만다는 오열의 연구에 진도

가 나가고 있음을 깨닫고 그녀 역시 기분이 좋아졌다. 때로는 심심하다고 징징거려도 그녀는 진심으로 오열의 실험이 성공하길 바랐다.

"여보, 어때요? 성공했어요?"

"어, 1차는 성공적이야. 새로운 합금을 만들었는데 연구가 좀 더 필요해."

"축하해요, 여보!"

아만다가 오열의 뺨에 뽀뽀하고는 두 손을 번쩍 들고 만세를 불렀다. 지루하던 시간과 안녕을 고해도 될 타이밍이 마침내 왔다. 그동안 오열은 땅을 파거나 몬스터 사냥, 그리고 연금술로 실험한 것뿐이었기에 최근에 아만다는 지루함을 느끼고 있었다.

"아, 그동안 심심했지? 나도 왜 연금술사로 각성했는지 모르겠네. 남들 놀 때 땅이나 파고 있고. 또 이딴 실험이나 하고 있으니."

"그래도 그 일은 당신밖에 하지 못하는 일이잖아요."

"그렇긴 하지. 하하, 그래서 내가 돈을 엄청 벌기는 하는데, 그래도 난 덜 벌어도 편안하게 살고 싶어."

"저도요, 여보. 하지만 여보, 힘내세요."

"알았어."

오열은 아만다의 격려가 싫지 않았다. 자기가 좋아하는 일만 하고 사는 사람은 없다. 아니, 오히려 대다수 사람은 원하지 않는 일을 하며 산다. 상사의 잔소리와 야근, 잔업에도 회사에 다니는 이유는 그렇게 해야 가정을 지키면서 먹고살 수 있기 때문이다.

물론 오열은 꼭 그가 해야 하는 일은 아니다. 하지만 그가 아니면 할 수 있는 사람이 없다. 대한민국의 안녕을 지키는 일이 그의 도움 없이는 힘든 상황이다. 아바타를 만드는 것에서부터 시작하여 메탈사이퍼의 장비를 만드는 일까지 그의 참여는 필수적이었다.

아만다는 오열의 푸념에 환하게 미소를 지었다. 말은 저렇게 해도 묵묵히 하던 일을 계속할 것을 알기 때문이다.

"아, 피곤해. 오늘은 그냥 쉬어야겠다."

"좋아요. 여보!"

오열이 쉬기로 하자 아만다가 쌍수를 들고 환영했다. 오열은 그런 아만다의 모습을 보고 피식 웃었다. 그리고 바로 로그아웃했다.

피이이잉!

캡슐이 열리자 오열은 벌떡 일어났다. 아바타와 교감이 끊기자 약간의 현기증이 몰려왔는데 이 정도는 이미 단련이 된 상태다.

오열은 접속 캡슐에서 나와 거실로 올라갔다. 그러자 얼마 있지 않아 아만다가 아바타 접속을 종료하고 올라왔다.

오열은 거실 소파에 앉아 나지막하게 한숨을 내쉬었다.

PMC와의 계약이 끝났지만 부르면 언제든지 달려가야 한다는 것에 짜증이 났다. 자유를 그토록 갈망했지만 책임감이 발을 묶었다. 몬스터 사냥에 참여하지 않으면 많은 헌터가 죽을 수 있고 일반 시민들은 더욱 치명적인 상황에 놓일 수도 있게 된다. 그것은 그가 진심으로 원하는 것이 아니었다.

오열이 소파에 앉아 쉬고 있는데 장일성 소장에게서 전화가 왔다. 잠시 통화를 한 후 그는 미치도록 화를 냈다.

"뭐? 나에게 또 무기를 만들어달라고? 미친놈들, 그따위는 메탈드워프에게 부탁해야지!"

왜 무기를 만들 때 메탈드워프에게 부탁하지 않는지 이해가 안 되었다.

오열이 욕을 하며 화를 내고 있는데 아만다가 인터넷을 보다가 소리를 질렀다.

"여보, 우주선이 돌아온대요!"

"뭐?"

오열은 아만다의 말에 정신이 멍해졌다. 이철수 대령을 만났을 때도 그런 이야기를 듣지 못했는데 우주선이 지구로 귀환한다? 그게 가능한 일인지 의심부터 들었다.

오열은 아만다가 보고 있는 인터넷 기사를 보고는 고개를 끄덕였다. 그녀의 말대로 우주선이 뉴비드 행성에서 귀환하는 것은 맞았다. 그러나 그것은 본체가 오는 것이 아니라 전투우주선 한 기다.

"그 한 기로 뭘 할 수 있지?"

물론 그 전투선은 지니어스23호의 핵이라고 할 수 있는 기술의 총화로 지구로 귀환한다면 큰 도움을 줄 수 있다. 하지만 그래도 뭔가 부족함이 느껴졌다.

'단 한 기뿐이라니!'

파손되어 뉴비드 행성에 불시착한 우주선이다. 본체를 워프하고 싶어도 에너지 부족 때문에 엄두를 내지 못하고 있었다. 그런 상황에서 소형 우주선을 지구로 귀환시킨다? 이해할 수 없는 결정이다. 이번 조치로 지니어스23호는 더 오랜 시간 동안 뉴비드 행성에 머물러야 한다. 전투선 자쿠A—1호의 동력이 바로 에너지스톤이기 때문이다.

TV를 틀자 온통 자쿠A—1호의 귀환을 알리는 기사로 도배되다시피 하였다.

—이번 자쿠A—1호의 지구로의 귀환은 미국 측의 강력한 주장이 있었다고 합니다. 미국은 자쿠A—1호를 통해 몬스터 사냥에 획기적인 업적을 달성하리라 기대하고 있습니다. 비록 자쿠A—1호는 작지만 전투력만큼은 막강하기 때문입니다. 자쿠A—1호선에 장착된 광레이저포는 일전에 나타난 바하렐도 처치할 수 있다고 합니다.

[그렇다고 해도 지니어스23호는 미국의 것이 아닌 미국, 일

본, 한국, 중국이 균등한 자원을 투자하여 만든 우주선 아닙니까? 그런데 자쿠A—1호를 미국에서 먼저 쓴다면 다른 나라들이 반발하지 않겠습니까?]

—오지명 앵커가 말씀하신 대로 한국은 물론 일본과 중국도 역시 강력하게 항의하고 있지만 이번에 내린 결정을 돌이키기는 어려울 것으로 보입니다. 일주일 전에 맨해튼에서 발생한 몬스터의 준동으로 메탈사이퍼 150여 명이 사망한 끔찍한 일이 발생했습니다. 이 일이 발생한 후 급격하게 안 좋아진 여론에 빅터 행정부가 결단을 내린 것으로 보입니다.

[그렇다면 앞으로 어떻게 될 것 같습니까?]

—미 행정부의 발표는 일단 이렇고요, 아무리 미국이라도 동맹국의 반발을 완벽하게 무시할 수는 없기에 미국이 먼저 자쿠A—1호를 쓰고 다음은 다른 회원국이 돌아가면서 쓴다고 결정했습니다. 긴급성의 원칙이 도입되었기에 위험이 발생한 나라가 가장 먼저 자쿠A—1호를 사용한다고 결정되면 한국은 마지막 순번이 될 것으로 보입니다. 이번 몬스터브레이크와 몬스터의 도발에서 한국의 메탈사이퍼는 37명밖에 사상자가 발생하지 않았습니다. 반면 미국은 370명, 중국은 무려 1,050명, 일본은 180명으로 한국이 희생자가 가장 적었

습니다. 이 때문에 한국이 이 자쿠A—1호선을 쓰기에는 시간
이 걸릴 것으로 여겨집니다.

오열은 TV 화면을 보고 나지막하게 한숨을 내쉬었다. 말은
그럴듯하게 해도 실상은 미국과 중국 두 나라가 쓰겠다는 말
로밖에 들리지 않았다.

"과연 효과가 있을까요?"

"아마도 있을걸."

광자포는 아주 강력하다. 빠르고 데미지가 높은 데 반해 예
열 시간이 길다는 단점이 있다. 또 마력의 파장이 높아서 몬
스터가 알아차리기도 쉽다. 이는 자쿠A—1호선이 공격 준비
를 하면 높은 마력 파장으로 몬스터의 어그로가 끌리는 양상
이다. 오열도 피스톨을 사용하려고 했을 때 몬스터가 알아차
리는 바람에 공격을 받은 기억이 있다. 어쨌든 좋은 방안인
것은 분명했다. 자쿠A—1호선이 뛰어난 공격력을 가지고 있
지만 모든 지역을 커버할 수는 없다. 또 그것을 운용하는 주
체도 문제다.

'하긴…….'

오열은 어느 정도 이해는 갔다. 대한민국에 나타난 괴수들
은 자신과 이영 공주가 알아서 처리하는데 다른 나라는 그러
지 못한다. 몬스터로부터 시민들의 목숨을 지키는 데 막대한
희생이 발생한다. 이영 공주마저 오열이 개발한 메탈아머를

착용하지 않았다면 괴수 사냥은 불가능했을 것이다.

자쿠A—1호선의 지구 귀환은 각 나라가 그만큼 몬스터를 막는 데 어려움을 겪고 있다는 말과 다르지 않았다. 메탈사이퍼의 장비를 만드는 것은 메탈드워프지만 그들이 만드는 무기에는 명확한 한계가 있었다. 연금술이 가세하지 않은 장비는 효율이 엄청나게 떨어지니까.

일전에 나타난 바하렐도 500여 명의 메탈사이퍼가 대적했지만 조금의 우세도 유지할 수 없었다. 소드마스터급의 능력을 가진 오열이 있었기에 가능했다.

인류는 말 그대로 생존을 위해서 무엇이든 해야 하는 절박한 상황에 직면해 있었다. 미국의 이기주의를 비난하기 전에 그럴 수밖에 없게 된 현실이 더 문제였다.

"여보, 어쩌면 이번에 만든 합금이 도움되지 않을까요?"

"그러길 바라야지."

오열은 아만다의 말에 고개를 끄덕였다. 이번에 만든 오라듐LM—A가 좋은 결과가 나오기를 바랐다. 새로운 형태의 합금을 만드는 것은 더 강한 메탈아머를 만들 수 있기에 중요한 것이고, 또 문제의 진원지인 지하 세계를 탐사할 수 있게 하기 때문이다.

갑자기 나타난 포털과 몬스터는 인류를 위협하는 단계에 이르렀고, 자꾸만 재생하는 몬스터의 출몰과는 반대로 메탈사이퍼는 무한정 각성을 하지 못한다. 이 때문에 시간이 지날수록 인간은 약해지고 있다. 그런데 몬스터는 점점 강해지고 있다.

오열은 몬스터가 강해지는 것이 카오스에너지와 관계있다고 보았다. 성분 분석이 안 되는 정체불명의 에너지이기에 카오스에너지라고 명명했다. 인간의 과학으로 분석되지 않는 에너지, 아니, 분석할 수도 없다. 던전에서 뿜어내는 카오스에너지는 연구할 수도 없고, 크레이터에서 뿜어져 오는 카오스에너지는 조사나 실험을 할 수조차 없다. 그 어떤 물질도 닿기만 하면 녹아내리기 때문이다.

이런 이유로 오열은 새로운 합금을 만드는 것에 큰 기대를 한 것이다. 카오스에너지에 버텨낼 수 있는 물체를 만들기만 하면 연구라도 할 수 있으니까. 아직은 인류를 위협하는 원인에 근원적인 조사조차도 하지 못하고 있다.

'카오스에너지에 버틸 수 있으면 뭔가 할 수 있을 거야.'

오열의 생각은 이렇다. 몬스터가 가지고 있는 에너지를 생명에너지로 치환할 수 있다. 몬스터의 부산물에서 많은 생명에너지를 만들어 창고에 쌓아놓았다. 어쩌면 카오스에너지도 그런 방식으로 만들 수 있지 않을까 하고 희망하고 있었다. 그게 된다면 희망이 보인다.

6장

자쿠A-1호선

"아, 실험이나 땅 파는 것은 너무 지겨운데."

"호호호!"

오열의 말에 아만다가 웃음을 터뜨렸다. 그녀는 오열의 심정을 충분히 이해하고 있다. 함뮤트 대륙에서 광산을 개발할 때 그녀도 참가했다. 수개월 동안 아무것도 하지 못하고 땅만 파야 하는 단조로운 생활은 그녀도 지겨웠다. 그녀는 남편과 함께하려고 참가했다. 오열은 그가 없으면 광물 채굴 자체가 안 되었기에 항상 땅속에 있어야 했다. 그래서 무척 힘들어했다.

누군들 땅 파는 것을 좋아하겠는가? 그리고 채굴 작업이 끝나면 또 혼자 연구실에 처박혀서 새로운 합금을 만들거나 새로운 금속의 성분을 조사하기 위해 일해야 했다. 이런 작업은 지루하고 위험했다. 그러하기에 쉴드마법이 인챈트 된 장소에서 해야 한다. 물론 아바타가 하는 것이고, 또 메탈아머를 착용하고 있기에 죽을 위험은 없다. 그래도 위험하기는 마찬가지다.

그렇게 일주일이 지나갔다. 일주일 사이에 온 세상이 떠들썩해졌다. 행성에서 워프된 자쿠A—1호선이 마침내 지구에 도착했기 때문이다.

언론에 공개된 자쿠A—1호선은 거대했다. 무기는 달랑 광자포 하나밖에 장착되지 못한 전투선이지만 인류는 이 무기에 많은 기대를 했다.

—보시는 것이 나사가 공개한 자쿠A—1호선입니다. 자쿠A—1호선과 함께 워프된 우주인은 캘리포니아 병원에서 정밀검사를 받고 있습니다.

1시간에 22발의 광자포를 쏠 수 있는 자쿠A—1호선은 자체 충전이 가능한 첨단 비행정입니다. 자쿠A—1호선은 지구의 기술이 아닌 지니어스23호에서 자체 개발한 기술이 접목된 최첨단 우주선으로 연료의 공급 없이 1년 이상 비행할 수 있습니다.

오열은 모니터에 보인 자쿠A—1호선을 바라보았다. 행성에서 자주 보던 비행정보다는 확실히 컸다. 함뮤트 대륙에서 본 우주선은 주로 1인 탐사선이었기에 아주 작았다.

—이번에 함께 온 12명의 우주인은 2년 전 대한민국에서 실험한 워프가 안전하다는 검증이 났기에 가능했습니다. 자세한 것은 밝히지 않지만 PMC는 행성 간의 워프는 가능하다는 결론을 내렸습니다. 워프한 생명체는 생체의 변이가 없는 안전한 상태라는 것을 보증했습니다. 우주인이 안전하다는 것이 확인되면 첫 임무는 맨해튼에 나타난 괴수 사냥에 동원될 것이라고 합니다.

"이수만 기자, 그렇다면 자쿠A—1호선과 12명의 우주인이 지구로 귀환하는 데 중요한 역할을 한 것은 대한민국이지 않습니까? 자쿠A—1호선이 우리 대한민국으로 오는 순서는 언제입니까?"

—그게 말처럼 쉽지는 않습니다. UN의 허가를 받아 워프를 주도한 것은 세계 최강국인 미국, 그리고 가장 위험한 국가를 우선한다는 단서가 붙어 있어 괴수의 출몰이 활발한 미국과 일본이 우선시될 것이라고 여겨집니다. 게다가 한국은 몬스터가 출몰해도 자체적으로 방어하고 있어 순서에서 많이

밀릴 것이라는 전망이 있습니다.

"한마디로 자쿠A—1호선은 한국과는 별 상관이 없을 거라는 이야기입니까?"

—그렇습니다. 하지만 아주 가능성이 없는 것은 아닙니다. 대한민국이 처치하지 못하는 엄청난 거대 몬스터가 나타날 경우 우주탐사의 회원국으로서 우리의 권리를 요구할 수는 있습니다.

"네, 그렇군요. 그럼 더 자쿠A—1호선에 대해 자세한 내용을 소개해 주십시오."

—자쿠A—1호선은 지금 나사에서 점검받고 있는데 상태가 아주 양호한 것으로 나타났습니다. 나사의 최종 점검이 끝나는 2일 후에는 지구 방위에 사용될 예정입니다.

오열은 자쿠A—1호선을 바라보고는 나직하게 한숨을 내쉬었다. 자쿠A—1호선의 광자포는 분명 몬스터에게 위협적이다. 하지만 몬스터가 가만히 앉아서 광자포를 맞아주지 않을 것이 문제다. 날뛰는 몬스터를 막을 수 있는 강력한 탱커가 있어야 한다.

'뭐, 하늘에서 공격하면 되니까.'

몬스터의 공격이 미치지 않는 높은 상공에서 광자포를 사용한다면 언급한 위험을 차단할 수는 있다. 그러나 비행이 가능한 몬스터일 경우는 문제가 생긴다.

'뭐, 어떻게든 되겠지.'

오열은 모니터를 껐다. 그의 머릿속은 온통 새로운 합금을 만드는 데 집중해 있었다.

요즘은 시간만 나면 아바타 접속을 해서 연금술로 새로운 합금을 만드는 일을 하고 있다. 새로운 금속을 만드는 것은 수없이 많은 실험을 통해 가능성을 확인하면 그때부터 본격적인 연구가 시작된다. 새로운 합금을 만드는 것은 매우 쉽다. 하지만 만들어진 금속이 이전의 것보다 성능이 좋아야 하며 효율성도 뛰어나야 한다. 이미 모나베헴 합금과 아다티움 합금이 있는 상태에서 이보다 더 뛰어난 성능을 가진 합금을 만드는 것은 결코 쉬운 일이 아니다. 하지만 이번에 새롭게 발견한 금속을 이용하여 새로운 합금을 만드는 시도를 멈춰서는 안 된다.

지금까지는 크레이터에 있는 검은 안개(Black mist)에 가장 오래 버틴 금속이 모나베헴 합금으로 100g: 32시간 25분이었다.

'혹시 블랙 미스트(Black mist)가 암흑물질과 같은 것이 아닐까?

오열은 뒤통수를 한 대 맞은 충격을 받았다.

그동안 왜 그런 생각을 하지 못했을까? 오열은 머리를 한 대 손으로 쳤다.

'아니지. 과학자들이 그것을 몰랐을 리가 없어. 암흑물질은 아냐. 하지만 비슷한 것일 수 있어. 우주를 구성하는 중요한 물질이 갑자기 나타난 것이라면?

가능성은 있어 보인다. 우주에는 넓게 분포되어 있지만 지구에는 없을 수 있다.

'암흑물질이 우주의 생성에 관여한 물질이라면 그 반동도 있을 거 아냐? 빛이 있으면 어둠이 있듯이.'

오열은 그제야 스승인 브로도스가 해준 신화가 생각났다. 창조신 마르부스가 새로운 세계를 만들고 남은 카오스에너지를 봉인했는데 장난의 신 메르데스가 이를 열고 난 이후에 함뮤트 대륙에서 사라졌다고 하지 않았나?

사라진 카오스에너지, 새롭게 나타난 포털과 몬스터.

'젠장, 잊어먹고 있었어. 신화다. 바티안 왕국 놈들이 싹 쓸어간 신화에 대한 책을 조사해야 해.'

그런데 어떻게 그것을 구한단 말인가? 바티안 왕국은 오스만 왕국과는 여전히 적대적인 관계에 있고 언어도 다르다. 오열은 머리를 손으로 감싸 안고 고민했다. 그리고 마침내 생각해 냈다. 자신은 이방인이라는 사실을. 처가가 있는 오스만 왕국이나 바티안 왕국 모두 자기에게는 별로 다른 것이 아님을. 단지 그가 먼저 도착한 곳이 오스만 왕국이고 그곳에서 스승 브로드스와 아내 아만다를 만났다. 그 사실 때문에 착각했다. 자신은 이방인이며 본체도 아닌 아바타에 불과하다는 사실을 새삼 깨달았다.

최근에는 UN의 감시도 소홀해졌다. 인류의 미래가 불확실하게 변한 시점에서 다른 행성 따위에 신경 쓸 여력이 없어진 것.

초기의 신들은 인간과 교류하고 소통했다. 마치 야훼신이 아담과 함께 동산을 거닐었다는 내용이 성경에 담긴 것처럼. 함뮤트 대륙의 신화는 그때부터 전해져 온 내용일 것이다. 물론 틀린 내용도 있겠지만, 중요 내용은 변질되지 않았을 확률이 높았다.

오열은 바로 아바타에 접속했다. 휴대용 용광로를 식혀서 마법배낭에 넣고 바로 바티안을 향해 날아갔다.

바티안 왕국.

바티안은 함뮤트 대륙의 서북쪽에 있는 나라이다. 인구 1,200만의 군사 강국이기도 했다. 바티안이 오스만 왕국과 사이가 틀어진 것은 로두로스 제국의 비탈리 황제의 초대에서 바티안 왕국의 왕 크세노프 3세가 오스만 왕국의 루이스2세에게 모욕을 받은 일이 있었다. 그 결과가 바티안 왕국의 침공이었고. 전쟁이 발발한 초기는 일방적일 정도로 바티안 왕국군의 압승이었다. 바티안 왕국군은 오스만 왕국을 점령할 수 없을 것을 알고 침략으로 일관했다. 그 결과 오스만 왕국은 침탈을 당했다. 왕국민은 학살을 당했고 도시와 농토가 황폐해졌다.

나탈리우스 백작.

바티안 왕국의 침략으로 시작된 전쟁은 전쟁이 발발한 지 3년 만에 오스만 왕국군의 승리로 끝났다. 바티안 왕국군의 30만 병사 중에서 무려 5만 4천 명이 포로로 잡혔다.

이 포로들을 새로 즉위한 루이스 3세가 모두 나무꼬챙이로 찔러 죽인 뒤 황무지에 매달아 놓았다. 이들이 죽은 바르살라 광야는 바티안 왕국의 골루다에서 훤히 내려다보이는 곳이었다.

이 참혹한 보복으로 바티안 왕국은 두 번 다시 오스만 왕국을 침공할 엄두를 내지 못했다. 또한 이 전쟁이 끝난 지 얼마 되지 않아 크세노프 3세가 시름시름 앓다가 병사했고 그의 아들인 조셉 헨리 3세가 즉위한 상태였다.

'어디로 간다?'

오열은 바티안 왕국에 도착했지만 어디로 가야 할지를 알지 못했다.

뉴비드 행성은 오열이 오랜 시간 아바타 접속을 하였지만 대부분의 시간을 오스만 왕국에서 보냈다. 따라서 다른 나라는 아는 것이 없었다.

바티안 왕국의 수도 호른. 호른은 인구 200만의 대도시다. 수도 호른만 본다면 이곳이 군사 강국이라는 것을 모를 정도로 화려했다.

일단 오열은 여관을 잡고 식사를 시켰다. 오열은 종업원에게 이것저것을 물었다. 평범한 옷으로 갈아입은 오열을 눈여겨보는 사람은 없었다.

"그러니까 이곳의 정보길드는 아젠타 거리에 있다는 것이지?"

"네, 정확한 위치는 저도 모릅니다."

"알았네. 수고했네."

오열은 주머니에서 은덩어리를 꺼내 여관직원에게 주었다. 그러자 그는 눈을 크게 뜨고는 허리를 굽히며 감사를 표했다.

"나리, 고맙습니다."

"그만 가보게."

오열이 입고 있는 비단옷은 귀족이나 돈 많은 이들이 입는 고급 옷이므로 종업원이 기분 좋게 웃었다. 오열에게 금과 은은 마법배낭에 아주 많았다. 광산을 개발할 때 부수적으로 나오는 것들이다. 특히 에너지스톤이나 나나석을 캘 때 가끔 딸려 나오는 것이 은이었다. 금은 오히려 더 흔하게 발굴되곤 했다. 문제는 소량이어서 그렇지.

오열은 점심을 먹고 방으로 돌아왔다. 귀빈실은 넓고 호화로웠다.

"아젠타 거리라?"

무턱대고 바티안 왕국으로 날아왔기에 이곳에 대해 아는 것이 하나도 없었다. 오스만 왕국과의 전투로 인해 전해 들은 단편적인 지식이 다였다.

'그래도 돈이면 다 해결되지.'

오열은 오스만 왕국 사람이 아니다. 따라서 바티안에서 활동하는 데 걸리는 것이 없다. 정보길드를 이용하려는 것은 바티안 왕국에 대해서 아는 것이 없기 때문이다. 오스만 왕국에서 약탈해 온 문화재, 그중에서 특히 서적을 어디로 옮겼는지를 알아야 활동할 수 있다.

'합금도 만들어야 하는데.'

오열은 인류의 미래를 생각하면 자기가 뭔가를 해야 한다는 강박관념에 빠져 있었다. 몬스터 사냥을 하면 할수록 그런 생각이 더 강해졌다. 왜냐하면 그가 없이는 도심을 침공하는 몬스터를 처리할 수 없기 때문이다. 이영 공주조차 요즘에는 힘에 겨워했다. 그만큼 도심을 침공하는 괴수의 급이 상승했다.

언제까지 몬스터 사냥이나 하고 있을 수는 없지만 그가 나서지 않으면 몬스터를 막기가 요원해진 지금은 어떻게 해서든지 지구에 나타난 몬스터를 섬멸할 방법이 필요했다.

'언제까지 불려다닐 수는 없지.'

이미 돈은 더 벌지 않아도 될 정도로 많다. '더 나이트' 길드에서 매월 들어오는 배당금이 적지 않을 뿐만 아니라 몬스터를 처치하고 받는 부산물이나 마정석 지분이 엄청나기 때문이다.

'하아, 이제 어떻게 한다?'

오열은 침대에 누워 생각을 거듭했다. 생각하면 할수록 어떻게 행동해야 할지 막막했다. 오열은 며칠 이곳에 머물면서 정보를 수집하기로 마음먹었다. 괜히 여기저기 돌아다녀 봐야 시간만 낭비하는 것이니까.

오후가 되어 오열은 여관을 나와 아젠타 거리로 갔다. 술집, 또 술집. 여자가 아슬아슬한 옷을 입고 대낮부터 호객 행위를 한다.

'뭐 이딴 곳이 다 있어?'

수도 호른에서 가장 유흥가라고 할 수 있는 곳이 아젠타이다. 한국의 먹자골목처럼 이곳은 술집 거리다.

오열은 가장 큰 술집으로 들어갔다.

"어서 오십시오, 손님!"

종업원이 득달같이 달려왔다.

"혼자십니까?"

"어."

"이쪽으로 모시겠습니다."

빈센트는 화려한 비단옷을 입은 젊은 남자를 보며 호구 하나 왔구나 하는 표정을 지었다. 아니나 다를까, 처음부터 좋았다.

오열이 테이블 위에 은화를 올려놓았다.

'오호!'

빈센트는 마른침을 꿀꺽 삼켰다. 그는 본능적으로 잘만 하면 오늘 많은 팁을 받을 수 있을 것을 직감했다. 이런 호구의 기분을 맞춰주는 것은 그에게 아무것도 아니었다.

"술은 어떤 것으로 올릴깝쇼?"

"알아서 가져오고, 이건 잘하면 자네 것이 될 걸세."

"최선을 다해 모시겠습니다."

빈센트는 허리를 깊이 숙이고 부리나케 달려갔다. 테이블 위에 있는 은화는 3실버 짜리. 1실버는 40다켄이다. 술집에서 한 달간 일해서 버는 돈이 5실버. 하루에 받는 팁은 대략 10다켄이 넘지 않는다. 손님의 비위를 맞출 수만 있으면 오늘 3실버의 팁을 받을 수 있다.

빈센트는 창고에서 최고의 술 그랑고리를 꺼냈다.

"야, 그거는 안 돼!"

"왜요?"

빈센트가 그랑고리를 가져오자 지배인 조가 막아섰다.

"그거 우리 가게에 이제 열두 병밖에 안 남았어."

"지배인님, 엄청난 고객입니다."

"그래? 어디야?"

"13번 테이블입니다."

조는 13번 테이블에 앉아 있는 젊은 남자를 바라보았다. 고급 실크 옷을 입고 있는 모습이 보였다. 천천히 다가가서 보니 아르르 지역에서 난 최고의 실크로 만든 옷이다. 옷 한 벌에 100골드나 하는 명품. 그는 고개를 끄덕였다. 그러자 빈센트가 빠르게 움직였다.

그는 쟁반에 그랑고리와 함께 야크 치즈와 과일 안주를 담아 조심스럽게 걸어갔다.

"손님, 오래 기다리셨습니다. 이 술은 25년산 그랑고리입니다. 부드럽고 깔끔하며 풍미가 깊습니다."

오열은 가볍게 고개를 끄덕였다. 아바타가 좋은 것을 먹어 봐야 몸에 별 도움이 되지 않는다. 아바타도 음식물을 분해할 수는 있지만 에너지로 환원되는 양이 아주 적다. 오히려 아바타의 동력원은 태양력과 에너지코어다. 에너지코어는 몬스터의 심장에서 추출한 마정석이나 광물 에너지스톤 등 어느 것이든 상관없다.

오열은 잔에 술을 따랐다. 주황색 맑은 술이 잔에 떨어지자 깊은 풍미가 술집에 퍼졌다.

술을 마시자 혀끝에서부터 배 속으로 부드럽게 내려간다.

'역시 비싼 술이군.'

오열은 술을 마셨다. 술이 줄어들자 종업원이 다시 새로운 술을 내왔다.

　오열은 빈센트를 불렀다. 3실버 은화를 손에 쥐어주며 미
소를 지었다. 빈센트는 회심의 미소를 지었다. 오열이 다시
은화 하나를 탁자 위에 올려놓았기 때문이다.

　"질문에 대답하면 이 은화를 주지."

　"네, 손님. 무엇이든 물어보십시오."

　"아젠타 거리에 정보길드가 있다고 하던데."

　"물론입죠. 이 거리에는 저보다 잘 아는 사람이 없습죠."

　오열은 은화를 빈센트 쪽으로 슬며시 밀어놓았다. 대답만
한다면 언제든지 가져가라는 눈빛으로.

　은화가 어서 가져가라고 손짓하는 것 같아 빈센트는 참을
수가 없었다. 상대가 누군지 중요하지 않았다. 어차피 정보길
드라는 것이 고객이 없으면 유지할 수 없는 곳이다. 그리고
이곳에 있는 사람 중에서 제법 오래 근무한 종업원이라면 정
보길드의 위치를 모르는 자가 없었다. 정보길드가 대놓고 여
기라고 말하지는 않지만, 몇 단계만 거치면 위치를 아는 것은
어렵지 않았다.

　"정보길드가 어디냐 하면… 바로……."

　"……?"

　"여기서 오른쪽 세 번째 블록에 있는 로렌스라는 술집이
있습니다요. 그곳에서 찰스라는 종업원을 찾으신다고 하면
됩니다."

"찰스?"

"네, 그렇습니다."

"이제 이건 자네 것이네."

오열이 고개를 끄덕이자 빈센트가 재빠르게 은화를 주머니로 집어넣었다.

오열은 그 모습을 보며 피식 웃었다. 은화? 땅 파면 나온다. 오열은 그동안 채굴한 은을 은화로 바꿨다. 바티안 왕국의 돈이 남아도 문제다. 그러니 아낄 이유가 없었다.

오열은 그랑고리 마지막 잔을 마시고 술집을 나왔다. 하루가 가기 전에 어떻게 해야 할지 감이 왔다. 어느 세상이든지 돈을 주면 안 되는 것이 없다. 인간은 자신의 이익을 위해 살아가는 탐욕적인 존재니까.

오열은 정보길드인 로렌스 술집으로 걸어갔다.

로렌스 주점.

평범한 술집이다. 크지도 작지도 않은 건물에 종업원이나 여직원들도 평범하다. 이런 평범함으로 위장하여 사람들의 눈을 피하는 모양이다. 하지만 비밀결사조직도 아닌 영리 단체인 정보길드의 위치가 노출되지 않는다면 그것이 더 이상할 것이다.

"어서 오십시오!"

깔끔한 인상의 젊은 남자가 큰 소리로 오열을 맞이했다. 오열은 주위를 둘러보고는 종업원이 인도해 주는 자리에 앉았다.

"무엇을 주문하시겠습니까?"

"찰스 있나?"

"찰스요? 며칠 전에 그만두었습니다. 손님, 찰스와 무슨 일이 있으셨습니까?"

"그딴 소리는 하지 말고, 찰스에게 전해. 필요한 것이 있어서 왔다고."

오열의 말이 끝나는 순간 남자의 눈빛이 차갑게 빛났다. 그 눈빛을 보고 오열은 피식 웃었다. 어디든 실력을 보이지 않으면 믿지 않으려는 무리가 있다.

물론 오열의 방식도 문제가 있다. 정보길드와 연결되는 손님의 대부분은 기존 고객의 추천을 통해 이루어진다. 이처럼 찾아오는 뜨내기손님은 위험한 부류로 분류된다. 그러하기에 매우 조심해야 한다.

"이건 소개비네."

오열은 주머니에서 금화 세 개를 내놓았다.

"알겠습니다."

종업원이 금화를 주머니에 넣고 사라졌다. 그리고 10여 분이 지나자 콧수염을 기른 한 남자가 맞은편 자리에 털썩 앉았다.

"나를 찾으셨다고요?"

"의뢰할 것이 있어서."

콧수염의 남자가 의심의 눈초리로 바라보았다.

"대단한 의뢰는 아니야. 아주 쉬운 의뢰지. 어쩌면 시간만 충분하다면 이곳에 오지 않아도 알 수 있는 단순한 정보일 수도 있고."

오열의 말에 남자가 의심의 눈빛을 거두었다.

"이쪽으로 오시죠."

찰스가 자리에서 일어나자 오열도 그를 따라 일어났다. 문을 열고 나가자 정원이 나왔다. 그 길을 따라 몇 블록을 가자 단순한 창고가 나왔다.

'흠, 역시 술집은 단순한 접속 장소에 불과했군.'

정보를 다루는 단체가 술집에 본부를 두고 영업할 리가 없었다. 그리고 이 창고 역시 임시 영업 장소일 것이다.

오열은 피식 웃었다. 창고 주변에 꽤 많은 사람이 은신하고 있었기 때문이다.

"이곳에서 잠시 기다리시면 담당자가 나올 것입니다."

오열은 찰스의 말에 고개를 끄덕였다. 별것도 아닌 것을 의뢰하는데 이렇게 귀찮은 것은 불만이지만 아쉬운 것은 그였다.

딸깍.

복면을 한 자가 나타나자 찰스가 자리에서 일어나 귓속말을 하고는 창고를 나갔다. 창고에서는 밀 냄새가 진하게 났다. 아마도 밀을 보관하던 창고인 것 같았다.

"오르페우스라고 합니다. 무엇을 원하십니까?"

오열은 낮은 저음에 울리는 목소리를 듣고 상대가 중년의 남자라고 생각했다.

"한 가지 정보를 원하네. 오스만 왕국과의 전쟁에서 가져온 신화와 전설이 수록된 서적의 행방, 그리고 동일한 내용의 책은 어디 가면 볼 수 있는지……."

"전설과 신화라……. 특이한 것을 의뢰하시는군요. 의뢰비는 200골드요."

남자의 말이 끝나자마자 오열은 마법배낭에서 골드를 꺼내 그에게 주었다.

"맞는군요. 오스만 왕국에서 온 서적은 왕실도서관으로 갔소. 그리고 전설과 신화가 기록된 서적이 가장 많은 곳 역시 왕실도서관이오. 그다음으로는 칼리스만 재상의 서재에도 적지 않은 책이 있는 것으로 알려져 있소."

"왕실도서관은 어디에 위치해 있소?"

"혹시 오스만 왕국에서 왔소?"

"맞소. 하지만 그곳 백성은 아니오."

"흠, 당신이 마법 아티팩트를 사용하기에 물어본 것이오."

남자의 말에 오열은 빙그레 웃었다. 오스만 왕국의 말은 알지만 바티안 왕국의 말은 몰라 통역마법이 인챈된 아티팩트를 사용했는데, 아마도 말하는 입모양이 달라 쉽게 알아차린 모양이다.

오열이 일어나 창고를 벗어나자 오르페우스 옆으로 검은 그림자 하나가 뛰어내렸다.

"스파이 아닐까요?"

"무슨 말인가?"

"따라가 죽일까요?"

"하지 말게. 그는 위험한 남자야. 자네가 직접 나선다 해도 이길 수 없을 것이네."

"믿을 수 없습니다."

오르페우스는 부하 진젠트의 말에 씁쓸한 미소를 지었다. 그는 비록 정보길드 소속이지만 오러익스퍼트였다. 따라서 어느 순간에도 위축되는 법이 없었다. 하지만 조금 전에 그는 의뢰인에게서 몹시 위험한 느낌을 받았다. 익스퍼트 상급에 도달한 그는 눈빛만 봐도 상대의 능력을 예측할 수 있게 되었는데 조금 전의 그 남자는 아무것도 읽어낼 수 없었다. 이는 그가 익스퍼트 상급을 넘어선 자라는 것. 오러익스퍼트의 위로는 소드마스터밖에 없다.

"뒤따르는 것을 허락할 수 없네. 자네의 부하들도 마찬가지고."

"끙."

진젠트가 앓는 신음을 토해냈지만 오르페우스는 꿈쩍도 하지 않았다. 조금 전에 고객이 원한 정보는 사실 비밀도 아니었다. 고위 귀족이면, 아니, 왕국의 행정관도 이미 알고 있는 내용이다. 그러니 비밀도 아닌 정보를 의뢰한 고객의 실력을 테스트할 이유는 없다.

진젠트는 자신의 목숨이 오르페우스에 의해 구함 받은 것을 알지 못했다. UN의 제재가 없어진 지금은 이 뉴비드 행성의 사람에게 영향력을 미치는 행동에 간섭하는 세력이 없어졌다.

아만다는 아바타에 접속하고서 허탈했다. 남편의 작업실은 휑했다. 용광로와 각종 기기는 사라졌고 책상 위에는 메모만 남아 있다.

─나는 바티안으로 갈 거야. 거기서 신화와 전설을 알아보려고 해. 저녁에 봐.

아만다는 메모를 보고는 입을 삐쭉 내밀었다. 사실 그녀가 아바타에 접속한 이유는 남편과 함께 시간을 보내기 위해서였다. 그녀는 남편이 좋았다. 남편을 사랑해서 뉴비드 행성에서 지구로 왔다. 죽을 수도 있다는 말을 듣고도 오로지 남편과 함께 보내려고 그 모든 것을 감수한 그녀였다.

"아이, 심심해. 조금만 기다렸으면 나도 갔을 텐데."

아만다는 오열이 이렇게 급히 움직인 것이 불만이었지만

이미 떠난 사람에게 불평을 터뜨려 봐야 변하는 것은 아무것도 없다는 것을 잘 알고 있었다.

'난 그럼 복수를 해야지.'

할 것이 없어진 그녀는 안드로이 자작이 생각났다. 은혜를 원수로 갚은 파렴치한. 오열과 함께 그의 성을 찾아갔을 때는 이미 다른 곳으로 도망간 후였다. 그러니 어디 가서 안드로이 자작을 찾는단 말인가? 오열이 바쁘지 않다면 그를 찾는 것은 문제도 아니다. 하지만 남편은 지금 어디론가 사라졌다. 이제는 순전히 그녀 혼자 처리해야 한다.

'아! 맞다. 나탈리우스 백작에게 부탁해야겠어!'

그녀가 아는 권력자는 오직 나탈리우스 백작밖에 없었다. 나탈리우스 백작은 오스만 왕국의 최고 권력자이다. 전쟁의 영웅이면서도 어떠한 보상을 받는 것을 거부하고 슘마로 돌아갔다.

슘마라면 아만다가 잘 아는 도시이다. 전쟁이 벌어졌을 때 그곳으로 피한 경험이 있다. 또 그곳에는 할아버지 브로도스도 있다. 전쟁이 끝난 후 연금술을 연구하기 위해 브로도스는 슘마로 돌아가 몬스터 부산물로 연금술을 연구하고 있었다.

문제는 이곳이 안트로이스 산맥에서 가장 가까운 테우도로스라는 것이다. 테우도로스에서 슘마까지는 700km나 된다. 에어부스터를 사용하면 하루밖에 안 되는 거리지만 방향을 모른다.

그녀는 연구실을 정리하고 나와 에어부스터를 켰다. 하늘 위로 날아오르자 거대한 산맥이 손톱보다 더 작아졌다.

7장

바티안 왕국으로

부아아아앙!

엄청난 속도로 날아가던 그녀는 갑자기 날아오는 물체를 보고 당황했다.

'와이번?'

참새만 하던 물체가 가까워지자 거대한 몸체를 가진 와이번이라는 것이 점차 드러났다.

'무시하자.'

와이번과 싸울 무기도 없을 뿐만 아니라 이길 자신도 없는 그녀는 와이번의 입에서 뿜어져 나오는 화염을 무시하며 날아갔다.

캬르르르르르륵.

분노한 와이번의 소리가 저 멀리에서 들려왔지만 그녀는 신경 쓰지 않았다. 가디언 슈트의 에어부스터는 와이번보다 빨랐다.

푸우웅!

공기가 찢어지듯 갈라졌다.

소르도 산맥을 지날 때 드래곤 한 마리가 귀를 쫑긋거렸다.

'뭐지? 엄청난 속도로 날아오는 물체가 있어.'

페르디우스는 드래곤 둥지를 나와 두 눈을 부릅떴다.

피우우웅!

황금빛 작은 물체가 엄청난 속도로 날아갔다.

"저건 뭐지?"

페르디우스는 날개를 활짝 폈다. 황금색 날개가 우아하게 하늘을 날았다.

"따라가자."

우아한 날갯짓과는 반대로 그는 엄청난 속도로 날아갔다.

'어, 왜 안 보여?'

잠깐 머뭇거린 탓에 물체를 놓쳤다.

"인간이었는데. 황금색 갑옷을 입은 여자였지?"

엄청난 시력을 소유한 드래곤은 번개보다 더 빠르게 사라진 물체를 정확하게 보았다.

"인간이 하늘을 날 수 있는가?"

분명하게 보았지만 마치 헛것을 본 것처럼 자신이 없어졌다.

'그냥 가서 잠이나 자자.'

페르디우스가 황금빛 날개를 한쪽으로 움직이자 우아한 동체가 순식간에 변했다. 거대한 날개를 펴자 황금빛 가죽이 보석처럼 바람에 펄럭였다.

페르디우스는 잠을 자고 싶은 유혹과 모험을 하고 싶다는 욕망 사이에서 갈팡질팡했다.

한편 아만다는 자신의 비행이 드래곤의 관심을 끌었다는 것도 모르고 끝없이 날아갔다.

*   *   *

오열은 왕실도서관이 있는 왕성의 외곽으로 날아왔다.

'어떻게 한다?'

왕실도서관은 당연히 왕이 사는 궁 안에 있다. 문제는 이곳에 있는 왕실도서관은 아무나 열람할 수 없다는 것이다. 게다가 그는 시간도 없었다.

그는 일단 부딪쳐 보기로 했다. 바티안 왕국의 귀족이 아니라면 정상적인 방법으로는 도서관에 들어갈 수가 없다.

'남자는 직진이지.'

평범한 방법으로 왕실도서관을 들어가기 위해서는 많은

시간이 걸린다. 방법도 문제다. 알지도 못하는 오열에게 귀족들이 선선히 추천서를 써줄 리가 없다.

그런 방법은 힘이 없는 사람이나 쓰는 방법이다. 시간과 뇌물은 물론 자존심도 굽혀야 한다. 오열은 그럴 필요가 없었다. 힘이면 다 되니까. 이 세계는 원래 그런 세계다.

"멈춰라!"

왕궁의 정문에서 경비병이 소리를 질렀다.

"웬 놈이냐?"

"나? 나는 너희 왕을 만나러 왔다."

"뭣? 이놈이 무슨 헛소리냐! 당장 돌아가라!"

"조셉 헨리에게 가서 대륙 최고의 검사가 찾아왔다고 전해라."

오열의 말을 들은 병사 중 하나가 왕궁 안으로 들어갔다. 그리고 얼마 있지 않아 수십 명의 병사가 나타났다.

"하아, 뭐, 꼭 보아야 한다면 보여주지."

오열은 검을 뽑아 휘둘렀다. 검기 다발이 섬광처럼 휘어져 성문을 향해 날아갔다.

펑!

검기에 맞은 성문이 산산조각 났다.

"헉! 소드마스터다!"

겁을 집어먹은 병사들이 뒷걸음질쳤다. 오열의 검기는 소드마스터의 그것을 이미 초월한 상태. 아마스트라 숲의 지배자 나르테스의 마정석을 먹은 이후 그는 평범한 소드마스터의 경지를 초월했다. 그러니 병사들이 두려워하는 것은 지극히 당연했다. 이는 뒤늦게 나온 기사들 역시 마찬가지였다.

"누구냐? 정체를 밝혀라!"

"나? 이오열이라고 해."

"이름이 아닌 신분을 밝혀라!"

오열은 고개를 갸웃거렸다. 생각해 보니 밝힐 신분이 없었다.

"그냥 조셉 헨리 왕에게 나를 인도해라."

"신분을 밝히기 전에는 불가하다."

오열이 검을 휘둘렀다.

펑!

오열에게 신분을 밝히라고 한 기사가 날려가 성벽에 부딪쳤다.

"살인이다!"

기사의 몸이 검기에 맞아 조각조각 나 있다.

"적이다!"

외침이 있은 후 왕궁에 비상종이 울렸다.

댕! 댕!

비상종이 울린 지 얼마 되지 않아 왕궁 입구는 기사들로 가득 찼다. 오열은 그 모습을 물끄러미 바라만 보고 있었다. 꽤 시끄럽지만 이 방법이 사실 가장 좋았다. 살인을 저질렀다는 것이 꽤 껄끄러웠지만 그는 원래 도전해 오는 자에게 자비를 베풀지 않았다. 지구에서 붉은 늑대 길드를 몰살시킨 전력도 있지 않은가.

바티안 왕국군 역시 그의 눈에는 좋은 자들이 아니었다. 가만히 있는 나라를 침공하여 살인과 약탈을 밥 먹듯이 했던 놈들이다. 애초에 오스만 왕국을 점령할 의지가 없던 그들은 어른이건 아이이건 보이는 대로 모조리 죽였다.

나쁜 놈이 맞지만 이곳 주민이 아닌 탓에 바티안 왕국군에 복수할 생각은 애초부터 없었다. 당연히 살인은 가능한 한 피하고 싶었다. 그래서 오열은 검을 들고 뛰었다.

"도망간다!"

"쫓아라!"

기사들을 중심으로 오열의 뒤를 쫓았다. 그들은 진심으로 그가 도망가는 줄 알았다. 하지만 검에서 뿜어져 나온 검기가 성벽을 갈랐다.

"헉!"

"맙소사!"

"막아라!"

검기에 맞은 성벽이 붕괴하고 있다.

우르르릉!

성벽이 무너지고 검기에 부서진 파편이 사방으로 날아올랐다.

"피해라!"

오열의 뒤를 쫓던 병사들이 놀란 개구리처럼 사방으로 퍼졌다. 기사들은 날아오는 화강암 파편을 검으로 쳐내면서 오열의 뒤를 쫓았다.

차르르르르륵!

10m에 이르는 검기 다발이 다시 성벽을 향해 날아갔다.

쿠우우웅!

다시 성벽이 우르릉 소리를 내며 무너져 내렸다.

차차차차창!

바티안 기사의 공격이 오열의 몸을 덮쳤다. 오러가 넘실거리는 검이 메탈아머에 부딪쳤다.

"헉!"

"말도 안 돼."

기사의 오러를 튕겨낸 메탈아머를 보며 사람들이 비명을 질러댔다. 오열이 착용한 모나베헴아머의 HP는 320,000이나 된다. 기사들의 오러가 통할 리가 없었다. 원래 거대 몬스터, 즉 괴수급 몬스터에 대항하기 위해 만들어진 메탈아머다. 안드로이 자작의 기사들도 이 슈트를 착용한 아만다를 어쩌지 못했다.

'좀 더 폭력적일 필요가 있겠어.'

오열은 에어부스터를 착용하고 하늘로 날아올랐다.

"마법사다!"

"소드마스터가 어떻게 마법을……?"

사람들은 오열이 하늘로 솟아난 것을 마법으로 보았다. 그러하기에 경악했다. 소드마스터가 마법까지 사용할 수 있다면 대적할 방법이 없다.

오열은 하늘로 날아올라 길게 원을 그리며 날았다. 아름다운 정원과 화려한 건물들이 보였다. 오열은 검기 다발을 꺼내 가장 화려한 건물에 날렸다.

펑!

갈라타사이의 대리석으로 지은 아름다운 건물이 검기 다발 한 방에 풀썩 주저앉았다.

"막아라!"

"공격해라!"

기사들이 지상에서 소리를 질렀지만 오열은 신경 쓰지 않았다. 괴수급 몬스터도 혼자 상대할 수 있는 능력을 가진 그다. 그러한 그가 인간을 두려워할 이유가 없었다. 특히 지금은 본체도 아닌 아바타가 아닌가.

펑!

파이어볼이 날아왔지만 무시했다. 파이어볼 따위에 어떻게 될 메탈아머가 아니다. 모나베헴아머의 HP는 고작 1,000이 닳았을 뿐이다.

"헉!"

"공격이 안 통해!"

"괴물이다!"

"혹시 드래곤이 아닐까?"

오열을 쫓던 기사들도 멈췄다. 하늘을 날던 오열에게 파이어볼이 직격했을 때는 이제는 됐다 하는 심정이었다. 하늘에서 파이어볼을 맞았다면 아무리 소드마스터라도 끝이기 때문이다.

오열은 바티안의 왕궁에 있는 건물 하나를 더 무너뜨리고 기사들이 모여 있는 곳으로 내려왔다.

파이어볼도 통하지 않고 기사의 오러도 통하지 않는 것을 알게 되자 더 이상 기사들도 덤벼들지 않았다.

"왕과의 면담을 원한다."

"불가하다!"

왕실근위단장인 빅토리오 백작이 나서서 말했다. 오열은 그런 그를 보며 검을 뽑았다. 죽일 생각이다. 검기를 발현하려는 순간 새로운 남자가 나타났다.

"멈춰라! 나는 일리우스 공작이다! 내게 말하라!"

오열은 수염으로 가득한 남자를 바라보았다. 화려한 의상과 함께 오만한 얼굴이 눈에 들어왔다. 지배자의 눈을 가진 그를 보며 고개를 끄덕였다.

'공작 정도면 말이 통하겠지.'

오열은 검을 검집에 집어넣고 일리우스 공작을 향해 입을 열었다.

"바티안 군이 오스만 왕국을 침략했을 때 왕실도서관을 강탈한 것으로 알고 있다. 그곳으로 나를 인도하라."

왕성에 모여 있는 기사들은 물론 일리우스 공작 역시 오열이 오스만 왕국에 관해 이야기하자 두려움에 몸을 크게 떨었다.

"그대는 오스만 왕국의 왕이 보낸 자인가?"

대담한 성격으로 유명한 일리우스 공작마저 이 순간에는 떨 수밖에 없었다. 그는 왕이 오스만 왕국을 침략할 때 가장 앞장서서 찬성한 인물이다. 왜냐하면 그는 전대 크세노프 3세의 친동생이었기 때문이다.

"아니다. 오스만의 왕을 만나보기는 했지만, 그는 나에게 아무것도 원하지 않았다."

일리우스 공작은 오열의 말에 안도의 한숨을 내쉬었다. 만약 눈앞의 기사가 적국에서 보낸 암살자라면 어떻게 해볼 도리가 없기 때문이다. 수십 명이 모인 기사들로도 어떻게 해보지 못한 인물이다.

"그대는 나와 독대를 하겠는가?"

일리우스 공작은 용기를 내었다. 상대가 원한 것이 도서관이라는 사실에 안도했다. 어쩌면 조셉 헨리 왕과의 대면을 요구한 것도 단순히 필요에 의한 것일 수 있다. 그렇다면 굳이 왕과 만나게 할 필요가 없다.

오열은 일리우스 공작의 말에 바로 응답했다.

"좋다."

오열의 허락이 떨어지자 두 사람은 중간 지점에서 만났다.

호위로 따라온 기사를 보고 일리우스 공작이 손을 들어 그들을 뒤로 물렸다.

"원하는 것이 진짜 무엇이오?"

"오스만 왕국에서 빼앗아 온 책 중에서 신화와 전설이 수록된 책."

"그거면 되오?"

"일단은."

"하아!"

일리우스 공작은 끓어오르는 분노를 사력을 다해 참았다. 고작 책이나 요구할 것이면서 왜 왕궁의 성벽을 허물고 건물을 파괴했는지 이해가 되지 않았다.

"좋소, 당신이 원하는 것을 들어주겠소."

"난 시간이 별로 없습니다. 원하는 것을 얻지 못하면 조셉 헨리 왕은 나를 만나야 할 것입니다."

"그것은………."

"나는 정말로 시간이 없습니다."

일리우스 공작은 오열을 보며 입을 다물었다. 대륙 최고의 검사라고 할 수 있는 남자의 말이 거짓일 리가 없다. 무너진 성벽은 다시 보수하면 그만이다. 하지만 무너진 자존심은 그럴 수가 없었다. 그렇다고 하더라도 감히 덤빌 수도 없다.

"혹시… 위대한 존재십니까?"

일리우스 공작은 혹시나 해서 물어보았다.

"아, 난 도마뱀 따위가 아니니 안심하십시오. 원하는 것을 얻으면 즉시 떠나겠습니다."

"알겠습니다. 조처하겠습니다."

일리우스 공작은 어쩔 도리가 없었다. 그 역시 하늘을 나는 오열을 봤다. 그리고 궁중마법사의 파이어볼이 그를 덮쳤음에도 상처 하나 입지 않았다는 사실도. 만약 오열이 파이어볼에 조금이라도 상처를 입었다면 이런 결정을 내리지 않았을 것이다. 어떠한 희생을 무릅쓰고서라도 왕국의 자존심을 지켰을 것이다.

'드래곤이 아니라도 드래곤이어야 해.'

일리우스 공작은 오열과 독대한 것에 내심 안도했다. 눈앞의 기사에 대해 아는 사람이 아무도 없다. 그것은 그만큼 두려운 존재이기도 하지만 정보를 조작할 여지가 크다는 것. 그는 왕국의 자존심을 위해서라도 눈앞의 남자를 드래곤으로 만들 생각이다.

정치는 비열하고 야비하다. 겉으로는 대의명분을 외치지만 사실은 개인의 이익에 민감하다. 드래곤이 아닌 한 남자에게 바티안의 왕궁이 초토화되었다는 것이 알려진다면 다른 왕국의 웃음거리만 될 뿐이다. 그뿐만 아니라 더 이상 바티안 왕국을 두려워하지 않게 될 것이다.

"무엇이 필요한지 말씀하십시오. 제가 친히 모시겠습니다."

"응?"

오열은 갑자기 달라진 공작의 태도가 이상했지만 묻지 않았다. 사실 관심도 없다.

"뭐, 그렇게 해주신다면 나야 좋지요."

"하하하, 그렇습니다."

일리우스 공작이 알아서 기자 오열은 편해졌다. 깽판을 친것은 미안하지만 달리 방법이 없었다. 또 양심의 가책이 크게느껴지지도 않았다. 바티안 군이 오스만 왕국에서 자행한 일을 친히 겪은 오열로서는 어쩌면 이렇게 하는 것이 당연했다.

"그럼 제가 도서관으로 모시겠습니다."

"아, 네."

오열은 일리우스 공작을 따라 걸었다. 사람들의 시선이 모였다. 사람들은 공작이 친히 에스코트하자 놀라워했다. 일리우스 공작은 현 조셉 헨리 왕의 작은아버지이다. 그런 그가나서니 시비 거는 사람이 생길 수가 없다.

'생각보다 다루기 쉽겠는데.'

일리우스 공작은 오열의 태도가 예상보다 점잖게 나오자속으로 안도했다. 어쩌면 오열이 왕과의 면담을 요구했을 때부터 직접 나섰으면 왕궁은 파괴되지 않았을 것이다. 10m에이르는 오러를 보고 얼마나 놀랐던가? 게다가 하늘을 자유로이 비행하는 무지막지한 마검사를 어떻게 당한단 말인가?

'드래곤이 아니라고 부정했지만 드래곤이 틀림없어. 그렇지 않다면 어떻게 검사가 마법을 사용할 수 있단 말인가?

일리우스 공작은 스스로를 세뇌했다. 상대는 드래곤이다. 그렇지 않다면 말이 안 된다면서.

오열은 끝없이 펼쳐진 책을 보며 입을 뻐끔거렸다. 12층으로 된 도서관은 1층부터 엄청난 양의 책이 그를 맞이했다.

"신화와 역사, 전설에 관한 서적은 8층에 있사옵니다."

사서가 일리우스 공작 앞에서 부들부들 떨면서 말했다. 왕국 최고 권력자가 왜 이곳으로 온단 말인가? 조셉 프레처는 땀을 삐질삐질 흘리며 옆에 있는 오열을 바라보았다.

화려하면서도 고급스러운 갑옷을 착용한 검은 머리의 남자. 그 남자 앞에서 공작은 마치 황제 앞에 선 신하처럼 쩔쩔맸다.

'누구지?'

조셉은 의아했다.

"8층에 가서 신화와 전설에 관련된 책을 모두 가져오게."

"그걸 전부 다요?"

"그러하네. 빠르면 빠를수록 좋네."

"직원이 몇 명 없는데."

"근위대에 연락해서 기사 열 명을 보내달라고 하게."

"기사님을요?"

"어허, 무엄하다! 지금 이분이 누구이신 줄 아느냐? 얼음꽃이가 되기 싫으면 빨리 움직여라."

"네, 네, 알겠사옵니다."

조셉은 기겁하며 사방팔방으로 뛰어다녔다. 하필이면 도서관 관장이 휴가를 떠났고 부관장은 오후에나 나온다. 말단 직원인 그가 일을 처리해야 하는데, 상대가 일국의 공작이다. 머뭇거릴 시간이 없었다.

잠시 후 기사들이 도서관으로 뛰어왔다. 그들은 사서들이 꺼낸 책을 1층으로 옮기면서 아무런 불평도 터뜨리지 못했다.

'이거 정말 미안해지는데. 어쨌거나 빨라서 좋군.'

오열은 옆에서 일을 감독하는 공작이 마음에 들었다. 반면 일리우스 공작은 오열을 극진히 모시면서 다른 사람이 근처에 오지 못하게 철저하게 감시했다. 심지어 그가 없을 때는 왕실근위대의 부단장이 와서 오열을 보좌하도록 했다.

화려하고 거대한 집무실에서 조셉 헨리 3세가 어처구니없다는 표정으로 일리우스 공작의 보고를 듣고 있다.

"그래서 그놈이 하자는 대로 다 하고 있다고요?"

"그렇습니다, 전하. 그분은 드래곤입니다."

"뭐, 드래곤? 그 말이 정말이오?"

"그는 오러를 10m나 발현했고 하늘을 자유로이 날았을 뿐만 아니라 파이어볼을 맞고도 무사했습니다."

"허어, 정말 드래곤인가?"

"드래곤이 틀림없습니다. 반드시 드래곤입니다."

조셉 헨리 3세는 노회한 정치가인 일리우스 공작의 반드시 드래곤이라는 말에 주목했다. 일반적으로는 틀림없는 드래곤이라고 말한다. 그런데 반드시 드래곤이라고 말했다. 이는 드래곤이 아니어도 드래곤으로 만들어야 한다는 의지가 담겼다고 할 수 있었다.

"왕궁의 담벼락이 무너지고 가장 화려한 건물이 두 채나 무너져 내렸다고요?"

"그렇습니다. 전하가 계신 장미의 정원이 멀리 떨어지지 않았다면 아마도……."

일리우스 공작의 말에 조셉 헨리 3세는 꿍 소리를 내며 나지막하게 한탄했다. 오스만 왕국과의 최종 전쟁에서 패하면서 나라가 어려워지기 시작했다. 왕궁에 있는 기사만 500여 명. 그 기사들이 다 나서도 제압할 수 없는 상대라면 드래곤이 분명하다.

"그렇게 난리를 치고 고작 원한 게 오스만 왕국에서 가져온 신화와 전설에 관한 책이라고?"

"네, 그렇습니다. 뭔가 찾는 것이 있는 것 같습니다."

"그가 뭘 찾고 있는지 알아보도록 하시오."

일리우스 공작은 조셉 헨리 3세의 말에 묵묵히 대답했다. 그 역시 관심이 있는 사안이었지만 감히 나서고 싶지 않았다. 또 굳이 상대를 자극하고 싶지도 않았다. 신화와 전설에서 얻을 것이 없기 때문이다. 고대 마도시대부터 전해져 오는 신화

중에서 사실로 드러난 것은 거의 없었다.

함뮤트 대륙 전체를 통해 던전 두 개가 발굴되었을 뿐이다. 그곳에서 얻은 것은 몇 개의 아티팩트뿐. 던전을 발굴하는 데 들어간 돈도 뽑지 못했기에 모든 왕국은 고대시대의 전설을 신뢰하지 않았다.

오열은 사서가 분류해 준 책들을 1층에 앉아 조용히 읽었다. 방대한 책의 내용에 졸음이 몰려왔다.

'아, 이걸 굳이 내가 할 필요는 없지'

오열은 도서관 사서에게 창조신화에 관련된 것을 찾아오라고 했다. 그러자 그가 해야 할 일이 확 줄어들었다.

오열은 일리우스 공작과 이야기를 나누며 사서가 정리해 온 것을 읽었다.

창조의 신 마르부스가 인간과 몬스터를 만든 후에 남은 카오스에너지를 깊이 봉인했다. 200년이 지난 후 장난이 심한 메르데스 신이 카오스에너지의 봉인을 해제했다. 카오스에너지는 신에게도 유용한 힘이 될 수 있기 때문이다. 호기심이 많은 메르데스는 이 카오스에너지를 사용하면 자신도 창조의 신의 권능을 사용할 수 있지 않을까 하고 봉인을 풀었다. 그러자 대륙에 있는 몬스터가 갑자기 날뛰기 시작했다. 메르데스는 새로운 종족을 창조하지도 못하고 몬스터의 난동으로 인해 드래곤의 공격을 받았고, 마르부스가 그에게 힘을 빼앗

으려고 하자 그는 카오스에너지를 사용하여 알지 못하는 공간으로 사라졌다. 마르부스조차 그가 어디로 사라졌는지 알 수 없게 되자 대륙에 평화가 도래하게 되었다.

오열은 신화의 내용을 읽고 고개를 끄덕였다. 이미 알고 있는 내용이지만 조금 더 구체적인 것들이 많았다. 특히 카오스에너지가 봉인된 장소가 드러났다.

'알핀스 산맥의 헤데스 신전이라고?'

마르부스는 카오스에너지의 힘을 억제하기 위해 신성을 입힌 신전을 지어 그곳에 봉인했다. 오열은 주먹을 불끈 쥐었다. 이제야 비로소 지구에 왜 몬스터가 출몰하게 되었는지 감이 왔다.

'호기심에 미친 신 한 마리 때문에 지구가 그 몸살을 겪은 것이군.'

신성을 잃어버린 카오스에너지는 조화를 잃어버리고 오로지 강함만 추구하게 되었다. 그 결과 암흑에너지에 강한 몬스터가 출몰하게 된 것이다.

'신의 힘이 그렇게 큰가?'

오열은 이해할 수 없었다. 장난의 신에 의해 놀아난 인류를 생각하면 어처구니가 없다. 오늘도 몬스터에 의해 죽어가는 사람들이 많지 않은가. 그저 불쌍할 뿐이다.

'그런데 각성은 어떻게 생긴 것이지?'

신화에 의하면 인간의 각성이 이해가 되지 않았다. 차원을 통과하면서 카오스에너지에 변화가 생긴 것인가? 아니면 메르데스가 심심해서 장난을 친 것인가? 생각이 생각을 낳고 그 생각이 또 생각을 낳아도 의문은 여전히 풀리지 않았다.

어쨌든 지구에 나타난 몬스터는 분명 이 뉴비드 행성에서 발생한 것이 틀림없었다.

시간이 그렇게 흘러갔다. 오열이 바티안 왕성도서관에 머문 지 한 달이 되는 날, 드디어 신전의 위치가 어디 있는지 정확하게 알게 되었다. 알핀스 산맥은 대륙 남단에 있다. 게다가 엄청난 넓이를 지닌 산맥이라 위치를 모르고 간다면 몇 년이 흘러도 찾지 못할 것이다. 땅 파는 것도 지겨운데 신전 하나 찾으려고 온 산을 뒤지는 것은 더욱 싫었다.

한편 아만다는 온갖 고생 끝에 슘마에 도착했다. 전쟁이 발발했을 때 피한 도시라 낯설지 않았다. 오히려 친근한 감정마저 느껴졌다. 성문을 통과한 아만다는 마침내 나탈리우스 백작의 성에 도착했다.

'여긴 변한 것이 하나도 없네.'

왕국을 구한 구국의 영웅이 있는 도시지만 나탈리우스 백작은 전쟁이 끝나자 자신의 영지로 돌아가 조용하게 지냈다. 막강한 권력을 탐할 수 있는 위치에 있었지만 그는 아무것도 원하지 않았다.

대신 전쟁을 통해 연금술의 위력을 목격한 터라 그는 자신의 영지에서 마법사와 연금술사를 우대하기 시작했다.

그녀의 할아버지인 브로도스도 이곳에서 연구하고 있었다. 불멸의 연금술이라고 불리는 현자의 돌, 영생의 비약이 담긴 것들을 연구한다.

지글지글.

실험실 한쪽에서 이름 모를 재료들이 끓고 있다.

"나탈리우스 백작은 귀찮아. 왜 자꾸 오열이 녀석이 만든 그따위 화살을 만들어달라는 것이지?"

브로도스는 불평을 터뜨렸다. 나탈리우스 백작이 연금술사와 마법사를 우대해 연구하는 것이 이전보다 훨씬 편해졌다. 문제는 오스만 왕국 최고의 권력자가 자꾸만 이상한 것을 요구하고 있었다.

나탈리우스 백작은 숨마에 있는 모든 몬스터를 일망타진해서 영지를 넓힐 계획을 세우고 있다. 이전에는 몬스터 헌터들이 몬스터 부산물을 노리며 몬스터의 개체 수를 줄이는 소극적인 전략을 세웠다면 지금은 아주 적극적으로 변했다.

바티안 왕국과의 전쟁에서 효과를 단단히 본 연금술의 위력을 그는 몬스터 소탕 작전에 적용한 것이다.

'그래도 돈은 잘 주니 이 짓도 할 만하네.'

연금술이라는 것이 기본적으로 돈 먹는 하마이다. 마법사와 마찬가지로 돈이 없으면 할 수 없는 직업. 그가 슘마에 둥지를 튼 것도 몬스터 부산물이 다른 영지보다 상대적으로 쌌기 때문이다. 또 원하는 몬스터 부산물을 쉽게 얻을 수 있기도 했다.

"허허, 손주사위 놈 덕분에 떼돈을 버는구나."

브로도스는 오열이 만든 화학무기들을 연금술로 재현해내고 있었다. 그리고 그 무기들을 사용해 백작의 군대는 몬스터를 도륙하고 있다.

덜컹.

문이 열렸다.

"어떤 놈이냐?"

"할아버지, 저예요."

브로도스는 손녀를 보고 함박웃음을 터뜨렸다.

"허허허. 아만다, 어서 오너라."

손녀를 본 그는 무례하게 실험실 문을 벌컥 연 것에 대한 분노 따위는 이미 어디론가 사라지고 없었다.

"어떻게 온 것이냐? 내 제자 놈은 같이 안 왔느냐?"

아만다는 브로도스의 말에 미소를 지었다. 오랜만에 만난 할아버지가 건강하게 보여 기분이 좋아졌다.

*　　　*　　　*

아만다는 나탈리우스 백작을 만나고 있었다.

"그러니까 나보고 복수를 해달라고?"

"네. 제 아버지는 안드로이 자작을 당해낼 수 없을 거예요. 평생 공무원으로 일하신 분이라 권모술수에 약해요. 왕실령이라 군사들도 약하고요."

"흠, 이오열 경을 생각하면 안 도와줄 수가 없지. 하지만 난 정치는 잘 모르는데. 복수는 나보다 국왕 전하가 잘하실 거야. 내가 알아서 조처를 해주겠네."

"고맙습니다, 백작님."

"하하하, 아만다 양이 왔으니 브로도스 경이 아주 좋아했겠구먼. 하하하!"

나탈리우스 백작은 연신 웃음을 터뜨렸다. 눈앞 여자의 남편을 생각하면 함부로 청탁을 무시할 수가 없다. 나라가 망하기 직전에 오열이 준 무기로 반격의 발판을 마련했기 때문이다. 현 국왕인 루이스 3세도 오열의 부탁이라면 거절할 수가 없을 것이다. 더욱이 상대가 델포이의 영주 안드로이 자작이라면 더더욱.

에드워드 안드로이 자작이야말로 전쟁을 통해 부를 축적한 배부른 돼지이기 때문이다. 왕국을 사랑하는 나탈리우스 백작의 입장에서는 안드로이 자작이야말로 나라를 좀먹는 벌레였다. 그가 거절하지 않은 것은 루이스 3세도 역시 오열의 부탁을 거절하지 못할 것을 알기 때문이다. 무엇보다 은원관계가 분명한 왕이지 않는가.

루이스 3세가 5만 명이 넘는 전쟁포로를 나무 꼬챙이로 찔러 죽였을 때 그조차 섬뜩했다. 그로서는 상상도 하지 못한 보복이었다.

"혹시 이오열 경이 새로 만든 예술품은 없는가?"

나탈리우스 백작이 은근한 어조로 아만다에게 물었다.

"남편이 만든 새로운 무기가 있긴 한데요."

"오! 그게 무엇인가?"

아만다는 골똘히 생각했다. 최근에 개량한 무기는 이곳에서 사용할 수가 없다. 화학무기에 대한 지식 자체가 부족한 이곳이다. 이런 이유로 바주카포와 같은 무기는 추천에서 제외. 그렇다면 에너지스톤을 이용한 대몬스터용이어야 하는데 이곳도 에너지스톤이 구하기 힘든 것은 마찬가지.

"남편에게 물어볼게요."

"오! 이오열 경과 같이 왔는가?"

"그건 아니에요."

아만다는 나탈리우스 백작의 말에 고개를 저으며 대답했다. 아바타를 설명할 방법이 없으니 그냥 입을 다물었다.

아만다의 대답 유무와 관계없이 나탈리우스는 루이스 3세에게 편지를 썼다.

루이스 3세는 나탈리우스 백작의 편지를 받자마자 바로 안드로이 자작의 작위를 폐하고 평민으로 강등시켰다. 이유는 역모. 왕국이 풍전등화에 놓였어도 개인의 영달만 추구하고 협조하지 않은 죄다. 말도 안 되는 명령에도 귀족들은 반항하지 못했다. 왕권을 견제하는 따위는 시도조차 하지 못했다. 아무리 적이라도 5만 명이 넘는 사람을 나무 꼬챙이에 찔러 죽인 왕이다. 그 대상이 자기가 아니라고 장담할 수 있는 사람은 없었다.

아만다는 손가락 하나 까딱이지 않고 복수를 했다.

*　　　*　　　*

알핀스 산맥.

대륙 남쪽에 위치한 거대한 산맥은 끝없이 펼쳐진 숲의 바다. 햄뮤트 대륙에서 가장 넓고 높은 산맥이다. 안트로이스 산맥보다 무려 두 배나 넓다.

"와우, 엄청 넓네."

오열은 혀를 내둘렀다. 공중에서 내려다본 알핀스 산맥은 엄청났다. 안트로이스 산맥보다 더 높은 산이 많았다. 지구로 치면 히말라야보다 높은 산이 한두 개가 아니다.

"위치를 모르고 왔다면 몇 년이 걸려도 찾지 못했겠네."

오열은 13번째로 높은 산봉우리를 바라보았다. 그의 옆에는 세 개의 산봉우리가 경호하듯 서 있다.

'헤데스 신전이 어디에 있나?'

오열은 가장 높은 산봉우리에 내려앉았다.

주위가 눈으로 둘러싸인 산은 생각보다 험했다. 바람 소리에 귀가 먹먹해질 정도이다. 바람을 타고 눈발이 휘날린다. 온통 눈이다.

에어부스터를 켜지 않았다면 과연 올라올 수나 있을까 싶을 정도로 산은 험하고 위험했다. 한 발짝만 잘못 디디면 천길 낭떠러지로 떨어질 정도이다. 메탈아머를 착용했어도 가끔 거세게 부는 바람에 몸을 기우뚱했다.

'정말 말도 안 되게 험하군.'

오열은 감탄을 터뜨렸다. 그리고 잠시 생각했다. 그 어떤 위대한 등산가라 하더라도 이 놀라운 자연의 위대함에 경이로움을 표할 것이다. 왜 창조신 마르부스가 이곳에 카오스에너지를 봉인시켜 놨는지 알 것 같았다.

오열은 주위를 살폈다. 바람과 휘날리는 눈발로 인해 한 치 앞도 내다보기 힘들 정도로 험난한 날씨에 고개를 절레절레 흔들었다.

오열은 천천히 봉우리를 수색했다. 아무리 탐색해도 헤데스 신전이 눈에 보이지 않자 그는 탐색기를 꺼냈다. 광물탐색기는 광물의 위치를 탐색할 수 있을 뿐만 아니라 지형의 단층도 측정할 수 있다. 이곳에 신전이 있다면 단층 촬영 영사기에 나타날 것으로 생각했다.

기계를 작동시키자 모니터에 산의 단층이 나타나기 시작했다. 그리고 그의 생각은 맞았다. 영사기의 한쪽에 거대한 동공이 나타났다.

'역시 과학은 위대해.'

오열은 주먹을 불끈 쥐며 활짝 웃었다. 그러자 벌어진 입 사이로 바람이 날아들었다. 눈발도 한 덩어리가 따라 들어왔다. 지독한 기후였다.

환상마법진이 걸린 헤데스 신전은 육안으로 파악하기 힘들었다. 하지만 단층 사진에는 나타났다.

입구에 나타난 좁은 통로를 따라 한 시간가량 걷자 거대한 동공이 나타났다. 그리고 엄청난 신상과 건물들이 눈에 들어왔다.

"엄청나군!"

100m는 될 법한 거대한 신상은 보는 것만으로도 엄청난 위압감을 줬다. 이곳이 알핀스 산맥이 아니라면 이런 동상을 만드는 것 자체가 불가능했을 것으로 여겨질 만큼 신상은 컸다.

'신의 작품인가?'

평범한 석상임에도 알 수 없는 힘이 느껴진다. 오열은 그것이 신성이라고 단순하게 생각했다. 그의 눈에 부서진 건물더미 속에 영롱하게 빛나는 녹색의 돌들이 보였다.

'저것은 그것인데.'

오열은 마법배낭에서 녹색의 돌을 꺼냈다. 안드로이 자작을 죽이기 위해 갔다가 마법에 당해 지하 수로에 떨어졌을 때 우연히 발견한 신비로운 돌. 최근에는 새로운 합금에 성공하기도 했다.

'이상한데?'

아무리 생각해도 이상했다. 단순히 신성이라고 생각한 것이 아닐 수도 있다는 생각에 광물탐색기를 꺼내 작동시켰다. 그러자 미친 듯이 움직였다.

"헉! 말도 안 돼."

신전은 믿을 수 없게도 광물 천지였다. 육안으로 보이지 않던 것이 탐색기에는 명확하게 보였다.

'이것은 에너지스톤?'

신상의 중앙, 그러니까 심장 부분에서 엄청난 신호가 끊임없이 흘러나왔다. 오열은 신상 가까이 다가갔다. 그러자 미세하게 갈라진 틈새가 보였다.

'흠.'

이상했다. 신상의 심장에 작은 금이 가 있는데 그 실금을 통해 엄청난 에너지가 뿜어져 나오고 있었다.

'혹시 봉인구?'

강력한 카오스에너지를 봉인하기 위해서는 그에 상응하는 그 무엇이 있어야 한다. 오열은 그것이 단순히 신성이라고만 생각했다. 그런데 아니었다. 헤데스의 신전은 마법사의 그것처럼 정교하게 만들어진 마법진이었다. 아름다운 도형이 거대한 동공을 가득 메웠다.

"하아, 엄청나군."

오열은 신이 만든 신전에서 무한한 경이로움을 느꼈다. 무한한 성스러움과 경외심이 저절로 생겼다. 신성을 목도하자 인간이 얼마나 작은 존재인지 깨달아졌다. 신은 인간이 넘볼 수 없는 극한의 경이로움이 가득한 존재. 개미가 인간의 삶을 알 수 없고 판단할 수 없는 것처럼 신성이 가득한 신전은 경이로움 그 자체였다.

이곳에는 오러도, 10m에 이르는 검기도 아무것도 아닌, 그저 연약한 힘에 지나지 않았다.

"이런 곳을 뚫은 메르데스는 얼마나 강한 존재인가?"

만약 그 가정이 맞는다면 지구는 어쩌면 멸망을 막지 못할 것이다. 지구에는 메르데스를 막을 만한 신이 존재하지 않으니까 말이다. 오열은 신전을 조심스럽게 거닐었다. 걷는 것 자체로 말할 수 없는 신성이 몰려들었다. 그것은 창조신 마르부스의 힘이었다.

마나가 아닌 신성이 호흡을 통해, 작은 피부의 틈새를 비집고 허파와 혈관으로 몰려들었다.

"헉!"

오열은 경이로운 힘에 놀라 자신도 모르게 소리를 질렀다.

경배하라!

신성으로 가득한 이곳이여!

　오열은 그 자신도 모르게 신을 벗고 무릎을 꿇었다. 이성이 시킨 것이 아니다. 본능적으로 스스로 움직였다.

　—인간이로군.

　신전이 움직이며 공명했다. 영적 언어가 오열의 머리를 파고들었다.

　—그러나 그대는 인간이 아니군. 인간의 모습을 하였으나 인간이 아닌, 그러나 인간의 정신을 가진 존재구나. 그대는 어디서 왔는가?

　"이곳의 세계가 아닌, 다른 차원의 지구에서 왔습니다. 그곳은 갑자기 생긴 몬스터 때문에 멸망 직전에 처했습니다."

　오열은 깊은 내면이 신의 소리에 응답했다.

　—결국 메르데스는 장난을 그만두지 않았군. 지구인이여, 그대에게 마르부스를 막을 수 있는 힘을 주겠다. 그대는 힘을 남용하지 않겠다고 맹세할 수 있는가?

　"맹세합니다."

　오열은 대답하면서도 이 기회가 절대적이라는 것을 알았다. 신을 막을 수 있는 것은 신밖에 없다. 인간의 과학은 높은 문명을 이룩했지만 그렇다고 개개의 인간이 위대한 것은 아니다.

　위이이이잉!

신전이 떨며 울렸다. 오열은 두려움에 사로잡혔다. 그는 이때까지 한 번도 두려운 적이 없었다. 초기 아바타 시절이나 돈이 없어 혹시 아바타가 파괴되지나 않을까 하고 노심초사한 시절을 제외하고는 언제나 무적이었으니까. 또 아바타가 파괴된다고 죽는 것도 아니다. 하지만 지금은 죽을 수도 있다는 공포감에 시달려야만 했다.

거대한 신전이 신성한 빛에 둘러싸였다. 빛의 축제가 열린다. 빛은 살아 있는 생명체처럼 출렁거리며 폭죽처럼 터져 나갔다.

경이로움.

우우우우우웅!

신전은 계속 울리고 있었다. 오열은 여전히 두려움에 사로잡혀 신성한 빛을 바라보았다.

꽉!

순식간에 빛이 사라졌다. 그리고 신전을 수놓은 마법진이 소리를 지르며 한곳으로 몰려갔다.

펑!

신전이 우르르 떨며 비명을 질렀다. 오열은 여전히 두려움에 사로잡혀 꼼짝을 하지 못했다.

─그대가 메르데스의 불순한 장난을 막아주길 기대한다.

"명심하겠습니다."

오열은 신전을 가득 메운 목소리에 반사적으로 대답했다.

한참을 지나도 목소리는 다시 들리지 않았다. 빛의 축제도 끝났고 마법진도 사라졌다. 신전은 어느새 아득한 크기의 거대한 동공으로 변해 있었다. 그리고 광휘의 빛을 발하던 석상도 삭아 돌덩어리로 덩그러니 놓여 있다.

오열은 신성이 사라진 신전에 남아 주위를 돌아보았다. 신성이 사라졌지만 크기에 압도될 정도로 거대했다.

'뭔가 줄 것처럼 했는데.'

오열은 주위를 둘러보았다. 그리곤 거대한 동공을 천천히 거닐며 탐색했다. 그렇게 한 시간. 신전의 상층부, 신전에서 신께 제사를 드리는 원형의 탁자 위에 작은 상자 하나가 놓여 있다.

"흠~."

오열은 나지막하게 신음을 토했다. 구리색 낡은 상자에서 알 수 없는 힘이 느껴졌기 때문이다.

'이거구나!'

오열은 손을 뻗어 상자를 거머쥐었다. 작고 낡은 상자가 손에 감기듯 들어왔다. 뚜껑을 열자 작은 팔찌 하나가 담겨 있다. 엄청난 기대와 달리 팔찌는 볼품이 없었다.

'모양이 중요한 것은 아니지.'

오열은 상자를 닫고 다시 주위를 둘러보았다. 신의 힘이 머물던 곳이다. 쉽게 이곳을 떠날 수 없다. 이는 연금술사 특유의 감이기도 했다.

오열은 신전에서 하루를 머물면서 탐색했다. 광물 탐사는 물론 혹시라도 아티팩트가 있는지 알고 싶었기 때문이다. 그 결과 각종 광물을 얻을 수 있었다. 가장 먼저 얻은 것은 오라듐LM—A타입을 만든 녹색 돌은 물론 오리칼쿰, 미드나일 등의 광물이었다.

남들이라면 무시했을 광물들이다. 하지만 오열은 연금술사. 그러하기에 그는 던전을 탐사하듯 신전을 싹싹 뒤졌다.

'뭔가 얻을 것이 있겠지.'

오열은 마법배낭을 가득 채운 광물을 생각하며 회심의 미소를 지었다. 새로운 금속을 찾아내는 것은 그에게 아주 중요한 일이었다.

몬스터를 상대하기 위해서는 무기는 물론 방어구가 아주 중요하다. 새로운 광물은 메탈아머를 만드는 데 중요했다. 거대 몬스터를 상대하기 위해서는 무기뿐만 아니라 방어구가 특히 중요하기 때문이다.

최근에 나타난 바하렐과 같은 괴수급 몬스터를 상대하기 위해서는 더 뛰어난 방어구와 무기가 필요했다.

오열은 신전을 나와 오스만 왕국으로 향했다. 아마스트라스 숲에 있는 우주선으로 가야 오늘 획득한 물품들을 지구로 워프할 수 있기 때문이다.

8장

신의 무기

이철 국왕은 보고서를 읽고 있었다. 몬스터의 난동이 불규칙적으로 변하면서 대응하기가 어려워지고 있어 그도 관심을 기울이고 있었다.

"흠, 정말 메탈사이퍼들로는 힘든 것인가?"

보고서의 내용은 부정적인 것으로 가득했다. 도심지를 침략한 몬스터의 수와 바하렐은 쉽게 막아낼 수 있는 것이 아니었다.

이철 국왕이 보고서를 읽고 있는 동안 비서실장 오남교는 이마에 땀을 삐질삐질 흘리고 있었다. 최근 들어 문제가 되는 것은 몬스터의 출몰이 돌발적이고 예측 불가하다는 점이다.

"이오열 요원의 협조가 없으면 몬스터 퇴치가 힘든가 보군."

"이영 공주님이 참여하여도 대량의 다발적인 침략이라면 힘듭니다. 이오열 요원의 경우는 연금술을 이용한 다량의 화학무기가 특별할 뿐만 아니라 메탈에너지를 사용하는 능력 또한 탁월합니다."

"고마운 일이군. 인류를 몬스터에게서 막아내는 일에 앞장선 메탈사이퍼들에 대한 처우를 개선할 방안을 고려해 보도록 총리와 이야기해 보게. 메탈사이퍼가 없다면 시민의 안전이 위협을 받으니 그들은 존중을 받아 마땅하네."

"그렇지 않아도 총리실 산하에 메탈사이퍼를 총괄하는 부서를 둬서 국왕전하께서 말씀하신 그 부분도 배려할 예정이라고 합니다."

"흠, 그건 좋군."

이철 국왕은 곧 이마를 찌푸렸다. 아무리 생각해도 해결 방안이 없다. 국민의 안전을 책임져야 하는 그로서는 어떻게든 방안을 마련해야 한다.

몬스터.

몬스터가 도심을 침략하지 않으면 인류의 생활에 큰 도움이 된다. 몬스터의 부산물 중 마정석은 새로운 에너지원이다. 마정석뿐만 아니라 다른 부산물도 첨단 의류, 신약 개발, 신소재 개발 등에 없어서는 안 된다. 하지만 아무리 그렇지만 목숨을 잃고 나면 말짱 꽝이다.

똑똑.

그때 노크 소리가 들리고 이영 공주가 들어왔다.

"영이냐? 무슨 일이냐?"

"아빠, 미술관 관리는 그만하고 NSA 산하 몬스터 대응팀에서 일하고 싶어요."

"영아, 그건 좀……. 넌 이미 왕족으로서 의무를 다하고 있지 않느냐. 굳이 그런 일을 하지 않아도 된다. 게다가 너는 몬스터가 도심을 침략할 때마다 단 한 번도 빠지지 않고 임하지 않았느냐."

"아빠, 몬스터의 동태가 심상치 않아요. 제 아바타는 2조 원이 넘게 들어갔는데, 좀 더 적극적으로 활동하고 싶어요."

"흐음."

이철 국왕은 이영의 말에 고민이 깊어졌다. 이영 공주뿐만 아니라 다섯 명의 요원이 아바타를 착용하고 대몬스터 퇴치에 나서고 있다. 아바타를 이용한 요원을 더 늘리고 싶지만 높은 등급의 마정석 채취가 용이하지 않아 느리게 진행되고 있었다. 또 마정석을 얻어도 막대한 제작비가 문제다.

이영은 더 이상 몬스터로 인해 사람들이 죽는 것을 원하지 않았다. 몬스터가 쳐들어오기 전에 선제적 대응이 필요했다. 물론 몬스터가 도심을 침략하였을 때처럼 예측하지 못할 때도 있다. 크레이터에서 나온 검은 안개가 몬스터의 침입을 예고하는 것이라고 누가 알아차리겠는가?

"아바타는 귀중한 자산이야. 쉽게 결정할 수 있는 일이 아니다."

"아빠, 그렇다고 사람이 죽는 것보다는 낫지 않아요?"

"끙. 아바타 한 기당 2조 원이다, 이것아!"

"아빠, 아잉~"

이영은 자신의 요구가 관철되지 않자 아양을 부렸다. 그 모습에 이철 국왕이 허탈한 웃음을 지었다.

그에게는 아무리 아바타라지만 딸이 무지막지한 몬스터와 싸우는 것이 좋지는 않았다. 하지만 그는 허락할 수밖에 없다는 것을 알고 있다. 일단 딸의 고집이 보통이 아닐 뿐만 아니라 그녀의 말이 옳기 때문이다. 어쨌든 왕족으로서 국민의 안녕을 위한 일을 외면하는 것은 노블레스 노블리주가 아니다.

"허허허."

이철 국왕은 오랜만에 딸의 애교를 보며 웃음을 터뜨렸다. 조금 전까지 머리가 깨질 듯이 아프던 골칫거리가 해결되지 않았음에도 기분이 좋아졌다.

*　　　*　　　*

오열은 실험실 바닥에 놓인 광물들을 하나씩 살폈다. 마법 배낭은 워프가 되지 않기에 개개의 광물을 하나씩 워프해야 한다. 그 대가는 아주 비쌌다. 또 이철수 대령에게 에너지스 톤을 강탈당했다.

오열은 빙그레 웃었다. 헤데스 신전에서 주워온 광물들에 예상하지 못한 신성한 힘이 내포되어 있다. 즉 이전에는 오라듐과 액체금속(liquid metal)이 결합하면 새로운 합금 오라듐 LM─A타입이 나왔다. 이 오라듐LM─A타입은 엄청난 강도를 가진 금속일 뿐만 아니라 충격 흡수가 탁월했다. 또 원형복구도 빨랐다. 액체금속이 사용되었기에 다른 금속보다 아주 유연했다.

이 오라듐LM─A타입에 헤데스 신전에서 얻은 광물 아무것이나 넣어도 성능이 두 배 이상 올라갔다. 헤데스 신전에 오랜 시간 동안 있었기에 신성력이 광물에 스며든 것.

오열은 헤데스 신전에서 얻은 광물 앞에 헤데스라는 명칭을 넣었다. 즉 헤데스─오라듐, 이런 식이다.

오열은 연금술 실험실 바닥에 가득한 광물 덩어리와 헤데스 신전에서 얻은 팔찌를 흐뭇한 미소를 지으며 바라보았다.

"하하, 신화가 진짜일 줄이야!"

오열은 갑자기 몬스터가 왜 지구에 나타난 것일까에 대해 의심했다. 아무런 이유 없이 그런 일이 일어날 수 없다고 본 것. 눈에 안 보인다고 없는 것이 아니었다.

'암흑물질을 구할 수만 있다면 얼마나 좋을까?'

헤데스 신전에서 얻은 광물에 창조신의 신성이 담겨 있기는 했지만 그렇다고 특이물질은 아니었다.

'혹시 카오스에너지가 암흑물질 같은 것은 아닐까?'

물론 암흑물질일 리는 없다. 암흑물질은 자외선에 드러나지 않기에. 크레이터에서 나온 것은 엄밀한 의미의 카오스에너지도 아니다. 일반적으로 카오스에너지는 정형화되지 않은 에너지를 말한다. 강력한 힘을 내포하고 있지만 규칙적이지 않아 법칙을 세우기가 어렵다. 마정석과 몬스터의 부산물에서 나온 카오스에너지 역시 정형화되지 않았으나 그 부정형이 쉽게 파괴되지 않아 에너지로 쓸 수 있는 것.

그러하기에 메탈드워프가 가공할 수 있는 것이다.

'이제 느낌이 오는 것 같아.'

오열은 주먹을 불끈 쥐었다. 망망대해에서 위태롭게 흔들리던 돛단배가 해안가로 안전하게 항해하는 것 같았다.

연금술사는 메탈드워프와 달리 물건을 만드는 재주는 조금 떨어질지 몰라도 새로운 물질을 만들고 이를 결합하는 데는 아주 탁월하다. 그뿐만이 아니라 카오스에너지를 다른 에너지로 치환하는 것도 가능했다. 오열은 한때 쓸모없어 버려지는 몬스터의 부산물에 있는 카오스에너지를 생명에너지로 만들어 재미를 쏠쏠하게 본 경험이 있다.

납으로 금을 만들지는 못해도 광물을 이용하여 새로운 형태의 금속을 만들 수 있다. 또 연금술사는 궁극의 물체인 현자의 돌도 만들 수 있다. 아직은 만들지 못했지만 말이다.

무한한 가능성을 가진 캐릭터가 연금술사이다. 오열은 한때 연금술사로 각성한 것을 한탄했지만 지금은 아니었다. 인류의 미래가 그의 손에 달렸다. 그가 만든 합금을 이용하여 새로운 무기와 방어구를 만든다. 심지어 아바타를 만드는 데도 그의 도움이 필요했다. 연금술이 아니라면 마정석에 있는 카오스에너지를 그렇게 쉽게 사용할 수 없었다.

하지만 연금술사는 신이 아니다. 그 혼자 모든 것을 할 수는 없다. 새로운 물건을 만들 때엔 메탈드워프의 도움을 반드시 받아야 한다.

오열은 구리색 상자를 열었다. 낡은 팔찌가 달랑 놓여 있다. 그는 팔찌를 들어 손목에 살짝 꼈다.

지이잉.

팔찌가 손목에서 움직였다. 마치 살아 있는 생물처럼 팔찌는 손목을 타고 몸 전체로 움직였다. 마치 흐르는 물처럼 팔찌가 움직였다. 팔찌는 크게 늘어나기도 하고 줄어들기도 하면서 온몸 곳곳 탐색하듯 느리게 움직였다.

지이잉.

팔찌가 울었다. 소리를 질렀다. 하지만 오열은 알아들을 수 없었다. 이제는 이런 기이한 경험이 놀랍지도 않았다. 헤데스 신전에서 그는 신의 힘을 목도했다. 물론 그는 신을 보지는 못했다. 단지 신이 남긴 의지를 보았을 뿐인데도 존재 자체가 사멸할지도 모른다는 두려움에 사로잡혀야만 했다.

모세는 산 호렙에서 떨기나무에 붙은 야훼 신의 불꽃을 보고서 신을 벗고 경배를 했다.

이곳은 신성한 땅. 신을 벗어라.

신이 선하든 악하든, 그가 어떠한 존재일지라도 미약한 인간이 그 존재를 감당할 수 없다. 쉽게 용납할 수 없겠지만 그렇다. 개미는 개미다. 인간이 마음먹기에 따라 손가락으로 눌러 죽일 수 있는. 신에게 인간은 그런 존재다. 개미와 같은.

'그렇다면 왜, 어떻게 인간이 메탈사이퍼로 각성할 수 있었을까?

아무리 생각해도, 갑자기 몬스터가 나타난 것도 이해할 수 없지만 평범한 인간이 순식간에 엄청난 능력을 가진 메탈사이퍼가 되는 것도 이해할 수 없는 일이다.

'메르데스는 장난의 신이다. 장난을 좋아한다. 아마도 장난 때문에 창조신을 거역한 것이다. 그렇다면 뭔가? 혹시 몬스터의 출몰과 인간의 각성 모두가 메르데스 신의 단순한 장난일 수도 있지 않을까?

오열은 이렇게 생각하면서도 고개를 절레절레 흔들었다. 신들의 일을 인간이 이해할 수 있을까?

어쩌면 몬스터의 출몰은 메르데스와 아무런 상관이 없을 수도 있었다. 그렇게 되면 오열이 만든 가설은 붕괴되고 준비하는 일련의 작업도 아무 소용이 없게 될 것이다.

오열은 나지막하게 한숨을 내쉬었다. 몬스터는 나날이 강해지고 있다. 지니어스23호에서 소형이지만 전투선을 불러올 정도로 위급해졌다. 비록 그것을 미국이 독점하여 사용하지만 말이다.

크레이터에서 나오는 카오스에너지는 시간이 강해질수록 강해졌다. 이렇게 나온 카오스에너지는 몬스터에게 영향을 미쳤다.

'요즘은 몬스터의 난동이 별로 없군.'

대단위 몬스터의 공격이 끝나고 지하 괴수 바하렐이 튀어나와서 메탈사이퍼에게 죽은 후에는 잠잠했다. 오열은 그것이 찜찜했다. 방법은 하나. 던전 사냥을 더 자주 해 몬스터를 사냥하는 수밖에 없다.

도대체 카오스에너지가 얼마나 강한지 몬스터는 끊임없이 생성되어 인간 도시를 침략해 오곤 했다.

'반드시 카오스에너지를 제거해야 해.'

문제는 크레이터에서 끊임없이 흘러나오는 카오스에너지 탓에 몬스터의 출몰이 끊임없이 이루어지고 있는 것.

그리고 인간이 그런 크레이터에 접근할 수가 없다는 것이다. 가까이 다가가면 예외 없이 모두 죽는다. 그것이 생명체든 기계든 죽고 망가진다. 그래서 탐사 자체가 불가능하다.

오열은 미친 듯이 새로운 금속을 만드는 데 집중했다. 몬스터가 출몰하지 않는 지금이 연금술을 연구하는 데 적기였다.

지글지글.

각종 광물과 화학물질이 결합하면서 소리를 내었다. 용광로에서 투명한 고체가 나왔다.

'역시 신성이 들어간 광물은 하얀색으로 변하는군.'

―백색 탈룸이 생성되었습니다.

백색 탈룸은 오라듐LM―A타입과 오리칼쿰, 미드나일을 1:2:7로 배합한 금속으로 이렇게 하면 헤데스 신전에서 얻은 신성이 가장 잘 드러났다. 신성이 가미된 무기를 사용하면 몬스터가 디버프를 받는 것처럼 약한 모습을 보였다.

오열은 더 강한 무기를 만들어야겠다고 생각하고 있다. 바하렐을 상대할 때는 쉽게 처리하기는 했지만 더 강한 몬스터가 나온다면 장담할 수 없었다.

오열은 백색 탈룸을 주재료로 탈룸나이트를 만들었다. 이 탈룸나이트는 기존의 검보다 KP가 무려 720,000이나 더 높다. 무려 100만 KP를 가진 무지막지한 검이 된 것. 여기에는 에너지스톤 22개, 마나석 30개, 네트 15㎏이 들어갔다.

'하하하, 이거 죽이네.'

오열은 빙그레 미소 지었다. 이 검의 무서움은 무지막지한 KP포인트에 있는 것이 아니라 카오스에너지와 상극인 신성력이 깃들어 있다는 것이다.

기존의 드래곤나이트보다 10배 이상의 재료가 들었지만 하나도 아깝지 않았다.

오열은 탈룸으로 화살도 만들 생각이다. 원거리 무기의 필요성은 그동안 느끼지 못하고 있었지만 모든 몬스터를 혼자 처리할 수는 없는 법이다. 피스톨을 만들면 위력이 더 좋지만 피스톨이 예열되는 동안 마나에 예민한 몬스터는 공격을 알아차리고 피해버린다. 하지만 활은 그렇지 않다. 연금술이 가미된 폭발형 화살은 몬스터에게 매우 위력적이다. 그런데 탈룸금속으로 만든 화살은 어떨지 몰라 소량으로 제작해 실험해 보기로 했다.

오열이 연구실에서 새로운 무기를 만드느라 시간을 보내고 있을 무렵, 지하의 깊은 터널에서 거대한 카오스에너지가 꿈틀거리기 시작했다.

─띠띠띠.

NSA 몬스터 예방위원회에 계속 경고음이 들려오고 있다.

"뭐지?"

오세영은 새벽까지 일하다가 늦게 잠자리에 들었다. 아침을 먹고 교대를 하고 나자마자 이상 현상이 파악된 것.

그는 화면을 켰다. 문제가 된 곳은 도봉산. 한국에서 가장 큰 크레이터가 있는 곳이다.

"아무것도 안 보이는데?"

인공위성으로는 보이지 않는데도 몬스터의 동향을 예측하는 경고음이 들려오는 것은 기계적인 고장이거나 아니면 대대적인 몬스터의 침략을 예고하는 것이다.

최근 그는 불면증에 시달리다가 잠이 오지 않아 술을 많이 마시고 잤다. 몽롱한 상태인데도 뭔가 이상했다. 기계 고장이면 차라리 좋다. 하지만 몬스터의 침략이라면, 만약 자신이 경고음을 무시해서 문제가 생긴다면? 그런 생각이 들자 잠은 물론 술기운마저 순식간에 달아났다.

그는 빠르게 상관에게 전화했다.

[뭐? 경고음이 들려오는데 몬스터가 보이지 않는다고?]

"네, 그렇습니다."

[기계 고장 아닌가?]

"그럴 수도 있지만……."

오세영은 상사가 자신의 보고를 무시하려는 것 같아 보이자 입이 바짝바짝 말랐다. 문제가 생기면 상관은 자신이 보고한 것을 부인할 것이고 모든 책임은 자신이 지게 될 것이다. 그는 스마트폰의 통화 녹음 버튼을 꾹 눌렀다.

"절대로 기기 이상이 아닙니다. 위성에서 보내온 화면에 에러가 뜨지 않고 있을 뿐만 아니라 카오스에너지가 증가하고 있다고 합니다."

[그래? 육안으로 확인 가능한가?]

오세영은 욕이 나오는 것을 필사의 노력으로 참았다. 이제 육안으로 확인하는 것이 무의미하게 되었다. 도봉산에 나타난 검은 안개가 생긴 지 이틀 만에 대규모 몬스터가 도시를 침입했다. 이때도 육안으로 파악하는 것이 불가능했다. 그 사건 이후 정밀예측을 위해 기계까지 새로 들여왔는데도 이런다.

'시발, 낙하산 새끼.'

그는 무능력한 상관을 욕하며 주먹을 쥐고 부르르 떨었다. 그의 직속상관은 국회의장이 추천해서 들어온 낙하산. 그 개새끼의 사촌 조카라고 했다.

[더 살펴봐. 한번 경계경보가 뜨면 돈이 얼마인지 알아?]

"네, 알겠습니다. 그런데 팀장님, 저번 도봉산 사건도 있으니 어느 정도 조치는 해야 하지 않겠습니까?]

"그럴 필요가 있을까?"

오세영은 혀를 찼다. 몬스터와 싸우지 않고 안전지대에 있으니 무서울 것이 없다. 시민이 죽어 나가도 있는 놈들은 이런다. 강제 동원되어 몬스터와 싸우는 메탈사이퍼들이 불쌍할 뿐이다. 그는 자신이 돈 잘 버는 메탈사이퍼를 걱정하는 날이 올 줄은 미처 몰랐다. 그때 대규모의 메탈사이퍼들이 몬스터에 깔려서 압사당하고, 또 잡아먹혔다. 일반 시민도 사상자가 엄청났다.

그는 전화를 끊고 욕을 했다.

"시발!"

"왜, 뭐가 문제야?"

마침 출근한 동료가 들어와 묻는다. 8시 50분. 이제 슬슬 직원들이 출근할 시간이다.

"경계경보가 계속 울리고 있어."

"정말?"

오세영은 동료 이지창에게 자료를 보여주었다. 불과 5분 전까지 경고음이 들린 것이 기록되어 있다.

"혹시 기기 오류 아닐까?"

"아니면 책임질 수 있어?"

"내가? 말도 안 돼. 일단 1단계로 올려놓고 지켜보자고."

책임 소재가 나오자 이지창이 바로 꼬리를 내렸다.

"그런데 KE가 아주 높았는데, 흠, 1단계로 될까?"

"1단계 중 레드로 올려서 관측하자."

"그렇게 하는 게 좋겠다."

1단계 레드는 비상 대기 전 단계이다. 이 단계가 되면 장비 동원이 많아져 경비 소요가 증가한다. 하지만 그 돈은 국가 돈이다. 그 돈을 아끼려다가 뒤통수 맞으면 천문학적인 돈이 들어갈 뿐만 아니라 직장도 잃게 될지 모른다.

―띠띠띠띠.

다시 경계경보음이 들려오면서 기계가 미친 듯이 울리기 시작했다.

"뭐야?"

NSA 몬스터예방위원회에 모인 직원들이 모두 화면을 보기 위해 몰려들었다. 여전히 인공위성이 보내준 사진에는 아무것도 보이지 않는다. 하지만 지속적으로 울리는 경고음을 외면할 배짱을 가진 직원은 없었다.

"오, 맙소사. KE가 무섭도록 올라가고 있어. 바하렐이 나타났을 때보다도 높아."

"젠장, 긴급 상황이야!"

NSA 몬스터예방대책위원회가 긴급하게 돌아가기 시작했다. 특히 바하렐보다 KE가 높다는 것이 충격이었다.

*　　　*　　　*

오열은 오랜 실험을 끝내고 정원에서 한가하게 시간을 보내고 있었다. 아만다는 아바타에 접속하여 가족과 시간을 보내는 중이고, 어머니는 근처 문화센타에 가셨다. 아버지는 정원의 안쪽 귀퉁이에 마련한 텃밭에서 채소를 가꾸고 계시다.

'한가하구나.'

오열은 망중한을 즐기면서 모처럼 개발한 무기들을 생각하며 미소를 지었다. 헤데스 신전에서 얻은 팔찌의 용도를 연구해야 하고 무기 개발도 해야 한다.

지이잉.

그때 휴대전화가 울린다. 오열은 인상을 썼다. 이제 겨우 쉬려고 하는데 또 PMC에서 전화가 온다.

팍.

홀로그램이 허공에 펼쳐졌다.

[허허, 잘 지냈는가?]

장일성 소장이 오열의 눈치를 살피며 조심스럽게 입을 열었다. 이제 더 나이트 길드와 오열에게 걸린 옵션이 끝난 상황이라 부탁해야 하는 상황이다.

"아, 또 뭔데요?"

오열은 짜증이 난 표정을 한껏 지으며 퉁명스럽게 말했다.

[허허, 자네가 새로운 광물을 많이 채광했다는 것을 들었네. 수고했네.]

"안 어울리니까 본론부터 말씀하세요."

[허허, 자네가 그렇게 말하니 그럼 하겠네. 지난번에 자네가 처리한 바하렐이 나타났을 때와 비슷한 KE가 나오는데 이번에는 위성에 아무것도 포착되지 않았네.]

"그래서요?"

[아마도 지하에서 뭔가가 일어나고 있는 것 같네. 조만간 굉장한 놈이 튀어나올 것 같은데 연락 주면 자네 부모님과 부인을 이번에도 왕실 방공호로 모실까 하는데 자네 생각은 어떤가?]

"그렇게 해주신다면 저야 좋죠."

[허허허, 자네가 그렇게 말해주니 한결 내 마음이 편하군.]

오열은 장일성 소장의 말에 피식 웃었다. 장일성 소장은 군인이긴 해도 정치인에 가깝기에 사람을 대하는 태도가 매우 유연했다.

오열은 또 무엇이 나타날까 궁금해졌다. 새로 만든 탈룸나이트를 포함하여 탈룸 메탈아머도 테스트해 볼 생각이다. 일반 몬스터를 상대하는 데는 드래곤나이트만으로도 충분했기에 새로 만든 무기를 실험해 보지 못했다. 그러하기에 괴수급 몬스터가 나타나는 것이 한편으로는 기다려지기까지 했다.

새로운 금속의 성능은 가장 강한 오리칼쿰보다도 몇 배나 뛰어났다. 위력이 좋은 것은 당연했다.

연금술사.

어떻게 보면 망캐로 불리는 캐릭터인데 노력의 결과로 가장 이상적인 헌터로 만들었다. 특히 뉴비드 행성에서 아바타로 활동하면서 익힌 마나심법의 가치는 엄청났다. 영혼의 각인 효과 덕분에 아바타가 배운 기술이나 스킬은 본체에서도 적용되었다. 특히 아마스트라스 숲의 주인 나르테스의 마정석을 흡수한 것은 신의 한 수였다. 아바타이기에 드래곤에 육박하는 마나를 가진 놈의 마정석을 흡수할 생각을 했지 본체였다면 엄두도 내지 못했을 것이다.

또 지구에 없는 각종 광물을 채굴함으로써 각종 장비를 만들 수 있었고, 함뮤트 대륙에 있는 마법도 배웠다. 이 모든 것이 모여 그를 강하게 만들었다.

'새로운 놈이 나타난다면 준비를 해야겠군.'

오열은 샘플로 몇 개만 만들던 화살을 대량 제작하기 시작했다.

새롭게 나타나는 괴수의 능력이 기존의 놈들보다 몇 단계나 진화해 메탈사이퍼들이 막기가 힘들어졌다. 거대 몬스터를 막기는 고사하고 잘못하면 수많은 사상자만 발생한다.

오열은 메탈사이퍼들의 도움을 받아 화살을 대량으로 주조했다. 거기에 에너지스톤을 가루로 만들어 극소량의 LM23에 오라듐과 신성력을 결합시켰다.

오열은 활을 들고 목표물을 조준해서 쏘았다.

펑!

1m가 넘는 강철 덩어리가 화살 한 발에 산산조각이 났다.

"와우!"

처음 만들었을 때보다 위력이 증가했다. 또 달라진 것은 오라듐LM―A 타입을 개량했기에 화살이 표면에서 폭발한 것이 아니라 강철을 뚫고 들어간 뒤에 시차를 두고 폭발했다. 오라듐이라는 강력한 금속 덕분에 몬스터의 생체에너지를 바로 뚫을 수 있게 된 것이다. 그동안 아처들의 공격은 몬스터의 생체에너지 막에 부딪혀 튕기곤 했다. 물론 그런 공격이 아주 효력이 없는 것은 아니었다. 어쨌든 몬스터의 생체에너지 막을 파괴하는 데 일정한 역할을 했다. 하지만 오라듐이라는 강력한 금속이 등장함으로써 보다 효율적으로 몬스터의 생체에너지 막을 파괴할 수 있는 방법이 생긴 것.

"이 정도면 되겠군."

오열은 2천 발의 화살을 보고 흐뭇한 미소를 지었다. 이 화살을 만들기 위해 지불한 돈이 수백억이 넘었다. 순전히 메탈 사이퍼들의 의뢰 비용으로 말이다.

오열은 더 나이트 길드의 부길마인 장준식에게 전화를 걸었다.

[아이고, 길드마스터님, 오랜만입니다.]

수화기 너머로 반가운 목소리가 들려왔다. 더 나이트 길드의 부길드마스터이자 실질적인 운영자인 그는 오열을 바지사장으로 만들지 않았다. 오열이 길드 사무실에 나가지 않아도 그를 중심으로 길드를 운영했다. 정직하면서도 요령이 좋은 사람이다.

"우리 길드에 아처가 몇 명이죠?"

[20여 명 됩니다.]

"그들을 데리고 우리 집으로 오시죠."

[길마님, 그럼 언제쯤 찾아뵐까요?]

"빠르면 빠를수록 좋습니다."

[그럼 당장 찾아뵙도록 하겠습니다.]

"아, 그러면 더 좋고요."

통화한 지 얼마 지나지 않아 15명의 아처를 대동하고 장준식이 왔다.

"마스터님, 저희 왔습니다."

"어서 오세요. 반갑습니다. 여러분도 반갑습니다."

오열의 말에 아처들의 얼굴이 환해졌다. 명색이 길드마스

터지만 1년에 한두 번 볼까 말까 한다. 그런 그가 집으로 초
대했으니 길드원으로서는 반갑기 그지없는 일이다.

"아, 여러분을 오시라고 한 것은 제가 화살을 개발했는데
사용해 보시라고."

"화살이요?"

아처들이 모두 기쁜 표정을 지었다. 사실 아처의 능력은 메
탈에너지를 잘 다루는 것도 있지만 특수화살의 사용 유무에
달렸다. 평범한 화살로는 몬스터의 생체에너지 막을 제대로
뚫을 수 없기 때문이다. 그래서 파티사냥에서 아처들은 생체
에너지 막이 뚫린 다음에 공격에 가담하는 이들이 많았다. 그
런데도 아처를 파티사냥에 참여시키는 것은 꼭 필요할 때가
있기 때문이다.

특수화살?

특수화살은 효과가 좋지만 돈이 많이 든다. 그런 이유로 특
수화살은 정말 필요한 때만 사용한다. 쉽게 말해 아처들의 화
살값이 근접 딜러들의 장비 수리비보다 비싸다.

"자, 한 사람당 열 발씩 줄 테니 쏴봐요. 쏘고 나서 개선해
야 할 점이 있으면 말해요."

"네, 길드마스터님."

"오, 이게 말로만 듣던 연금술로 만든 화살인가?"

"어머, 예뻐라."

아처들은 오열에게 받은 화살을 보고 감탄을 터뜨렸다.

"그런데 어디서 사용해요?"

20대 중반의 여성 메탈사이퍼가 오열을 보며 물었다. 그녀의 말에 오열이 한쪽에 놓여 있는 테이블 위의 모니터 화면을 보고 터치했다. 그러자 강철로 만든 다섯 개의 목표물이 나타났다.

"와아!"

"역시 길마님은 돈이 많으셔."

"대박!"

개인 연구실에 이렇게 첨단 기계가 설치되어 있을 줄 예상하지 못한 길드원들이 감탄을 터뜨렸다.

"차례로 쏴보세요."

오열의 말이 떨어지자마자 40대 남자가 앞으로 나섰다. 그는 과녁을 노리고 활을 쏘았다. 화살이 번개처럼 날아가 목표물에 맞아 터졌다.

펑!

1m 두께의 강철이 한순간에 터져 나갔다. 강철 파편이 비처럼 내리다가 투명한 막에 부딪쳐 떨어졌다.

"와우!"

"헐!"

사람들은 모두 화살의 위력에 감탄했다. 그들은 일찍이 이렇게 위력적인 화살을 경험해 보지 못했다.

"길마님, 이 정도 위력이면 몬스터의 생체에너지 막을 단

숨에 뚫을 수 있을 것 같은데요."

"놀랍습니다."

부길드마스터인 장준식도 화살의 위력에 놀라 감탄을 터뜨렸다. 아처들은 흠모의 표정으로 오열을 바라보았다.

더 나이트 길드의 마스터.

NSA에서조차 특급 대우를 하는 연금술사.

메탈드워프가 새로운 무기를 만들 때마다 도움을 청하는 인물.

그들은 자신들이 속한 길드의 마스터인 오열을 한없이 존경하였다. 그는 연금술사인데 그 어떤 메탈사이퍼보다 강했다. 그리고 최근에 나타난 바하렐을 처리하면서 더욱 존경하게 되었다. 바하렐은 기존에 나타난 몬스터와는 차원이 다른 놈이었다. 무려 500여 명의 메탈사이퍼도 어쩌지 못한 괴수였는데 오열이 나타나서 칼질 몇 번 하는 것으로 죽였다.

"나도 해보고 싶어요."

"저도 해보겠습니다."

아처들이 받은 화살을 써보고 싶어 안달했다. 1m의 두께의 강철이 박살 날 정도라면 어지간한 몬스터의 생체에너지막 정도는 바로 뚫을 수 있을 것이라는 희망으로 저마다 목표물을 향해 화살을 날렸다.

오열은 15명의 아처가 활을 쏘는 것을 묵묵히 지켜보았다.

'확실히 내가 쏘는 것보다 더 위력이 있군.'

직업 특유의 스킬이 있는데 아처는 관통력이나 위력, 정확도, 비거리 면에서 다른 메탈사이퍼보다 탁월했다.

오열이 이들을 오라고 한 것은 PMC가 준 슈퍼컴퓨터가 이 모든 것을 촬영하여 분석해 더 좋은 무기를 만들 수 있게 정보를 제공해 주기 때문이다.

"저… 마스터님."

장준식이 조심스러운 표정으로 입을 열었다.

"말씀하세요."

"저 화살이 얼마나 있습니까?"

"화살이요? 2천 발밖에 안 만들었는데요."

"아, 그렇게나 많이 만드셨습니까?"

오열은 장준식의 말이 길어지는 것을 보고 그가 화살을 탐내고 있음을 알아챘다. 사실 아처는 평소 데미지 딜러의 역할보다는 위급한 상황에서 몬스터의 어그로를 끄는 역할로 꼭 필요한 존재이다. 마법사의 경우 아처보다 희귀하고 또 강력한 한 방은 있지만 스킬 딜레이가 길어서 위기 상황에서는 아처만 못하다. 그러하기에 아처가 평타가 약해도 파티 사냥에 넣는 것이다.

"길드원들에게 필요합니까?"

"그럼요, 마스터님. 이 정도의 위력이면 정말 엄청난 것입니다. 목숨이 오가는 상황에서 마법사보다 더 강한 데미지를 몬스터에게 먹일 수 있을 테니까요."

장준식의 눈이 반짝반짝 빛난다. 아쳐가 위기 상황에서 빛이 나는 것은 결국 특수화살을 사용한다는 의미이다. 그리고 특수화살은 매우 비싸다. 그런 화살을 아무 때나 사용하다가는 몬스터 사냥을 통해 버는 것보다 나가는 것이 더 많을 것이다.

"조만간 또 강제동원령이 내려질 것입니다. 더 나이트 길드에는 강제 동원이 풀렸지만 서울 근교에서 몬스터가 출몰하면 어쩔 수 없이 가야 하니… 또 몬스터 침입도 서울이 가장 많기도 하고."

"마스터님, 언제쯤 지겨운 몬스터브레이크가 끝날까요?"

"언젠가는 끝나겠죠."

오열의 말에 장준식이 나지막하게 한숨을 내쉬었다. 메탈사이퍼는 몬스터 사냥을 통해 많은 돈을 벌지만, 그만큼 위험을 감수해야 한다. 게다가 몬스터가 도심을 침범할 때면 거대 몬스터가 대부분이라 위험도가 훨씬 증가한다.

반면 던전 사냥은 출몰하는 몬스터의 등급을 알고 있기에 위험이 크지 않아 안정적인 사냥이 가능하고, 또 본인이 하고 싶지 않으면 안 해도 무방하기에 불만이 없다. 하지만 강제동원령이 떨어질 경우 메탈사이퍼는 거부할 수가 없다. 그런데 메탈사이퍼의 사상자는 대부분 강제동원령에서 발생한다.

"이번에도 큰 놈일까요?"

"그렇다고 하는 것 같던데요."

"아하, 그럼 이 화살도 그때를 대비한 것이군요?"

"네. 언제까지 제가 나타나는 거대몬스터를 모두 커버할 수는 없을 것 같으니까요."

"그렇기는 하지요. 마스터님이 신도 아니신데…… 사실 지금 하시는 것만으로도 넘치죠. 정부가 마스터님에게 고마워해야 합니다."

"가족을 위해 싸우는 것인데요, 뭐."

"그렇기는 하죠. 에휴, 자식새끼들만 아니면 확 다른 나라로 튀고 싶네요."

"하하!"

오열은 장준식의 말에 웃음을 터뜨렸다. 누구나 마찬가지다. 몬스터 사냥을 통해 많은 돈을 벌지만, 위험을 감수하는 것은 모두 가족을 위해서다.

두 사람이 이야기하는 중에도 아처들은 신나게 활을 쏘고 있었다. 그럴 때마다 거대한 소리가 울려 퍼졌다.

"엄청나. 이 정도면 어지간한 몬스터는 한 방에 갈 것 같은데?"

"역시 마스터님이셔. 도대체 마스터님은 못하시는 것이 뭐지?"

"이 엄청난 화살을 우리 길드원들에게 좀 나눠 주시면 좋을 텐데. 주실까?"

"쉽게 주시겠어? 원 샷 원 킬인 엄청난 무기인데."

"주시면 좋겠다."

오열은 아처들의 이야기를 들으며 빙그레 웃었다. 어차피 길드원들에게 나눠 주기 위해 만든 화살이다. 다른 길드의 아처들에게 주는 것은 관리가 힘들기에 전혀 고려하지 않고 있었다.

*   *   *

"헐!"

오열은 눈앞의 거대한 몬스터들을 보고 입을 떡 벌렸다. 바하렐과 같은 거대 몬스터는 아니다. 바하렐이 50m에 이르는 거대한 놈이라면 이것들은 10m에 불과하다. 하지만 놈들의 숫자가 문제였다.

10여 마리의 몬스터가 날뛰자 메탈사이퍼들이 어찌할 바를 몰라 했다. 500여 명의 메탈사이퍼들이 처리하기에는 문제가 많았다.

"젠장, 젠장. 빌어먹을!"

대몬스터대책본부의 이창명 대령은 모니터를 보면서 욕을 하고 있었다. 500여 명의 메탈사이퍼가 몬스터가 날뛰면 그때마다 파도에 출렁이는 돛단배처럼 위태로워 보였다. 힐러들이 미친 듯이 탱커에게 힐을 넣고 있었지만 어림없었다.

이렇게 가다가는 조만간 대형사고가 발생할 것은 명약관화.

"이오열 마스터는 아직도 안 왔나?"

"네, 연락을 드렸지만 대전에서 오신다고……."

"아, 젠장. 대전에는 또 왜 가서서. 더 나이트 길드원은?"

"같이 갔습니다. 대전에 미튜스라는 괴물이 나타나는 바람에……."

"아, 그랬지. 이런 경우는 처음인데. 동시다발적으로 괴수가 날뛰는 경우는."

"몬스터들이 진화하는 것 같지 않습니까?"

"뭐?"

"몬스터가 나타날 때마다 더 강해져 대처하기 힘듭니다."

"뭔가 있어!"

"지금은 그런 한가한 이야기를 나눌 때가 아닙니다. 이오열 마스터는 언제 도착한답니까?"

"지금 도착한답니다."

"오!"

홀로그램 모니터에 굉음을 내며 섬광 같은 속도로 날아오는 은색 점이 보였다.

"왔다!"

"와아! 현장에 알려요! 조금만 더 버티라고!"

"알겠습니다!"

이창명 대령은 명령을 내리고도 부정적이었다. 한두 마리라면 어떻게 할 수 있겠지만 괴수급 몬스터가 무려 열 마리나 된다. 무적의 연금술사가 가세하면 몬스터 처치야 가능하겠지만 그전에 많은 메탈사이퍼들이 죽어나갈 것이다.

"젠장, 빌어먹을!"

이창명 대령은 주먹을 불끈 쥐고 이를 악물었다. 오늘 엄청난 사상자가 발생한다면 다음엔 대책이 없다. 이젠 메탈사이퍼들도 국가의 강제동원령을 거부할 수 있었다.

"어?!"

"뭐야? 왜 착륙하지 않으시는 거지? 한시가 바쁜데."

"앗! 나이트윙이 도착합니다!"

오열이 도착한 후 뒤늦게 하늘을 나는 나이트윙이 도착했다. 이창명은 이해할 수 없었다. 한 마리라도 더 빨리 처리해야 사상자를 줄일 수 있는데.

"어? 뭐 하는 거지? 나이트윙의 문이 열립니다. 엇, 아처들인데요."

이창명은 부하들의 말에 그 역시 홀로그램 모니터를 바라보았다. 하늘에 일자로 늘어선 나이트윙의 문이 열리고 아처들이 활을 꺼내 몬스터를 노렸다. 아처들의 실력을 아는 그로서는 절망스러운 상황이다.

오열은 하늘에서 땅을 내려다보았다. 몬스터들이 미쳐 날뛰고 있는데 그때마다 메탈사이퍼들이 기겁하면서 피하기 급급했다. 처음 그는 도착하자마자 내려가 몬스터를 쓸어버리려고 했지만 곧 도착한다는 길드원의 보고를 받고는 멈췄다. 어차피 혼자 할 수 없는 싸움이다. 몬스터가 강해지면 강해질수록 이제는 협력해서 싸워야 한다.

"오른쪽 검은 놈부터 일점사 합니다."

—네, 마스터님.

검은 황소를 닮은 몬스터가 날뛰면 메탈헌터들이 추풍낙엽처럼 튕겨져 나가고 있다. 탱커의 어그로도 먹히지 않아 속수무책인 상황이다.

"준비, 발사."

핑!

화살이 일제히 날아갔다. 화살이 내리꽂히자 움찔하던 몬스터가 수십 발의 화살을 맞고는 축 늘어졌다. 이 한 번의 공격으로 몬스터의 생체에너지 막이 모조리 깎였다.

"다시 한 번."

—네, 마스터님.

다시 화살이 날아갔다. 거대한 몬스터가 펄쩍 뛰더니 바로 늘어졌다.

"가운데 노란 놈."

—네, 마스터님.

"이제 시계 방향으로 공격합니다. 김소연 팀장이 선공격하면 다른 길드원은 보조를 맞춥니다. 급한 곳부터 하시기 바랍니다."

―네, 마스터님.

―알겠습니다, 마스터님.

오열은 길드원의 대답을 듣고 아래로 내려갔다. 거북이를 닮은 몬스터가 있는 곳이 가장 위험해 보였다.

"악!"

"힐을 줘!"

검은색 방패를 가진 탱커가 소리를 지르자 힐러들이 힐을 퍼부었다. 두꺼운 등껍질을 가진 몬스터의 방어력이 높아 메탈사이퍼들의 공격이 먹히지 않고 있었다.

"뒤로 비켜요."

"네, 연금술사님."

오열의 외침에 탱커가 흘깃 보고는 뒤로 물러났다. 그는 뒤로 물러나 안도의 한숨을 내쉬고는 더 급해 보이는 파티로 달려갔다.

오열이 신성력을 머금은 탈룸나이트에 오러를 집어넣자 날뛰던 몬스터가 움찔하면서 주춤 뒤로 한 걸음 물러섰다.

'역시 신성력에는 상극이군.'

대전에 나타난 몬스터도 탈룸나이트의 오러를 두려워했다.

'어떤 놈이 머리를 쓰는 것이 분명해.'

전 세계에 나타난 몬스터의 행동이 진화하고 있기는 하지만 한국이 유독 더 빨랐다. 이는 전술적인 개념을 가진 몬스터가 배후가 있다는 이야기다.

휘이잉.

신성한 빛이 뿜어져 나왔다. 오러에 감긴 신성력이 몬스터의 몸을 후려쳤다.

펑!

쾌애애애애액!

몬스터가 비명을 질러댔다. 고통과 두려움이 담긴 비명이다. 오열은 빙그레 웃었다. 헤데스 신전에서 우연하게 얻은 광석들이 신성력을 내포하고 있을 줄은 그도 몰랐다.

오열이 내뿜는 오러의 빛에 주위에 있던 몬스터마저 영향을 받는지 움츠러들었다. 덕분에 위기에 몰려 있던 파티가 여유를 되찾았다.

그리고 하늘에서 날아오는 화살에 몬스터가 죽어나갔다.

9장

지저(地底) 세계로

"오! 저럴 수가 있다니!"

"대령님, 이제 됐습니다. 몬스터가 두려워합니다."

"역시 연금술사님이야!"

이창명은 모니터를 보고 있으면서도 믿을 수가 없었다. 그동안 무전기를 통해 현장지휘팀에 정보를 제공하느라 바빴다. 하지만 지금은 더 이상의 정보를 제공할 필요가 없었다. 오열이 나타나자마자 현장이 순식간에 정리되고 있었다.

"그런데 저 아처들, 엄청납니다."

"그러게. 연금술사님이야 그렇다고 해도 아처들의 일점사에 몬스터가 녹아내리고 있습니다."

"그게 궁팟의 진정한 위력이지. 몬스터가 강해지면서 궁팟이 없어지기는 했지만, 정말 그때는 위력적이었지."

이창명은 과거를 회상했다. 몬스터가 처음 나타났을 때 아처들로 이루어진 궁팟은 매우 위력적이었다. 몬스터가 다가오기도 전에 녹아내리곤 했다. 하지만 지금은 아니었다. 제3의 던전 브레이크를 거치면서 아처들의 입지가 줄어들었다. 이제는 탱커가 위험할 때 잠시 어그로를 끄는 역할을 할 뿐이다. 그런데 약해진 아처를 이렇게 바꾸어버리다니. 바하렐만큼은 아니지만 크기가 10m나 되는 괴수들이 화살에 녹아내리고 있다. 이제는 위기가 언제였나 싶을 정도로 현장이 정리되고 있었다.

"굉장하군!"

"연금술의 끝은 도대체 뭘까요?"

"내가 어떻게 아나."

상황실은 이제 잔치 분위기로 바뀌었다. 사상자도 생각보다 적었다.

"만세!"

"대박!"

"엄청나!"

마침내 몬스터 사냥이 끝났다. 예상보다 적은 희생에 메탈 사이퍼뿐만 아니라 상황실에서 작전을 지휘하던 군인들도 기뻐했다. 엄청난 몬스터의 출몰을 이렇게 간단하게 처리할 줄

이야.

장일성 소장은 상황실에서 지켜보다가 손뼉을 쳤다. 대전에 출몰한 괴수급 두 마리를 오열에게 부탁했다. 생각보다 빨리 처리해서 한숨을 돌리고 있는데 서울에서 더 많은 몬스터가 출몰했다. 오열은 몬스터를 해체하다가 멈추고는 바로 서울로 날아온 것이다.

'나이트윙을 레드윙으로 지급한 것이 신의 한 수였군.'

그는 오열이 길드원을 데리고 가겠다고 했을 때 가장 성능이 좋은 나이트윙을 제공했다. 레드윙은 기존의 나이트윙보다 두 배나 빠른 기종으로 거의 마하로 날 수 있는 최첨단 윙이었다.

"오열 군이야 그렇다고 해도 아처들이 엄청나군."

장일성은 나지막하게 중얼거렸다. 이제는 없어진 궁팟의 진수를 다시 본 느낌이었다.

'그런데 왜 몬스터는 계속 강해지는 것인가?

아무리 생각해도 이해할 수가 없었다. 메탈사이퍼의 장비가 강화되면 마치 그것을 알기라도 한 듯 몬스터 또한 강해졌다. 오늘도 궁팟이 아니었다면 대형사고가 났을 것이다. 오늘 리타이어된 힐러만 해도 40여 명. 만약 오열이 조금이라도 늦었다면 대형사고가 났을 것이다. 장일성 소장은 그 생각에 몸을 부르르 떨었다.

메탈사이퍼의 몰살.

'생각하는 것만으로도 두렵다. 공주님과 아바타 요원들도 힘을 쓰지 못했어.'

한국 최고의 메탈사이퍼인 이영 공주와 아바타 군단도 몬스터 한 마리를 감당하지 못했다. 물론 이영 공주의 실력이 몬스터 한 마리 감당하지 못한다는 것은 아니다. 하지만 여러 마리의 괴수급 몬스터가 날뛰자 제 실력을 발휘하지 못했다. 반면 오열은 어떤가? 오직 더 나이트 길드의 아처들만으로 열 마리의 거대 몬스터를 처리했다. 과연 연금술의 끝이 어딘가 경이롭기까지 했다.

'하지만 좋은 징조는 아냐.'

오열과 더 나이트 길드원에 의해 몬스터를 토벌해서 반갑기는 했지만 특정 인물에게 의존하는 것 자체가 매우 좋지 않은 현상이다. 만약 오열이 잘못되는 날에는 해결되지 않는 난제에 빠지게 되는 것이다.

'그나마 오열 군이 착해서 다행이군.'

오열처럼 엄청난 능력을 갖췄으면 정부에 무리한 요구를 하게 마련인데 오열은 전혀 그렇지가 않았다. 아니, 권력이나 돈에 관심조차 없었다.

'대한민국의 복이야, 복!'

장일성 소장은 오열을 처음 만났을 때를 회상했다. 어리숙하고 불만에 가득했었다. 그나마 봐줄 만한 것은 채광 기술. 거의 몇 달 동안 땅만 파는 우직함을 가진 오열이었다. 뉴비드 행성의 하급 아바타가 파괴되면 어쩌나 노심초사하던 그다.

열 마리의 몬스터가 쓰러졌다.

"와아!"

메탈사이퍼들이 환호했다. 죽을 줄 알았는데 갑자기 상황이 바뀌었다. 그리고 마침내 승리했다.

"우리가 이겼다!"

"정말 살아남았구나!"

감격과 안도의 한숨이 이어졌다. 다행하게도 일방적으로 밀린 것에 비하면 사상자가 적었다. 대신 힐러들이 완전히 뻗었다.

오열은 천천히 몬스터 위로 올라갔다. 듬직한 체구가 마음에 들었다. 바하렐만큼 거대한 마정석을 뱉어내지는 못하겠지만 단 한 순간에 10여 개의 최상급 마정석을 얻게 된 것은 기분 좋은 일이다. 마침 연구를 위해 다량의 마정석이 필요한 차였다.

"후후후, 정말 운이 좋군."

오열은 빙그레 웃음을 터뜨리며 몬스터를 해체하기 시작했다. 강제동원령이 끝나면서 마정석에 대한 지분율이 올라갔다. 5:5이던 것이 7:3으로 바뀌었다. 오늘 사냥으로 최상급 마정석 일곱 개를 얻게 된다. 대전에서 얻은 한 개의 마정석을 포함하면 모두 여덟 개다.

"손이 안 보여."

"연금술사님, 마정석에 대한 탐욕이 쩐다는 그 소문이 맞는 것 같아."

"뭐, 그래도 오늘 수당은 짭짤하겠는데?"

"사상자도 별로 없으니 대박이다."

강제동원령에 참석하면 적지 않은 배당금을 받게 된다. 물론 살아남아야겠지만. 최상급 마정석이 워낙 천문학적인 금액으로 거래되기에 사냥이 끝나면 제법 많은 돈을 받게 된다.

오열은 번개처럼 손을 놀렸다.

'마치 두부를 자르는 것 같아.'

탈룸나이트에 살짝 오러를 입혔을 뿐인데도 몬스터의 뼈와 살이 스르륵 잘려나갔다.

탈룸나이트에 담긴 신성력이 몬스터의 강인한 압착을 밀어버렸다.

오열은 몬스터의 침범이 반가웠다. 던전의 몬스터는 등급이 낮아 새로 만든 무기를 실험할 수 없다. 그런데 거대 괴수급 몬스터가 나타나자 헤데스 신전에서 얻은 신성력을 머금은 광석의 힘을 경험할 수 있게 되었다. 몬스터는 본능적으로 신성력이 담긴 무기를 두려워했다.

*   *   *

생명에너지의 판매는 순조롭게 진행되었다. 마정석에서 채취하는 에너지와 별반 다를 것이 없는 이 에너지는 구입가가 상당히 저렴했다. 그도 그럴 것이, 생명에너지는 버려진 몬스터의 부산물, 즉 쓰레기에서 얻은 것들이다.

이렇게 번 돈으로 오열은 더욱 많은 장비와 무기를 만들었다. 그리고 가끔 만들어진 무기는 아주 비싸게 팔렸다.

"여보, 뭐 만들어요?"

아만다는 하루 종일 실험실에서 끙끙거리며 무언가를 만들고 있는 오열을 보며 물었다. 오열은 만든 원통을 보며 빙그레 웃었다.

"될지 모르겠는데, 이게 성공하면 엄청난 돈을 벌 수 있게 될 거야."

"그게 뭔데요?"

아만다가 긴 관을 보며 물었다.

"이건 말이지, 도봉산에 가서 실험해 보려고."

"도봉산이요?"

"어. 도봉산 크레이터에 가서 KE를 생명에너지로 만들어 보려고. 카오스에너지는 모든 광물을 부식시키잖아. 전자장비도 금세 망가지고."

"네, 그런데요?"

"난 오래전부터 생각했어. 왜 지구에 갑자기 몬스터가 생겼을까 하고. 그리고 왜 지구의 몬스터가 함뮤트 대륙의 몬스터보다 더 강할까 하고. 그런데 말이지, 난 이런 생각을 했어. 시간이 지날수록 몬스터가 강해지는 이유가 반드시 있다. 그런데 그게 뭘까? 창조신화를 조사하다가 안 것인데, 어쩌면 지구의 몬스터는 장난의 신 메르데스 때문일 수 있다고."

"메르데스 신이요? 그런 신도 있었어요?"

"어, 장난의 신 메르데스는 창조신 마르부스의 권위를 인정하지 않고 항상 자기 뜻대로 하고 싶어했지. 마르부스 창조신이 빛이라면 메르데스는 어둠이라고 할 수 있어. 내가 의아하게 생각하는 것은 이곳에 몬스터가 생긴 이유와 방법이 궁금해. 아무리 신이라고 해도 이곳의 좌표를 알 수가 없었을 텐데 말이야. 지니어스23호도 기체고장으로 표류하다가 뉴비드 행성에 불시착했는데 말이지."

"……?"

아만다는 오열의 말을 이해할 수가 없었다. 지구에 와서 대부분의 문명이기에 많이 적응했지만 그럼에도 우주에 관한 것은 아무리 들어도 이해가 되지 않았다.

"아만다, 그래서 난 대대적인 실험을 할 거야. 황당한 생각이긴 하지만 아마도 성공할 것 같기도 해."

"여보, 난 당신이 뭘 하든 당신을 지지해요."

"응, 고마워."

오열은 아만다의 말에 활짝 웃었다. 서쪽 하늘에서 불어오는 바람에 희망이 섞인 듯하다.

＊　　　＊　　　＊

위이이이잉!

거대한 엔진이 돌아가면서 소리를 낸다. 오열은 도봉산의 반을 잡아먹은 크레이터를 보며 잔뜩 기대하고 있었다. 어떠한 금속이나 광석, 전자기기도 녹여 버리는 카오스에너지의 강력함에 오열은 성공을 자부하지 못했다. 그래도 시도해 보는 것 자체는 의미가 있다.

하늘에는 더 나이트 길드원들이 스카이윙에 탑승한 채 대기하고 있었다.

기중기의 엔진이 돌아가면 원통형 관이 계속 늘어났다. 오열은 시간을 쟀다. 던전이나 몬스터의 내부에도 카오스에너지가 있다. 그런데 유독 크레이터 안에 있는 카오스에너지가 문제다. 카오스에너지는 지구에 존재하는 모든 금속을 부식시켰다. 1m 두께의 강철도 불과 한 시간 안에 녹았다.

위이이이잉!

기중기가 계속 작동하면서 관이 안으로 들어갔다.

"좋아!"

30분이 지났음에도 어떠한 기계적 오류도 뜨지 않았다. 수십 m 밖에서는 과학자들이 모니터를 보면서 자료를 분석했다.

"상태 양호합니다."

"탈룸—티탄RA 관이 녹지 않고 있습니다."

—삐삐.

"기계가 작동합니다. 카오스에너지를 빨아들입니다."

원통형의 관이 작동하자 지저에 있는 카오스에너지를 빨아들였다. 처음에는 아무것도 나오지 않았다. 하지만 시간이 지나면서 조금씩 기기가 반응했다.

"헉! 이럴 수가! 성공입니다!"

"오! 원더풀!"

"이건 노벨물리학상을 받아 마땅한 업적입니다!"

"어떻게 이것을 만들 수 있었을까요? 공기 중에 있는 카오스에너지를 다른 상태로 치환하다니 환상적입니다!"

"대박입니다!"

상황실에 모인 과학자들이 환호했다.

오열은 짜릿한 자극을 느꼈다. 그것은 정말 환상적인 느낌이다. 쉽게 성공할 것이라고는 생각하지 못했는데 단번에 성공했다. 이번 실험에는 천문학적인 돈이 들었지만, 돈은 이미 오열에게 문제가 되지 않았다.

이번에 긴 관을 만들기 위해 메탈사이퍼에게 주물기계를 의뢰했고, 카오스에너지의 분석을 위해 100여 명의 과학자가 고용되었다.

세계 최고의 물리학자 중 한 명인 오도환 교수, 몬스터학의 권위자 사도열 소장, 에너지학의 대부 찰스 스미스, 암흑물질

연구가 장지연 교수 등 세계적인 석학이 모두 참여했다. 이는 오열의 명성이 높아서 가능한 것이기도 했지만 이번 프로젝트에 용역비가 천문학적으로 책정되었기에 이렇게 많은 권위자가 모일 수 있었던 것이다.

한편 오열은 실험이 단번에 성공하자 얼떨떨했다.

"하아, 이게 성공해?"

오열은 신성력이 담긴 검을 휘두를 때 몬스터가 두려워하는 것을 보았다. 그것이 의미하는 바는 명백했다. 몬스터의 마정석과 부산물은 카오스에너지를 가지고 있다. 인류는 그 에너지를 이용하여 동력으로 사용하고 있다. 몬스터가 나타나면서 원자력발전소는 전 세계적으로 한꺼번에 폐기되었다. 쓸 수가 없었다. 몬스터가 혹시라도 원자력발전소를 습격이라도 한다면? 한마디로 그것은 재앙이다.

어이가 없긴 하지만 기분은 좋았다. 이렇게 원초적인 것이 성공할 것이라고는 예상하지도 않았기에 더 기분이 좋았다.

한편, 상황실에서 이 모든 것을 지켜보던 NSA의 직원이 어디론가 급하게 전화를 했다. 그리고 한 시간도 안 되어 장일성 소장을 비롯하여 왕실 안전기획부에서 사람들이 나와 오열이 하는 실험을 지켜보았다.

10장

메르데스를 만나다

"과연 카오스에너지를 줄이는 작업이 성공할까요?"

"그러길 바라야죠."

상황실은 수많은 과학자가 정보를 분석하느라 부산스러웠다. 세계 최초로 카오스에너지를 줄이는 방법이 성공한 것이다. 문제는 과연 얼마나 탈룸—티탄RA 관이 버텨주느냐이다. 실험이 성공했다 해도 지속 시간이 짧으면 상용화는 불가능하다.

오열은 기계가 고장 없이 돌아가는 것을 지켜보았다. 그는 탈룸—티탄RA가 완벽하게 카오스에너지에 저항하는 것을 보았다. 아니, 카오스에너지가 탈룸—티탄RA 관에 부딪치는 것을 두려워하였다. 강력한 흡입력을 가진 모터가 돌아가자 카오스에너지가 빨려들어 왔다. 그 에너지가 탈룸―티탄RA 관에 부딪칠 때 좌우로 갈라져 들어왔다.

삐삐삐.

기계는 끊임없이 카오스에너지를 빨아들이고 그것을 생명에너지로 환원했다.

처음엔 매우 느리게 진행되었다. 공기 중에 녹아 있는 카오스에너지는 미량이었기에 이를 빨아들이는 것은 쉽지 않았다. 그러나 조금씩 크레이터에 근접할수록 카오스에너지를 빨아들이는 속도가 빨라졌다.

"괜한 걱정을 했군."

오열은 빙그레 웃었다. 이상하리만치 카오스에너지는 탈룸―티탄RA에 무력했다. 마치 무풍지대를 걷는 느낌이었다.

모든 것을 녹이고 무력화시키는 카오스에너지는 생명에너지로 환원되면서 작은 고체 덩어리로 바뀌었다.

"이거 진짜 믿을 수가 없군요. 에너지계의 혁명입니다. 카오스에너지를 저렇게 처리할 수 있다니. 이는 그 어떤 물리학자도 이루지 못한 경이로운 업적입니다. 빨리 이를 학계에 알려 연금술사에게 노벨물리학상을 수상하도록 만들어야 합니다."

"오오오, 정말 놀랍습니다. 새로운 미지의 세계, 크레이터를 탐사할 수 있는 방법이 열린 것입니다. 신세계를 개척한 것이에요."

과학자들은 상황실에 모여 이구동성으로 오열의 업적을 찬양했다. 사실 그들에게 무거운 카오스에너지가 가득한 이 크레이터는 넘을 수 없는 벽이었다. 한 치도 용납하지 않는 철옹성이었다. 세상에 존재하는 모든 과학자가 이 크레이터 안에 무엇이 있는지 궁금해했다. 모든 것은 운석이 지구에 날아왔을 때부터 시작되었다. 과학적으로 이렇게 거대한 크레이터가 생긴다면 지구가 두 쪽이 나거나 그렇지 않더라도 엄청난 충격을 받아야 정상이었다. 하지만 그렇지 않았다. 운석은 마치 생명체라도 된 듯 지구에 최소한의 충격만 주고 자리를 잡았다. 그리고 쏟아져 나온 몬스터.

카오스에너지는 몬스터에게 힘을 주는 것이 분명했다. 반면 특정한 인간에게도 힘을 준다. 그 하나가 메탈사이퍼의 각성이다. 크레이터가 등장하기 이전에는 메탈사이퍼가 존재하지 않았으니까.

"연금술은 모든 학문 위에 있는 궁극의 학문입니다."

"그건 좀……."

"궁극의 학문은 아니어도 지금의 현실에서는 최고의 학문은 맞습니다."

반대하던 몇몇 학자들도 이 말에는 쉽게 동의했다. 사실 그 어떤 학자도 카오스에너지를 뚫고 크레이터를 탐사하지 못했다. 그런데 카오스에너지를 채취해서 새로운 에너지원으로 만들다니. 이것은 에너지 학계에서는 혁명적인 업적임은 틀림없었다.

"그런데 카오스에너지가 줄어들면 몬스터의 난동도 줄어들까요?"

어느 한 학자가 화두를 던지자 모니터를 분석하던 학자들마저 고개를 돌리며 반응했다.

이곳 상황실은 크레이터에서 10㎞가량 떨어진 가건물이다. 언제든지 탈출할 수 있는 스카이윙이 수십 대 있을 뿐만 아니라 수백 명의 헌터들이 보호하고 있다. 이번 일은 국가안전위원회도 비상한 관심을 가진 사항이다.

오열은 빙그레 웃었다. 헤데스 신전에서 얻은 신성력을 품은 광물의 위력은 어마어마했다. 기적은 우연에서부터 시작하는 경우가 많다. 광물을 챙긴 것은 그의 습관이다. 땅굴 파는 것, 광물을 채집하는 것은 그냥 반자동적으로 행해졌다.

쩡.

탈룸―티탄RA 관의 앞쪽 부분에 금이 갔다. 오열은 놀라 달려갔다. 그동안 카오스에너지를 무섭게 빨아들이던 관이 부서진 것이다.

"하아, 정말 안 되는 것인가?"

오열은 고민했다. 탈룸―티탄RA는 그가 만들 수 있는 가장 강한 금속이다. 이번 실험이 실패한다면 잃는 것도 별로 없지만 반면에 대책도 없다.

'뭐가 문제지?'

수백 m에 이르는 관을 만들다 보니 미처 살피지 못한 부분이 발생했다. 오열은 망가진 관을 교체했다.

오열의 작업은 인공위성을 통해 전 세계로 방송되고 있었다. UN을 비롯하여 세계열강이 오열의 실험이 성공하기를 간절히 빌었다. 심지어 탐사우주선을 독식하고 있는 미국마저 오열을 지지했다.

—마침내 실험 성공. 카오스에너지의 신비가 밝혀질 것인가?

—크레이터 탐사, 가능해지나?

—인류의 길에 희망의 빛을 드리운 위대한 실험.

—카오스에너지, 몬스터와의 상관관계가 드디어 밝혀지나?

언론이 앞서 가기 시작했다. 단순한 실험임에도 크레이터의 카오스에너지를 버틴 금속을 발견한 것 자체가 경이로운 일이었다.

—신비의 금속 탈륨—티탄RA는 어떤 금속인가?

—카오스에너지를 생명에너지로의 치환은 연금술의 결정

체인가?

　─카오스에너지 분석을 통해 몬스터의 개체 조절이 가능해지나?

　대중의 관심이 폭발했다. 그러자 오열이 만든 탈룸─티탄RA의 금속에 대한 궁금증과 함께 몬스터의 개체 조절이 어쩌면 가능해지지 않을까 하는 조심스러운 전망마저 나왔다.

　인류는 그동안 핵에너지를 포기한 대신 카오스에너지로 대변되는 마정석을 통해 대체에너지를 손쉽게 얻어왔다. 그러하기에 몬스터의 침략은 경계하면서도 전멸을 원하지는 않았다. 몬스터가 사라지면 다시 풍력이나 조력, 태양에너지뿐만 아니라 핵에너지로의 회귀를 피할 수 없기 때문이다. 또 마정석을 이용한 제품에 대한 대중의 친숙함 또한 버릴 수 없었다. 매번 석유를 넣어야 하는 번거로움 대신 마정석을 한 번 충전하면 거의 무한에 가까울 정도로 사용할 수 있는 자동차, 배, 비행기 등등이 너무나 많았다.

　오열의 첫 실험은 대성공으로 끝났다. 전 세계가 오열의 성공에 찬사와 경이로움을 표현했다. 오열은 뻘쭘했다. 그냥 심심해서 한 것치고는 너무나 큰 찬사를 받았기 때문이다.

　실험에 성공은 했지만 문제는 많았다. 끝없이 탈룸─티탄RA 관을 늘릴 수 없는 것. 게다가 동력을 사용하기에 관의 길이가 길어질수록 카오스에너지를 채집하는 효율성이 떨어졌다.

'어떻게 이 문제를 해결하지?'

오열은 대중의 관심을 뒤로하고 고민에 빠졌다. 위대한 발명품이 있다고 하지만 상용화시킬 수 없는 기술이라면 의미가 없다. 비록 탈룸─티탄RA가 카오스에너지에 버틴다고 해도 그런 금속이 무한정 있는 것도 아니다. 오열은 거실을 왔다 갔다 하며 생각에 잠겼다. 창밖에는 비가 주룩주룩 내리고 있다.

"여보, 뭐 하세요?"

아바타 접속을 종료한 아만다가 오열의 옆으로 쪼르르 달려왔다.

"아, 아만다, 그게 말이지, 새로 만든 금속이 카오스에너지를 버티기는 하는데, 양이 많지 않거든. 탈룸─티탄RA 관을 무한정 늘릴 수가 없잖아."

"아하!"

아만다는 오열의 고민을 아주 쉽게 이해했다. 오열과 오랫동안 땅굴을 파는 사이 연금술에 대한 이해도가 높아졌기 때문에 가능했다. 그녀도 오열을 따라 거실을 오가며 고민하기 시작했다. 그러길 잠시, 그녀가 입을 열었다.

"여보, 마법진을 사용하면 안 될까요?"

"마법진?"

"네. 텔레포트마법진 같은 거요."

오열은 아만다의 말에 눈이 번쩍 뜨였다. 엔진을 더욱 강하게 만들고 들고 다닐 수 있게 만든다면? 그렇게 되면 굳이 관을 늘일 필요조차 없었다.

'위험 대비를 위해 아바타로 탐색한다면?

그렇게 되면 모든 문제가 해결된다. 오열은 아만다를 껴안고 미친 듯이 키스를 퍼부었다. 아만다는 영문도 모르고 비명을 질러댔다.

＊　　　＊　　　＊

위이잉!

여섯 개의 엔진이 돌아가면서 거대한 소음을 일으켰다. 이곳은 지하 500m. 크레이터를 따라 내려왔더니 거대한 동굴이 나왔다. 오열과 이영 공주, 그리고 요원들은 동굴을 따라 걸으면서 카오스에너지를 채집했다. 거대한 엔진이 돌아가면서 카오스에너지를 생명에너지로 바꾸었다. 직각사각형의 생명에너지는 차곡차곡 쌓여 오열의 마법배낭에 들어갔다. 아쉽지만 아공간은 그의 마법 실력이 낮아 만들 수 없다. 대신 마법배낭을 많이 만들어 생명에너지가 만들어지는 족족 회수했다. 그 결과 지하 수백 미터 안으로 들어올 수 있었다.

"정말 여긴 어마어마하네요."

"이 동굴은 마치 누군가가 만든 것 같지 말입니다."

"지상에 나타난 던전은 이곳과 연결된 것 같아요."

크레이터는 지상으로 수백 갈래로 나누어져 있었다. 오열은 아바타 요원들의 말에 고개를 끄덕였다.

"또 나타났어요."

리자드맨을 닮은 몬스터가 창을 들고 나타났다. 오열은 탈룸나이트를 꺼내 몬스터를 향해 휘둘렀다.

캬아아아악!

비명이 뒤따랐다. 이영 공주도 물 만난 물고기처럼 펄펄 날았다. 원 샷 원 킬. 주먹 한 방에 몬스터 한 마리.

그녀의 주먹에 오열이 새롭게 만들어준 장갑을 끼고 있었다. 신성력을 내포한 금속으로 만들어진 무기는 몬스터의 힘을 약화시켰다.

"기계를 지켜요!"

"네, 공주님."

이영 공주가 기계를 향해 덤비는 몬스터를 보며 소리쳤다. 아바타 요원이 대답하며 몬스터를 막았다.

"이거 좀 이상한데요."

최찬휘 중령의 말에 오열도 고개를 끄덕였다. 크레이터 안에 오면 엄청난 위험이 도사리고 있을 줄 알았는데 나타나는 몬스터는 중형급이 대부분이었다. 바하렐이나 괴수급 몬스터를 예상하고 있던 것에 비하면 조금은 맥이 빠지는 수준이다.

"위험하지 않으면 좋죠, 뭐."

안소영 중위의 말에 남자들이 입을 다물었다. 칠흑같이 검은 머리를 어깨 뒤로 넘겼고 갸름하고 날씬한 몸매는 아바타라도 눈을 들지 못할 정도로 아름다웠다. 유일한 그녀의 단점이라면 아름다운 얼굴과 몸매와 달리 과격하고 털털한 성격이었다.

위이잉.

기계를 돌리며 다시 걸어갔다. 1미터를 움직이는 데도 많은 시간이 걸렸지만 멈추지 않고 전진했다. 깊이 내려갈수록 카오스에너지의 농도가 강해졌다.

"연금술사님, 이참에 떼돈 버실 것 같습니다."

이진남이 쌓여 있는 생명에너지를 보며 장난스럽게 말했다. 그의 말대로 엄청난 에너지가 채취되고 있어 이를 판다면 엄청난 돈이 될 것이다.

최근 오열은 생명에너지 판매에 속도를 높였다. 물론 더 나이트 길드원이 나서서 팔고 있다. 길드원들도 힘들게 몬스터 사냥하는 것보다 생명에너지를 판매하는 것이 좋았다. 메탈드워프가 만든 기계와 같이 판매하자 에너지 기업들의 반응이 매우 좋았다. 생명에너지는 마정석 가격의 3분의 2밖에 하지 않았다.

―연금술사, 공공의 자산을 개인 사유화로 돈을 벌다.
―혼자만 좋은 카오스에너지 탐사, 결국 탐욕으로 끝나나?

오열을 찬양하던 언론이 돌아섰다. 이는 당연했다. 생명에
너지를 싸게 팔자 마정석 가격이 폭락했기 때문이다. 마정석
판매자들이 가격을 내리면 생명에너지의 가격 역시 따라서
내려가니 기존의 마정석으로 큰돈을 벌던 거대기업들의 손실
이 눈덩이처럼 커졌다.

―대한민국 정부는 연금술사의 독단을 막아야 한다.
―이철 국왕은 브레이크 없는 폭주를 막아야 한다.

단순한 비방이 아니라 여론을 조작하고 분위기를 험악하
게 만들었다. 하지만 이철 국왕은 이런 매스컴에 반응하지 않
았다. 오열 역시 반응하지 않았다. 아니, 그는 밖에서 어떤 일
이 벌어지는지조차도 몰랐다. 하루의 대부분을 크레이터의
지하에서 시간을 보내고 있었으니 말이다.

그렇게 시간이 지나갔다. 오열이 크레이터에 내려온 지도
벌써 3년이 흘렀다. 끝없이 계속 이어질 것 같은 작업이 막바
지에 이르렀다.

"와우!"

지하가 거대한 들판처럼 펼쳐졌다. 태양이 있다면 세렝게티라 해도 될 정도의 광장이다. 그리고 그 지하 광장을 가득 메운 수많은 나무.

"헐!"

"이게 가능해?"

오열은 물론 이영 공주와 요원들이 탄식했다. 나무는 모두 같은 종이었는데 잎이 넓은 떡갈나무과였다. 그리고 지저에서는 뜨거운 열기를 내뿜고 있었다.

"모두 같은 나무 같은데요."

"그러게요."

"이상한데요. 이거 혹시 모두 한 그루 같지 않아요?"

"이렇게 많은 나무가 어떻게 하나일 수 있어?"

"가능하죠. 뿌리 증식이라면."

오열은 나무를 바라보았다. 나무는 한 나무라고 해도 좋을 정도로 비슷하게 닮아 있었다.

이곳까지 오는 데 3년이나 걸렸다. 그리고 오열과 아바타 요원들이 이곳에서 활동하는 동안 몬스터의 출몰은 유난히 뜸했다.

"그런데 정말 넓네요."

"그러게요."

오열은 지하세계에 이런 거대한 나무들이 빼곡히 있을 것이라고는 전혀 생각하지도 못했다. 나무는 광합성을 해야 하는데 어떻게 지하에서 자랄 수 있을까?

"어?"

"젠장, 빌어먹을. 이 나무들, 카오스에너지를 만드는 것 같은데요."

거대한 나무들이 숨을 내쉴 때마다 미세하지만 검은색 카오스에너지가 뿜어져 나왔다.

'이게 가능해?

오열은 이해할 수 없었다. 어떻게 이런 것이 가능할까? 과학적 상식이 모두 부정되고 있다.

"하아, 이거 쉽지 않겠는데요."

오열은 고개를 끄덕였다. 지하 광장은 굉장히 넓었다. 나무에서 내뿜는 카오스에너지가 너무나 미세해 탈룸—티탄RA관을 작동하기도 힘들 정도로 옅었다. 그리고 이렇게 만들어진 카오스에너지는 이내 안쪽으로 흘러들어 갔다.

"일단 무시하고 가보죠."

"네."

오열의 말에 이영 공주가 바로 대답했다. 그들은 걷고 또걸었다. 그렇게 하루가 가도 이틀이 지나갔다. 그러고도 시간이 더 흘렀다.

"도대체 언제까지 가야 하나요?"

조오영이 짜증이 가득한 어투로 말했다. 잘생긴 그의 얼굴이 일그러졌다. 매우 피곤한 얼굴이다. 그럴 만했다. 지난 3년

동안 제대로 쉬지도 못하고 땅속에만 있었다.

"이거 혹시 전 세계의 지하가 연결된 것이 아닐까요?"

"난 이런 곳이 있을 것이라고는 상상도 하지 못했어."

"이것을 누가 상상할 수 있겠어. 지구의 중심을 가르는 거대한 지하세계가 이렇게 연결되어 있을 줄이야."

오열도 말없이 걷기만 했다. 너무나 피곤했다. 일주일에 한 번씩 돌아가면서 하루 쉬는 것을 제외하고는 계속 아바타에 접속하고 있었다. 그것이 이제 3년째다.

"어?"

"뭔가 있다."

허허벌판에 빽빽하게 자라고 있던 나무들이 급속히 줄어들었다. 그리고 그 가운데 거대한 나무 한 그루. 이전에 본 나무들과는 격이 다른 엄청난 크기다.

"드디어 보스가 나타났군요."

"그런데 나무가 나무죠. 저게 보스일까요?"

"게임에서 그거 있잖아요. 무한 힐하는 나무. 저 녀석이 그런 종류라면 잡는 것은 불가능하지 않을까요?"

"……."

오열은 아바타 요원들이 하는 말을 말없이 듣고 있었다. 지저 세계는 상상하던 것보다 더 넓고 광활했다. 전 세계의 지하가 하나로 연결된 것을 생각조차 하지 못했다.

지하에 숲이 형성되어 있으리라고 누가 상상이나 할 수 있겠는가? 그리고 숲이 카오스에너지를 만들고 있었다는 것도.

가까이에 있는 것 같았는데도 다가가는 데 한 시간도 더 걸렸다.

"헉!"

"저게 뭐야?"

거대한 나무 옆에 검은 물체가 있다.

"몬스터다."

오열은 그러면 그렇지 하고 고개를 끄덕였다.

크르르르릉!

단지 숨을 내쉬는 것뿐인데 거대한 소리가 났다. 몬스터는 나무의 줄기와 연결되어 있었다.

─인간, 드디어 왔는가?

오열은 머릿속을 파고드는 소리를 듣고서 깜짝 놀랐다. 아마스트라스 숲의 주인 나르테스를 만났을 때와 비슷한 음파로 인간의 뇌파에 자극을 줘서 대화하는 것이다. 통역마법을 사용해도 되지만, 이렇게 직접 뇌에 자극을 주는 것이 더 정확했다.

"당신은 누군가?"

오열이 입을 열어 물었다. 거대 나무의 중심에 갈색 눈이 생겨나 오열을 바라보았다.

─나는 스스로 존재하는 자이다. 그런데 그대들은 생명체가 아니군.

"그렇다. 우리는 아바타다. 정신이 연결되어 있지."

─정신으로 인형을 조종한다? 멋진 생각이군.

"당신은 마르부스를 아는가?"

오열은 거대한 나무가 놀라는 것을 느꼈다. 그것은 당황, 혹은 당혹이었다.

─너는 누구냐?

"나는 이오열이라고 한다. 당신이 메르데스 신이라면 이곳에는 어떻게 올 수 있었나?"

─하하하하하!

메르데스가 웃음을 터뜨렸다. 장난의 신 메르데스, 창조신과 동급의 능력을 갖췄지만 장난이 심해 항상 말썽을 피우는 신. 마르부스 창조신이 헤데스 신전에 가두어둔 카오스에너지의 봉인을 푼 신. 그런데 그런 전능자가 왜 여기서 나무의 형태로 있는가? 오열은 원래 메르데스 신이 나무라고는 생각하지 않았다. 그런데 들려오는 대답이 의외였다.

─어떻게 내 이름을 알았는가, 인간이여?

"하아~ 정말이었군."

오열은 어이가 없었다. 신화를 조사하면서도 아닐 거로 생각했는데 그것이 맞아떨어지다니. 그렇다면 그렇게 멀리 떨어진 곳에서 어떻게 이곳으로 왔는지 이해가 되지 않았다.

"메르데스, 어떻게 지구까지 올 수 있었지?"

─하하하, 그건 나의 애완견을 이긴다면 대답해 주지. 지옥

의 수문장 켈베로스여, 일어나라!

"……?"

켈베로스는 신화 속에 나오는 개다. 그런 것이 진짜 있을 리가 없다.

크르르르르릉!

거대한 검은 물체는 그르렁거리기만 할 뿐 일어나지 않았다.

─이런 게으른 놈 같으니. 자, 일어나란 말이다, 맞기 싫으면.

메르데스의 말이 끝나자마자 어디선가 번개가 날아와 거대한 물체에 꽂혔다.

펑!

깨개개개갱!

검은 물체가 놀라 펄쩍 뛰었다.

"헉!"

"말도 안 돼!"

엎드려 있을 때도 거대하던 놈이었는데 일어나자 엄청났다. 체고가 100여 미터도 넘어 보였다.

─이 녀석을 만드느라 에너지를 모두 소모했다. 그렇지 않다면 너희는 이곳에 오지도 못했을 것이야.

오열은 메르데스의 말에 왜 이렇게 쉽게 여기까지 왔는지 알게 되었다. 하지만 그런 것은 상관없었다.

"당신은 신인데 왜 지구인을 괴롭히는 것이지?"

─후후, 그거야 당연히 심심해서지.

오열은 주먹을 불끈 쥐었다. 심심하단다. 단지 심심해서 벌인 유희에 무수한 사람이 죽어나갔다. 화가 났다.

크르르릉!

그때 붉은 눈빛이 번쩍였다.

"하아~"

오열은 엄두가 나지 않았다. 저 거대한 몸체를 이길 수 있을 것이라고는 생각이 들지 않았다. 이영 공주마저 자신 없는 눈치다.

"공주님, 가능하시겠어요?"

"솔직히 자신이 없네요."

크르르릉!

켈베로스가 앞발을 살짝 휘둘렀다.

펑!

"맙소사!"

켈베로스의 발길질에 커다란 웅덩이가 생겨났다. 살짝 장난처럼 한 행동인데 그 여파는 작지 않았다.

놀람은 거기서 끝난 것이 아니었다.

"어?"

오열은 두 눈을 크게 떴다. 커다랗게 파인 지면이 스르륵 회복되었기 때문이다. 징조가 좋아 보이지 않았다. 아바타라 파괴되어도 본체는 죽지 않지만, 그렇다고 승리의 징조는 조금도 보이지 않았다. 신을 인간이 대적할 리가 없다. 가장 좋은 방법은 카오스에너지를 계속해서 생명에너지로 바꿔서 몬스터가 날뛰지 못하게 하는 수밖에 없다.

히죽.

켈베로스가 가소롭다는 표정을 지으며 웃었다.

'감히 똥개가 쪼개다니.'

메르데스 신이야 두려운 존재지만 똥개는 아니다.

"얍!"

이영 공주가 먼저 켈베로스에게 몸을 던지며 주먹을 날렸다.

펑!

거대한 소리가 났다. 하지만 켈베로스의 몸에 생채기도 나지 않았다. 몬스터의 생체에너지 막이 워낙 강해 조금의 데미지도 주지 못한 것이다.

"와우!"

오열은 나지막하게 감탄했다. 비록 켈베로스의 에너지 막을 뚫지는 못했지만 강력한 공격을 성공한 탓이다.

"나도 이제부터 시작해야지."

오열은 탈룸나이트를 뽑아 휘둘렀다. 오러 줄기가 채찍처럼 휘어지며 날아갔다.

펑!

엄청난 폭음이 다시 났지만 켈베로스는 가소로운 눈빛을 던지며 거대한 이빨을 드러냈다. 일찍이 오열의 오러블레이드에 충격을 받지 않은 몬스터는 없었는데 켈베로스는 아니었다.

바하렐이 나타났을 때는 500여 명의 헌터가 있었지만 지금은 총 여섯 명밖에 되지 않는다. 어그로를 끌 탱커도 없다. 당연히 켈베로스의 공격이 이영 공주와 오열에게 몰렸다. 이영 공주는 가볍게 몸을 피했지만 뒤따라온 꼬리 공격에 맞고 말았다.

펑!

쉴드마법진이 발동되면서 충격을 흡수했지만 이영 공주는 10여 미터나 날려갔다. 오열은 재빠르게 이영 공주를 공격하려는 켈베로스의 앞을 가로막았다. 반면 다른 아바타 요원들은 공격할 엄두도 내지 못했다. 그만큼 켈베로스의 무력은 위압적이었다.

"젠장."

오열은 나지막하게 중얼거렸다. 예전에는 몰랐다. 500여 명의 메탈사이퍼들이 괴수급 몬스터를 사냥하는 데 거의 도움이 되지 않는다고 생각했다. 하지만 아니었다. 대상이 한정되다 보니 켈베로스가 자유롭게 활동할 수 있게 된 것. 찰나의 순간이라도 몬스터의 어그로를 끌어주는 존재의 필요성이 절실했다.

지이잉!

거대한 오러블레이드가 불의 혀처럼 넘실거리며 거대한
켈베로스의 앞발을 강타했다.

펑!

크아아아앙!

개새끼 주제에 표범처럼 포효하고 달려든다. 오열은 계속
오러블레이드를 날렸다.

펑!

펑!

펑!

조금씩 켈베로스의 생체방어막이 깎이기 시작했다. 그렇
다고 오열이 유리한 것은 아니었다.

'이전에 나타난 몬스터와는 급이 달라.'

오열이 켈베로스를 막자 이영 공주와 아바타 요원들이 공
격에 합류했다.

"좋아, 개새끼가 지치기 시작했어."

"이길 수 있어!"

"힘을 내!"

아바타 요원과 오열은 서로 격려하며 켈베로스를 공략하
기 시작했다. 거대한 몸, 강인한 피부와 생체에너지 막도 약
점을 드러내기 시작했다.

오열이 켈베로스에 우위를 점할 수 있는 것은 신성력이 담

긴 탈룸나이트 때문이었다. 기존 드래곤나이트보다 두 배나 더 강한 KP다. 켈베로스가 바하렐보다 더 강하지만, 오러를 자유롭게 다루는 오열을 쉽게 이기지 못했다.

메르데스는 흥미로운 눈으로 오열을 바라보았다. 그가 크게 신경 쓰지 않는 것은 켈베로스가 기존의 몬스터보다 훨씬 더 강한 놈일 뿐만 아니라 본체가 아닌 아바타이기 때문에 전력을 다하지 않았다. 그런데 심혈을 기울인 켈베로스가 밀리기 시작하는 것이 아닌가?

'흥미로운 놈이군.'

메르데스는 손가락을 튕겼다. 그러자 거의 꺼져가던 켈베로스의 생체방어막이 다시 완벽하게 재생했다.

"컥!"

"다시 강해졌어!"

"젠장, 빌어먹을!"

오열도 어처구니가 없기는 매일반이다. 강대한 마나를 보유하고 있기에 아직은 문제가 없지만, 계속 이렇게 진행된다면 승리할 수 없을 것이다.

커어엉!

켈베로스가 다시 살아난 생체방어막을 믿고 뛰어들었다.

쩡!

오열의 오러블레이드가 켈베로스를 막았지만 힘에서 밀린 그가 두어 걸음 뒤로 밀려났다. 약간의 여유와 공간을 되찾은 켈베로스가 오열을 내버려 두고 고개를 돌렸다. 아까부터 뒷다리 쪽이 아파왔기 때문이다.

이영 공주는 켈베로스의 거대한 앞발을 부드럽게 피했다. 하지만 아바타 요원들은 아니었다. 공격하는 데 집중하느라 방심하고 있던 그들은 켈베로스의 거대한 앞발과 이빨 공격을 허용했다.

"으악!"

"컥!"

"살려줘……."

오열은 오러블레이드를 휘둘렀지만 켈베로스의 방어막을 뚫지 못했다.

'잘못 생각했어. 똥개도 자기 집에서는 한 수 먹고 들어간다고 했는데, 메르데스가 옆에 있다면 이길 확률이 너무 낮아져.'

메르데스는 신이다. 신의 축복을 받은 몬스터를 이긴다는 것은 어불성설이다. 오열은 암담함을 느끼기 시작했다. 아바타라 죽지 않는다는 안도감은 있었지만 그것이 위안이 되는 것은 아니다.

'이것은 인류의 미래가 걸린 전투야. 절대로 져서는 안 돼.'

오열은 이를 악물고 탈룸나이트를 휘둘렀다. 그때마다 조금씩 켈베로스의 생체에너지 막이 깎여 나가기 시작했다.

'뭔가 이상해. 왜 메르데스는 몬스터를 내세웠지? 상대는 신인데.'

이해가 되지 않았다. 개미는 그냥 지그시 손으로 눌러 죽이면 되는데 켈베로스를 내세우는 것이 너무 번거롭지 않은가?

'혹시 직접 나서지 못하는 것이 아닐까?'

오열은 오러블레이드를 휘두르면서 조금씩 뒤로 물러났다.

"젠장, 너무 강해."

이미 다른 아바타 요원은 접속 종료를 당했고, 이영 공주만 남았기에 오열의 말은 어느 정도 일리가 있긴 했다. 하지만 이영 공주는 고개를 갸웃거렸다. 오열이 그런 말을 할 정도로 상대가 강한 것은 아니었다.

'그럼 왜?'

원래 오열은 몬스터를 상대할 때 '힘들다, 어렵다'는 말을 하지 않는다. 그냥 묵묵하게 사냥만 할 뿐. 그리고 물러나는 모습도 평소와 달랐다.

이영은 오열이 지친 표정을 짓고 있는 것을 보고는 슬쩍 메르데스를 바라보았다.

'혹시……'

메르데스가 켈베로스를 돕는다면 불사신과 싸우는 것과 마찬가지다.

오열은 지친 표정을 짓고는 뒤로 물러나기 시작했다. 사실

스태미나가 달리기 시작한 것은 맞았다. 더 싸울 여력이 있다는 것이지 힘들지 않다는 것은 아니었다.

"공주님, 도망가요."

오열이 소리를 지르고 뒤돌아서 뛰기 시작했다. 이영 공주는 켈베로스의 뒷다리로 뛰어올랐다. 밧줄처럼 튼튼한 털을 붙잡고 맹렬하게 달리는 켈베로스의 뒤에서 당황하기 시작한 거대한 나무의 눈을 보았다.

'역시 뭔가 있어. 그것을 오열 님이 알아차린 것이 틀림없어.'

오열이 누군가? 현존하는 최고의 연금술사이며 몬스터헌터다. 단 한 번도 몬스터 사냥에서 물러난 적이 없는 절대 강자. 그런 그가 도망간다? 그럴 수 있다. 하지만 본체도 아닌 아바타인데 그렇게 하는 것이 어딘지 작위적이다.

'메르데스는 뭔가 제한에 걸린 게 틀림없어. 신이라고 모두 전능한 것은 아니잖아?'

갑자기 나타난 몬스터와 이계의 신. 차원을 뛰어넘은 신이라면 뭔가 제한에 거릴 수도 있다는 생각이 들었다.

이영 공주는 크레이터 본진을 탐색하면서 오열에게 많은 것을 들었다. 그리고 메르데스를 만나고 오열의 말이 맞았다는 것도 확인했다.

─켈베로스, 돌아와라!

메르데스가 명령을 내렸지만 켈베로스는 그의 말을 듣지

않았다. 오열이 도망가면서도 간간이 오러블레이드를 날렸기 때문이다.

펑!

다시 오열의 검기가 켈베로스의 앞발에 맞았다. 생체에너지 막이 있음에도 아파하는 켈베로스의 신음 소리를 들으며 이영 공주는 어쩌면 가능할지도 모른다는 생각을 했다.

그리고 메르데스에게서 까마득히 멀어졌다. 오열은 지친 표정이지만 사실 그렇게 많이 지친 것은 아니었다. 또 에어부스터를 켠 상태라 기동성이 평소보다 매우 뛰어났다. 공중을 날 수 있음에도 그렇게 하지 않은 것은 바로 켈베로스를 유인하기 위해서였다.

크르릉!

켈베로스가 화를 내며 달려들었다. 이미 메르데스는 어디에도 보이지 않았다.

"좋아!"

오열은 마주 달려갔다. 거대한 오러블레이드가 부챗살처럼 펼쳐지면서 켈베로스에게 날아갔다.

펑어어엉!

이전과는 전혀 다른 거대한 충돌음이 났다.

켕!

켈베로스가 고통스러운 신음을 토해냈다.

"하아!"

하지만 오열은 지쳤다. 이 한 방의 오러블레이드를 사용하기 위해 너무 많은 마나를 소모했다. 아마스트라스 숲의 주인 나르테스의 마정석을 섭취한 후 힘들다는 느낌을 받은 적은 별로 없었다. 특히 마나심법을 배우고 난 후에는 더욱 그러했다. 영혼의 각인효과를 통해, 아바타를 통해 가장 안전한 마나심법을 배웠다. 그러하기에 그동안은 무풍지대를 달리듯 형통했다. 하지만 이 켈베로스는 아니다. 메르데스는 시간이 흐르면서 더 강한 몬스터를 만들어내었다. 그는 인류를 곤란하게 만들 딱 그만큼 강한 몬스터를 만들어 내보냈다.

퍽!

방심한 대가는 컸다. 일격을 먹이고 잠시 한눈파는 사이 켈베로스의 꼬리가 날아왔다. 얼마나 놈이 교묘한지 파공음조차 일지 않고 날아왔다. 이는 정확도를 위해 꼬리의 힘을 빼고 공격했다는 의미.

오열은 3m나 날려가 쓰러진 후 일어나려고 했지만 이미 켈베로스의 거대한 앞발이 지그시 눌러왔다. 이번에도 힘을 뺐다. 강하게 공격했다면 파공음을 듣고 피했을 것이다. 하지만 소리 없이 앞발을 슬쩍 얹었다. 지그시 눌러 오열이 공격하지 못하게 할 뿐이다.

"오열 님!"

이영 공주가 깜짝 놀라 켈베로스를 공격했지만 아직 부서지지 않은 생체에너지 막에 걸려 큰 데미지를 주지 못했다.

크르릉!

켈베로스가 얼굴에 미소를 지으며 거대한 앞니를 내밀었다. 강철보다 강한 지옥의 마수 켈베로스의 이빨을 막을 수 있는 것은 없다. 게다가 켈베로스의 앞니에는 강력한 산성 침샘이 있어 강철도 녹인다.

"크윽!"

오열은 나지막하게 신음을 토해냈다. 거대한 압력을 느끼지만 어쩔 도리가 없다. 점점 가까워지는 거대한 이빨을 보며 눈을 감았다.

아쉽지만 최선을 다해 싸웠다.

'젠장, 어그로를 끄는 탱커만 있었어도…….'

아쉽기만 했다. 그동안 무시하던 일반 메탈사이퍼들의 참여가 절실했다. 500여 명의 메탈사이퍼와 같이 들어왔으면 이렇게 무기력하게 지지는 않았을 것이다. 물론 그렇게 많은 메탈사이퍼들이 착용할 신성력이 깃든 광물이 있을 리가 없지만 말이다.

크르릉!

가소로운 먹잇감을 놓고 켈베로스는 속이 다 시원했다. 이 작은 먹잇감이 얼마나 자신을 곤란하게 만들었던가. 그는 이빨로 물었다.

깨개애애갱!

순간 켈베로스가 기겁하고 뒤로 물러났다.

"어?"

오열은 이해할 수 없었다. 자신의 아바타가 파괴되지 않았다는 것이. 그리고 오히려 켈베로스가 데미지를 입고 물러난 것이.

이영 공주는 두 눈을 부릅떴다. 그녀는 모든 것이 틀렸다고 포기했다. 불굴의 의지를 지닌 그녀도 혼자서 켈베로스를 상대할 자신이 없었다. 그런데 갑자기 상황이 바뀌었다.

"어?"

오열은 벌떡 일어나 자신의 몸을 감싼 검은색 갑옷을 보고 놀랐다. 무엇인지 안다. 헤데스 신전에서 얻은 팔찌. 팔찌는 메탈아머처럼 전신 갑옷으로 변하는 아티팩트다. 한 번 착용해 보고 그 뒤로는 한 번도 해보지 못했다. 자신의 의지대로 어떻게 할 수 있는 기물이 아니었다. 마치 아티팩트는 에고가 있는 것처럼 스스로 판단했다.

오열은 오러블레이드를 날렸다.

펑!

깨갱!

켈베로스가 두 발자국이나 물러서게 만든 오러지만 큰 타격은 없었다. 반대로 켈베로스의 이빨은 반이나 부서져 덜렁거리고 있다.

'이게 뭐지? 혹시… 그건가?'

오열은 탈룸나이트를 집어넣고 주먹을 불끈 쥐며 에어부

스터를 켜고 날아올랐다.

평!

켈베로스가 10여 미터나 뒤로 날려갔다. 주먹에 맞은 부위에서 검붉은 피가 철철 흘러내린다.

'어?'

이상했다. 여전히 켈베로스의 생체에너지 막은 파괴되지 않은 상태인데도 데미지가 먹혔다. 그것도 엄청난.

주춤주춤.

켈베로스가 뒷걸음질치기 시작했다.

"오, 예!"

오열은 에어부스터로 날아올랐다. 그리고 켈베로스의 등에 착지해서 주먹을 마구 날렸다. 그때마다 켈베로스가 비명을 지르며 펄쩍펄쩍 뛰었다.

"이거 데미지는 제대로 들어가는데도 이 녀석의 HP가 너무 많은데."

생명력이 예상보다 높은지 아무리 주먹으로 때려도 켈베로스는 그때만 고통스러워할 뿐 죽지 않았다.

"아!"

오열은 자신이 멍청했다는 생각을 했다. 굳이 이렇게 생명력이 높은 몬스터를 대상으로 싸울 필요가 없다는 것을 깨달았다. 그는 마법배낭에서 탈룸—티탄RA를 꺼내 관을 찢어진 켈베로스의 등에 꽂았다.

"작동!"

위이이잉!

탈룸―티탄RA 흡입기가 작동되자 우수수 생명에너지가 떨어지기 시작했다.

"헐!"

엄청난 양이 순식간에 만들어진다. 켈베로스는 자신의 생명력이 빠져나가는 것을 알고 펄쩍펄쩍 뛰었지만 방법이 없었다.

크르르르릉!

켈베로스가 울부짖고, 비명을 지르고, 뛰고, 구르고 해도 소용이 없었다.

"진작 이 방법을 사용할걸."

오열은 공중에서 탈룸―티탄RA 흡입기를 잡고 히죽 웃었다. 그가 하는 일이란 수시로 탈룸―티탄RA 흡입기를 옮겨주는 것이 다였다.

"이제야 조용해졌군."

시간이 지나면서 켈베로스의 생체에너지 막도 깨지고 무기력해지기 시작했다.

"오열 님, 멋져요!"

이영 공주가 오른손 엄지손가락을 치켜들며 최고라는 표시를 했다. 아름다운 얼굴이 미소와 함께 꽃처럼 활짝 폈다.

오열은 더 이상 움직이지 못하는 켈베로스를 보고 검을 꺼내 들었다. 이 정도의 몬스터라면 엄청난 마정석이 있을 것이다.

오열은 켈베로스의 마정석을 취한 후 다시 날아갔다. 이영 공주는 에어부스터가 없어 뛰었다.

위이잉!

에어부스터가 평소보다 느렸다. 하지만 걷는 것보다는 엄청나게 빨랐다.

메르데스는 자신을 향해 날아오는 작은 생명체를 보며 인상을 찡그렸다. 자신의 피조물인 켈베로스가 죽은 것을 그는 알고 있다. 그의 종속은 모두 그와 영적으로 연결되어 있다. 그러니 그의 종속의 죽음을 모를 리가 없다.

"인간, 대단하구나! 켈베로스를 죽이다니!"

오열은 아직도 여유로운 표정을 짓고 있는 메르데스를 보고 아무 말도 하지 않았다. 상대는 몬스터가 아니라 신이다. 그것도 창조신과 맞먹는 힘을 가진 존재.

그는 아직도 사라지지 않은 갑옷을 보고 메르데스의 가지에 착지했다.

"무엄하구나. 한낱 인간 주제에 신의 본체에 올라타다니. 썬더볼트!"

메르데스가 번개를 불러일으키적에 오열은 서둘러 주먹을 휘둘렀다.

펑!

거대한 나무가 휘청거렸다.

"무엇이냐?"

메르데스는 깜짝 놀랐다. 신의 보호막을 파괴할 수 있는 것은 없다. 그러하기에 오열이 자신을 향해 날아왔을 때도 놀라지 않고 또 조금의 경계도 하지 않았다. 하지만 신의 힘을 가진 방어막이 일거에 파괴되었다. 그러자 거대한 고통이 밀려들었다.

―크윽!

메르데스는 신음을 토해냈다. 단 한 번도 고통을 느껴본 적 없는 본체다. 그는 고통이 신선하기는 했지만 그것보다는 위기감이 더 컸다.

―인간 무엇이냐? 우리, 우리 협상하자.

오열은 메르데스의 말에 대답하지 않고 마법배낭에서 탈룸―티탄RA 흡입기를 꺼내 상처 난 메르데스의 본체에 박았다.

―뭐, 뭐 하는 것이냐?

오열은 흡입기를 작동시켰다.

위이잉!

흡입기가 맹렬하게 작동했다. 그러자 켈베로스와는 비교도 되지 않을 정도로 많은 생명에너지가 쏟아지기 시작했다.

―이놈! 무엄하도다! 감히 인간 주제에 신성에 도전한단 말

이냐! 스톰월……

하지만 켈베로스는 마법 주문을 완성하지 못했다. 신이라 의지를 발현하여 말하기만 하면 되는데 그것조차 하지 못할 정도의 거대한 고통이 다시 찾아왔기 때문이다.

—크아아아악!

신이었기 때문일까? 고통이 더욱 컸다. 한 번도 느끼지 않은 생경한 두려움이 그를 사로잡았다. 그가 마법을 발현하려고 하면 그때마다 오열의 공격이 무차별적으로 날아들었다.

—제발, 제발 그만 하거라. 네 모든 소원을 들어주마.

오열은 메르데스의 말에 귀가 솔깃했다. 상대는 신, 신이 한 말은 허튼 것이 없다. 그래서 공격을 멈출 생각을 했지만 쏟아지는 생명에너지를 보자 생각이 달라졌다. 상대가 이렇게 협상을 시도하는 것은 다른 방법이 없기 때문이다. 무슨 이유인지 메르데스는 본체의 힘을 제대로 사용하지 못한다. 그렇다면 할 만하다.

오열은 다시 마법배낭에서 흡입기를 꺼내 메르데스의 본체에 박아 작동시켰다.

—크윽! 인간, 도대체 왜 이러느냐? 우리 이야기 좀 하자. 네가 말하는 것을 다 들어주겠다. 이런 장난감으로는 나의 힘을 약화시킬 수 없다. 수십 년, 아니, 수백 년이 걸릴 것이다. 너는 나와 함께 이 기간에 같이 있을 수 있느냐?

오열은 메르데스의 말이 사실임을 알았다. 아무리 상대가 장난이 심한 신이지만 명색이 신이다. 거대한 에너지를 기계 몇 대로 뽑아낸다는 것은 무리다. 하지만 무슨 상관이란 말인가? 상대는 제한에 걸려 제 힘을 쓰지 못하고 있다. 아바타 접속 종료를 할 때만 주의한다면 몇 년이고 못할 것은 아니다. 혼자 땅속에서 땅만 파던 시간을 생각해 보니 무서울 것도 없다.

위이잉!

기계는 변함없이 돌아가고 있고 생명에너지는 쏟아졌다. 마법배낭에 넣지 못한 생명에너지는 계속 쌓여갔다. 그때마다 이영 공주는 마법배낭에 그것을 담아 멀리 갖다 버렸다. 그것을 가까이 두면 혹시 메르데스가 그것을 다시 흡수하지 않을까 염려되었기 때문이다. 사실 메르데스는 오열이 자신의 힘을 빨아들이는 것은 두렵지 않았다. 그의 신성은 마르부스 창조신의 노여움을 사서 봉인되었지만 원천적인 힘, 근원적인 신성은 변함없었기 때문이다. 하지만 한 번도 경험해 보지 못한 고통은 신인 그마저도 두렵게 만들었다.

—인간, 너는 헤데스 신전에 갔었구나. 그곳에서 신물을 가져왔어. 그렇지 않다면 나를 이렇게 고통스럽게 만들 수 없을 것이다. 좋다, 인간. 네가 원한다면 나의 유희를 마치고 내가 왔던 곳으로 돌아가겠다. 이는 나 메르데스 존재를 두고 맹세하는 바이다.

"정말인가?"

오열은 그제야 대답했다. 아바타이기에 오열은 두려울 것이 없었다. 그래서 강하게 나갔다.

―바보, 바보, 이제야 정신 차렸구나!

오열은 고개를 돌렸다. 어디선가 들려온 소리. 이전에 말한 메르데스는 중저음의 음성이었다. 굳이 따진다면 남성의 목소리였다. 하지만 이번에 들려온 소리는 옥타브가 높은 여성의 목소리. 그것도 꽤나 앳된 목소리다.

"어… 어… 어?"

오열은 두 눈을 크게 뜨고 오색찬란하게 빛나는 빛무리를 바라보았다. 화려하게 빛나는 작은 생명체가 보인다.

―메르, 왜 나왔어?

―흥, 내가 나온 것이 불만이야?

"……?"

오열은 바보처럼 두 눈을 뜨고 화려한 빛에 둘러싸인 소녀를 바라보았다. 그것은 말로 표현하기 힘든 아름다움이었다.

―데스, 왜 이렇게 자꾸 장난만 치지?

―그게 뭐…….

다시 나타난 작은 생명체. 소년의 모습이다. 본체가 드러나자 목소리는 소년처럼 낮아졌다.

―인간, 내가 다 설명할게요. 먼저 미안해요.

"아니, 뭐……."

오열은 소녀의 사과에 어떻게 반응해야 할지 알지 못했다.

신이 인간에게 사과라니. 그리고 이제 사과한다고 달라지는 것도 없다. 그렇다고 사과를 하는 신에게 책임지라고 윽박지를 수도 없고. 무엇보다 놀란 것은 메르데스가 둘이라는 사실이다.

─우리가 이곳에 어떻게 온 것인지 궁금하지 않았나요?

"당연히 궁금했다."

─아마도… 당신이 아는 대로 우린 마르부스가 세상을 만든 후에 남은 카오스에너지를 발견했어요. 신의 봉인이 걸린 그 결계를 파괴하는 대가로 우린 이렇게 되었답니다.

메르의 말이 끝나자 거대한 나무에 달린 하얀 선이 보였다. 그 선은 메르와 데스에게 연결되어 있었다.

─마르부스는 우리가 장난칠 것을 미리 알고 있었어요. 하지만 그는 우리를 막을 수 없다는 것을 깨달았어요. 세상을 만든 후 그는 너무 많은 힘을 썼기에 숙면에 들어가야 했답니다. 그는 그가 만든 세상을 지극히 아꼈어요. 그래서 깊은 숙면에 들어가기 전에 만든 것이 헤데스 신전이에요. 누구든 봉인을 풀면 봉인을 한 신의 힘이 영향을 미치게 되어 있었어요. 그 결과 우리는 카오스에너지를 소유하고도 신의 힘을 잃어버리게 된 거예요.

오열은 메르의 말을 듣고는 고개를 끄덕였다. 지금 신화의 일부가 풀리고 있었다.

─마르부스는 홀리 리플렉트를 아주 정교하게 설치했어

요. 그러하기에 신인 우리도 그것을 발견할 수 없었어요. 우리의 능력이 부족한 탓이었죠. 쉽게 말하면 카오스에너지를 봉인시킨 그 봉인 결계가 우리에게 펼쳐진 것이에요. 우리는 이곳에서 카오스에너지를 낮춰야 했어요. 그렇게 하지 않으면 우리는 소멸될 테니까요.

―메르, 천박한 인간에게 굳이 설명할 필요가 있어?

―데스, 우리가 이렇게 된 것이 누구 탓이지?

―뭐, 그렇다고 내 탓도 아니잖아.

―난 반대했었잖아.

―더 강하게 말렸어야지.

오열은 어이가 없었다. 더 강하게 말리지 않았다는 말은 또 뭔가?

신은 형체가 없다. 본체의 성향에 따라 모양이 변한다. 메르데스는 장난의 신. 장난이 심하기에 깊이 있는 통찰이나 배려 따위는 없다. 그러하기에 그들은 능력에 비해 이렇게 어린 모습으로 현현한 것이다.

"알겠다, 메르데스. 그런데 어떻게 이곳 차원으로 왔지? 너희는 이곳 좌표도 몰랐을 텐데."

―우리 행성에 당신들의 비행정이 하나 불시착하지 않았나요?

"아, 지니어스23호가 불시착했다."

―맞아요. 우린 그 우주선의 좌표를 거슬러 왔어요. 지성

체가 있는 행성으로 오고 싶었으니까요.

"그럼 그 좌표를 따라 되돌아간다는 것인가?"

—그것이… 당신이 도와줘야 가능해요.

"……?"

오열은 메르의 말에 의아한 표정을 지으며 바라보았다. 인간이 신을 도울 것이 무엇이 있단 말인가? 또 있다고 해도 그는 돕고 싶지 않았다.

—우린 봉인되었어요. 전능한 힘도, 예지 능력도. 그래서 되돌아가고 싶어도 되돌아갈 수 없어요.

"아까는 되돌아간다지 않았나?"

오열이 데스를 바라보며 입을 열었다. 그러자 데스가 고개를 돌려 오열을 외면했다.

—되돌아갈 수는 있어요. 당신이 도와주지 않으면… 더 많은 시간이 걸릴 뿐이죠. 데스는 언제까지 가겠다는 말은 안 하지 않았나요?

"맞다. 그는 기한은 말하지 않았다."

오열은 메르의 말에 동의했다. 분명 그는 그런 말을 하지 않았다.

꼬맹이 신 주제에 교묘했다. 귀찮으니 들어주는 척하고 위기를 넘기는 수법이다. 신의 입장에서는 영원이 찰나와 같으니까 굳이 시한을 정할 필요가 없는 것이다.

"그럼 내가 어떻게 돕지?"

─당신은 헤데스 신전의 신물을 가지고 있죠. 신의 방어막도 뚫을 수 있는 것은 그 신물 때문에 가능했던 거예요.

메르의 말은 맞다. 그 신물이 아니었다면 지옥의 수문장 켈베로스조차 이기지 못했을 것이다.

─그 신물로 결계의 중앙을 부수면 우리는 힘을 되찾고 원래 있던 곳으로 되돌아갈 수 있어요.

오열은 의심의 눈으로 메르를 바라보았다. 힘을 되찾는다니. 지금이야 상대가 움직이지 못하니 상대라도 하지 봉인이 풀리고 힘을 되찾는다면 인간이 어떻게 신을 상대할 수 있단 말인가.

"당신의 말을 믿을 수 없어. 지금은 아무것도 하지 못하지만 힘을 되찾으면 약속을 지킨다고 어떻게 보장하나?"

오열의 말에 메르의 눈빛이 표독하게 변했다.

─흥! 난 당신에게 기회를 베풀었어요. 이제부터 난 상관하지 않을 거예요.

─하하, 메르, 잘 생각했다. 애초에 인간의 도움 따위는 필요가 없었다.

오열은 피식 웃었다. 메르가 순진한 모습으로 현현했어도 명색이 신이다. 그것도 장난의 신. 장난이 심한 신이다. 가재는 게 편이라는 말이 있듯 메르를 착하다고 볼 수는 없다. 게다가 오열에게는 급할 것도 없다. 봉인된 메르데스의 몸에서 지금도 막대한 생명에너지를 뽑아내고 있지 않은가.

오열이 움직일 생각을 하지 않자 한참 후에 메르가 몸이 단 듯 계속 말을 걸어왔다.

―우리 다시 이야기해요.

"난 의심이 많은 인간이다. 너의 말을 전적으로 믿고 행동하기에는 너희가 너무 강해. 연금술로 너희 힘의 근원을 알아볼 거야."

―헉!

오열의 말에 메르가 다급한 비명을 질렀다.

―당신, 연금술사였나요?

"그래, 난 연금술사다."

―연금술사가 어떻게 그렇게 강하죠? 아니, 당신 혹시 현자의 돌을 만들었나요?

"만들고 있다."

―아!

오열은 대답하고 속으로 생각했다. 현자의 돌이라니. 연금술사의 궁극기라고 할 수 있는 현자의 돌은 모든 연금술사가 만들고 싶어하는 것이다. 그런데 그런 현자의 돌을 신이 언급하다니 놀라울 뿐이다.

지금은 현자의 돌을 만들다가 멈춘 상태이다. 브로도스의 노트는 불완전했고 그 역시 현자의 돌을 만든 것은 아니었다.

'연금술을 과학과 결합한다면 가능하지 않을까?'

오열이 연금술사라는 것이 주요한 동력이긴 했지만 그가

만드는 것 대부분은 과학의 도움을 받았다. 지금 사용하고 있는 탈룸─티탄RA 흡입기도 연금술과 과학을 결정체였다.

오열은 켈베로스를 처치한 마당에 급할 것은 없었다. 이영 공주와 번갈아 가면서 접속해도 늦지 않다. 메르데스는 몬스터를 창조해 낼 수 있지만 물리적 힘은 사용할 수 없다. 모두 헤데스 신전에서 신의 힘을 봉인당한 탓이다. 게다가 에어부스터를 작동하여 지상으로 갈 수도 있다. 그때마다 마법배낭을 이용하여 수북이 쌓여 있는 생명에너지를 운반하면 많은 돈을 벌 수도 있다. 메르데스는 오열에게 에너지 공급원 그 이상이 될 수 없는 상황이다.

"공주님, 먼저 나가서 좀 쉬십시오."

"네, 그렇게 해야 할 것 같아요. 미안해요, 오열 님."

"아닙니다, 공주님."

이영 공주는 아무 말도 하지 않고 있었다. 메르데스 신이 그녀를 무시한 탓도 있지만 그녀는 극도로 피곤한 상태였다. 일주일에 한 번씩 접속을 해제하였기에 지금도 서 있으면 잠이 쏟아지곤 했다. 이렇게 3년을 버텨왔다. 오열에게는 늘 있는 일이다. 땅굴을 파고 혼자 광물을 채취할 때와 비교하면 지금의 상황이 나쁘다고는 할 수 없었다. 다만 아만다가 싫어하는 것을 제외하면 나쁠 것이 전혀 없었다.

─이봐요, 우리 협상해요.

"너, 애초에 되돌아갈 마음이 없었구나?"

—그건 아니에요.

—히히히, 맞다. 나와 메르는 둘이지만 하나다. 메르가 나와 다른 생각을 한다고? 히히, 말도 안 돼.

—너, 입 다물지 못해?

—히히, 재밌다, 재밌어.

오열은 메르와 데스가 싸우는 것을 지켜보며 머리를 굴렸다. 뭔가 방법이 있을 것 같기는 하지만 신중해야 했다.

'일단 이 녀석 세포를 채집해서 분석하는 게 낫겠어. PMC가 분석은 알아서 해주겠지.'

오열이 굳이 모든 것을 할 필요는 없었다. 서로 잘하는 것을 하면 된다. 그런 면에 있어서 PMC의 능력을 충분히 이용할 필요가 있었다.

'급할 것은 없지.'

물론 지하에서 지낸다는 것은 괴로운 일이다. 하지만 쉽게 이들의 요구를 들어주기에는 억울했다. 단지 호기심을 충족시키려는 철없는 신의 장난에 얼마나 많은 사람이 죽어갔는가. 신이라 소멸시킬 수는 없지만 괴롭게 만들고 싶었다.

'분명 현자의 돌에 반응했어. 현자의 돌은 연금술사에게 영원불멸의 힘으로 알려졌지만, 그 이상의 힘을 가지고 있는 것 같아. 이들의 약점이 될 수도 있어.'

오열은 거대 나무에서 샘플을 채취해 상자에 담았다. 신이라고 하지만 이렇게 유형화된 존재로 나타났다면 분석하지 못할 것은 없다.

─뭐 하는 것인가요?

메르가 오열의 이런 행동에 민감하게 반응했다. 오열은 그런 그녀의 행동에 피식 웃었다. 착한 척하지만 아주 영악한 신이다. 대놓고 인간에게 악한 행동은 하지 않지만 그렇다고 인간에게 동정심을 가지고 있는 신도 아니었다. 선의를 가지고 대할 필요가 없는 존재.

"그냥 기념으로 간직하려고. 신경 쓰지 마."

─…….

메르가 눈을 흘기며 공중에서 한 바퀴 돌더니 사라졌다. 데스도 그녀를 따라 사라졌다. 그 모습을 보고 오열은 또다시 힌트를 얻었다.

창조신의 봉인. 그것이 가볍지 않다는 것이다. 분명 스스로 말하지 않았던가.

한계.

창조신에 맞먹을 정도로 강한 힘을 가진 존재이던 메르데스가 한낱 인간에게 선의를 베풀 리가 없다.

오열은 수북이 쌓인 생명에너지를 마법배낭에 담았다. 무한한 카오스에너지를 간직한 존재인 거대 나무에서 에너지를 뽑아내고 있었다.

신이지만 그 본원적인 힘을 가진 봉인당한 메르데스는 본래의 힘을 간직하려고 노력했다. 카오스에너지의 농도를 낮춘다는 말은 다시 말해 메르데스 신을 봉인한 힘이 결국 카오스에너지라는 뜻이다. 그러하기에 메르데스가 오열을 용납하고 있는 것이기도 했다.

아무리 힘을 봉인당했다고 해도 명색이 신이다. 발악한다면 오열을 어떻게 하지 못할 리가 없다. 그런데도 방치하는 것은 오열이 아바타라 얻는 것이 없다는 판단이다.

그렇게 시간이 흘러갔다. 이영 공주가 다시 접속했고, 오열은 에어부스터를 작동하여 크레이터를 나왔다. 3년 동안 걸은 길을 단 4일 만에 나왔다. 그럴 수밖에 없었다. 메르데스가 있는 지저의 중앙에 도달하는 데는 3년이나 걸렸지만 그중 대부분의 시간은 카오스에너지를 없애는 데 투자했다. 그러하기에 나오는 데는 얼마 걸리지 않은 것이다.

*　　　*　　　*

"이게 뭡니까?"

PMC의 이진영 총괄부장이 오열이 내민 샘플을 보며 물었다.

"최종 보스의 생체 중 일부입니다. 성분 분석을 부탁합니다."

"그래요?"

이진영은 샘플을 부하 직원에게 넘겨주고는 옆에 있는 장일성 소장을 바라보았다.

"어떤가?"

장일성 소장이 오열을 보며 물었다.

"성분 분석이 어떻게 나오느냐에 따라 다를 겁니다. 최종보스는 힘을 봉인당한 상태입니다. 힘을 되찾기 전에 없애야합니다."

"그런가? 카오스에너지가 옅어졌지만 여전히 메탈사이퍼는 출입할 수가 없었네. 자네가 만든 그 특수금속이 아니면 안 될 것 같아."

장일성 소장은 말을 하고 나서 나지막하게 한숨을 내쉬었다. 나라의 운명, 그리고 지구의 운명이 일개 개인에게 달렸다는 것이 마음에 들지 않은 것이다. 이는 그가 오열을 싫어해서 그런 것은 아니었다. NSA를 총괄하고 있는 그의 입장에서는 아무것도 할 수 없다는 것이 답답했다.

"최대한 빨리 분석을 마치도록 하지."

"네, 그러셔야 할 것입니다."

"흠."

장일성 소장은 다시 나지막하게 신음을 터뜨렸다.

오열은 PMC와 메탈드워프의 도움을 받아 새로운 물질을 만들었다. 그리고 전세계에서 몰려든 학자들의 도움을 받았다. 수백 명의 과학자가 일사불란하게 연구에 임했다.

―연금술사, 몬스터 생성의 비밀을 알아챈 듯.

―수백 명의 과학자가 몬스터의 생체 분석에 매달려.

―연금술사, 진실에 접근한 듯.

―몬스터브레이크, 올해는 없을 것이라고 몬스터 학자들이 예측하다.

전 세계의 매스컴이 일제히 보도하기 시작했다. 급격하게 줄어든 카오스에너지의 영향을 받아 던전 내의 몬스터의 리젠도 매우 느려졌다. 이런 상황에서 대단위의 몬스터 침공은 없는 것이 정상이었다.

―전 세계의 크레이터, 하나로 연결된 듯. 거대한 지하세계가 존재하다.

언론은 매일 특종을 토해냈다. 특급 보안을 요하는 사실도 공공연하게 보도되곤 했지만 아무도 그것을 이상하게 생각하지 않았다. 언론이 공개하는 것은 인류의 미래와 연관된 것들이다. 인간이라면 알 권리가 있었다.

오열은 크레이터로 만들어진 지하세계와 지상을 오가며 착실하게 준비했다. 그러는 사이 아만다는 뮤란트 대륙의 아바타에 접속하여 브로도스를 만났다. 이유는 현자의 돌.

브로도스는 오열의 편지를 받고 현자의 돌의 술식을 전해 줬다.

"도저히 더 이상은 연구할 수 없네."

브로도스는 뛰어난 마술사이자 연금술사이긴 하지만 불세출의 천재는 아니었다. 그러하기에 끝내 현자의 돌을 만들 수 없었다. 이는 오열도 마찬가지였다. 그는 평범함 그 자체. 그는 자신이 할 수 없는 것은 무조건 PMC에 넘겼다. 그 때문에 바빠진 것은 과학자들이었다.

지이이잉.

오열은 핸드폰이 울리는 것을 보고 수화기를 집어 들었다. 장일성 소장이다.

통화 버튼을 누르자 허공에 홀로그램이 펼쳐졌다.

[오열 군, 기쁜 소식이 있네.]

장일성은 오열의 대답도 듣지 않고 말했다.

[왕립과학연구소에서 자네가 의뢰한 몬스터의 세포를 분석했을 뿐만 아니라 대응 물질도 알아냈네.]

"네?"

[몬스터의 세포를 분석하면 해당 몬스터를 무력화시킬 수 있는 대응체를 만들 수 있지만, 그동안 하지 않은 이유는 의미가 없었기 때문이네. 대체로 이렇게 만들어지는 대응체는 고가일 뿐만 아니라 용량도 한정되기 때문이지. 던전의 몬스

터는 메탈사이퍼가 훌륭하게 사냥해 오기도 했고 말일세.]

"굉장하군요. 어떻게 그것을 가능하게 만들었나요?"

[그 몬스터가 나무형 몬스터라고 하지 않았나?]

"그렇습니다. 아주 거대한 나무죠."

[하하, 식물은 물론 동물 등 모든 생명체는 혈액의 순환이 제대로 되지 않으면 고사하고 마네. 우리는 식물응고제에서 몬스터를 무력화시킬 수 있는 방법을 찾았네.]

"아!"

오열도 들은 기억이 났다. 정부가 특정 몬스터를 약화시킬 수 있는 응고제를 수십 년 동안 연구해 왔다는 것을. 이런 연구는 대부분 효용 가치가 없었다. 이것이 가능하다고 해도 몬스터의 생체방어막 때문에 사용할 수 없다. 그리고 생체에너지 막이 무력화되면 굳이 항응고제가 필요 없다. 그때는 메탈사이퍼가 그냥 잡으면 된다.

"이제 해결되었군요."

오열은 빙그레 웃었다. 인류를 위험에 빠뜨린 장난꾸러기 신에게 빅 엿을 먹일 때이다.

뮤란트 대륙이라면 과학이 발달하지 않았기에 이런 복수를 할 수 없었지만 지구는 달랐다.

오열은 PMC가 준 응고촉매제를 가지고 날아갔다.

거대한 나무.

메르데스는 단 두 번 나타났을 뿐 더 이상 현현하지 않았다.

'나타나지 않고는 못 배기겠지.'

오열은 혈액응고촉진제를 거대 나무에 꽂았다.

끄르르륵.

워낙 거대한 놈이라 20L를 넣어도 아무 반응이 없었다. 하지만 오열은 피식 웃었다. 마법배낭에 가득한 것이 이 혈액응고촉진제다.

콸콸.

혈액응고촉진제가 계속 들어갔다. 한쪽에는 다섯 기의 탈룸―티탄RA가 카오스에너지를 생명에너지로 만들고 있다.

세 시간이나 들이붓고서야 반응이 왔다.

―인간, 무슨 짓이지?

데스가 험악한 얼굴로 나타났다.

"네가 피곤한 것 같아서 쉬라고."

―뭐, 뭐라고? 난 하나도 안 피곤하다. 그, 그만해라. 그렇지 않으면 가만히 두지 않겠다.

오열은 데스의 얼굴을 바라보았다. 얼굴에 피곤함이 역력하다. 혈액응고촉진제가 효력을 발한 것이 분명했다.

이런 혈액응고촉진제는 무한정 만들 수 있다. 굳이 아낄 필요가 없었다.

크르릉!

허공에서 공간이 갈라지면서 몬스터 한 마리가 튀어나왔다. 하지만 몬스터는 바하렐보다 작고 위압적이지도 않았다.

그러니 오열이 두려워할 이유가 없었다.

―인간, 멈춰라.

"조금 더 너를 도와줄게."

―안 돼! 멈춰라! 미켈로스가 너를 막을 것이다!

"저 녀석이?"

―광휘의 축복!

신의 빛이 가루처럼 떨어져 내려와 미켈로스의 몸에 닿았다.

―철혈의 바디!

검은색 빛이 화살처럼 날아갔다. 오열은 상황이 나빠지는 것을 느끼곤 벌떡 일어나 탈룸나이트를 빼어 들었다.

오러블레이드가 몬스터의 몸에 날아가 부딪쳤다.

펑!

허접하게 보이던 몬스터의 몸이 다이아몬드처럼 단단해졌다. 100만 KP의 위력을 가진 검이다. 그 검 위에 맺힌 오러는 엄청난 위력을 가진다. 그런데도 미켈로스는 가볍게 막아냈다.

'역시 오러가 통하지 않는군.'

오열은 바짝 긴장했다. 이놈만 잡으면 된다. 이것은 메르데스의 마지막 힘이라고 보면 된다. 지금 이 순간에도 메르데스는 점점 약해지고 있었다. 어떤 생물도 혈액이 응고되면 살 수 없다. 간단하다. 생물체는 숨을 못 쉬거나 혈액이 안 돌면 죽는다. 물리적 힘을 전혀 행사할 수 없는 메르데스는 몬스터를 동원하여 막아야 하는데 카오스에너지를 빼앗기고 있는 그로서는 어떻게 할 도리가 없었다.

오열은 메르데스의 축복을 받은 미켈로스에 굳이 대항하려 하지 않았다. 시간은 많고 버프의 시간은 짧다.

크아아아앙!

미켈로스가 화가 나는지 날뛰었다. 오열은 슬쩍슬쩍 뒤로 물러났다. 이는 켈베로스를 상대했을 때와 같은 수법이다. 하지만 몬스터는 본능에 의존하는 생명체다. 전략과 전술이 있을 리 없다. 또한 이성조차 없다. 어그로를 한껏 끌고는 메르데스에게서 멀어지게 했다.

―미켈로스, 돌아오라.

메르데스가 명령을 내리자 미켈로스가 공격을 멈추고 돌아가려고 고개를 돌렸다. 하지만 오열은 그런 미켈로스를 가만두지 않았다. 가장 강력한 오러를 날렸다.

펑!

주르륵.

미켈로스가 뒤로 10여 미터가 밀려나자 오열은 더욱 마나의 강도를 높여 공격했다. 미켈로스가 피하려고 했지만 소용이 없었다. 신의 축복을 받아 데미지를 별로 받지 못했지만 그렇다고 완전히 물리적 데미지를 받지 않는 것은 아니었다. 특히 에너지파가 물리력을 행사했다.

오열의 공격에 미켈로스는 퇴각하지도 못했다. 공격을 받은 미켈로스는 반격을 안 할 수 없었다. 그렇게 시간이 지나갔다.

카아아아앙!

마침내 미켈로스의 몸이 오러블레이드에 머리에서부터 발까지 두 조각 났다.

위이이잉!

그때였다. 메르데스가 마지막 발악을 하려는지 그의 거대한 몸에서 이상한 소리가 났다. 엄청난 크기의 나무가 바람도 불지 않았는데 부르르 떨었다.

―이놈, 가만두지 않겠다!

엄청난 소리와 함께 하늘에서 번개가 내리쳤다.

번쩍!

신의 진노가 포함된 선더가 오열의 몸에 직격하려는 순간,

왼손에 착용한 팔찌가 좌르르르르륵 소리를 내며 오열의 몸을 감쌌다.

번쩍.

펑!

치이이익!

유황 냄새가 코끝에 가득하다. 오열은 달려갔다. 하늘에서는 새로운 선더가 생성되고 있었다.

'저기로군.'

오열은 나무의 중앙에 붉게 타오르는 에너지의 결정체를 보며 빙그레 웃었다.

"에어부스터 온."

명령어가 나오자 에어부스터가 굉음을 내며 작동하기 시작했다.

부아아앙!

오열은 나무로 날아가 주먹을 휘둘렀다.

펑!

움찔.

퍽!

-크윽.

메르데스가 신음을 터뜨렸다. 생성되던 선더도 깨져 사라진 순간 오열은 마법배낭에서 오로라가 넘실거리는 작은 돌을 꺼냈다.

-헉, 그것은 현자의 돌. 제발 그것을 사용하지 말아다오. 네가 요구하는 모든 것을 들어주겠다.

메르데스는 오로라 빛을 보자마자 기겁했다. 오열은 지난 두 달 동안 메탈드워프와 세계적인 과학자의 도움을 받아 새로운 형태의 현자의 돌을 만들었다. 현자의 돌이지만 불완전한 것이다.

"일단 넣을게."

오열은 주먹을 휘둘렀다.

퍽!

―크아아악!

메르데스가 비명을 질렀다. 식물성 혈액응고촉진제에 흥분하여 스스로 약점을 노출한 대가는 컸다. 신의 힘이 담긴 생체에너지 막도 헤데스 신전에서 얻은 신물을 막을 수는 없었다.

퍽! 퍽!

오열은 주먹을 수십 번 휘둘렀다. 그때마다 나무는 고통에 겨워 휘청거렸다.

'고통스럽나? 뻔뻔하구나. 인간은 더욱 고통스러웠다. 너도 소멸의 고통이 뭔지 알아야 해.'

오열은 이를 악물고 주먹을 휘둘렀다. 그때마다 나무의 표피가 찢겨나갔다.

"됐어!"

오열은 고통스러워하는 메르데스의 눈동자를 보며 빙그레 웃었다.

푹!

현자의 돌이 급소에 꽂혔다.

―크아아아악!

비명을 질러대는 메르데스를 뒤로하고 오열은 풀쩍 뛰어내렸다. 어린 여자아이와 남자아이의 형상을 한 메르데스가 두려움에 떨며 허공을 날아다녔다. 메르가 오열을 노려보며 소리를 질렀다.

―인간, 너도… 무사하지는… 못할 것이다!

"잊었어? 난 아바타야."

―억울하구나. 우리가 창조신도 아닌 인간에게 당해 소멸의 단계를 밟을 줄이야. 파괴의 혼돈이여, 임하라!

우르르르릉!

대지가 울리기 시작했다. 지하세계를 뒤덮고 있는 나무가 들썩였다.

우르르릉!

다시 지구의 한 축이 무너지기라도 한 듯 거대한 소리를 내며 지하세계가 마구 흔들렸다.

우르르르! 꽝!

지축이 흔들리던 것이 마침내 무너져 내리기 시작했다. 그것은 순식간이었다.

오열은 거대한 바위덩어리에 압사당했다. 100만 HP의 막강한 방어력도 소용이 없었다. 지축이 흔들리고 용암이 터져나왔다.

지구는 혼돈에 빠져드는 듯싶었지만 그 순간은 너무나 짧았다. 몇십 초도 안 되는데 수많은 건물이 무너져 내렸다.

오열은 그렇게 강제로 접속 종료 당했다.

*　　　*　　　*

—삐삐삐.

중환자실.

오열은 중환자실에서 코마에 빠져 깨어나지 못했다.

환자 옆에서는 아만다가 꾸벅꾸벅 졸고 있다.

오열은 아주 긴 꿈을 꾸고 있었다. 어린 시절 뛰놀던 뒷동산에서 연을 날리고, 밭에서 무를 캐 먹고, 냇가에서 물장구를 치고.

햇볕은 따뜻하고 바람은 상쾌했다.

드르륵.

문이 열리고 장일성 소장이 들어왔다.

"이 친구, 아직도 안 깨어났군."

장일성이 나지막하게 한숨을 내쉬었다. 오열은 영혼의 각인이 깨지면서 엄청난 충격을 받았다. 하지만 그렇게 큰 데미지는 받지 않았을 텐데 이상했다.

"아, 오셨어요."

꾸벅꾸벅 졸고 있던 아만다가 장일성 소장을 보자 일어나 맞이했다. 비록 중환자실이지만 위험한 것은 없었다. 생명유지장치마저 없다. 게다가 독방이다. 호텔 스위트룸보다 더 넓은 병실에서 아만다가 초췌한 얼굴로 오열을 내려다보았다. 초췌한 아만다와 달리 오열의 얼굴은 대단히 평안했다. 얼굴에 은근한 미소마저 어려 있다.

"이철 국왕께서 오열 군의 쾌유를 간절하게 바라십니다. 부인께서는 힘을 내시길 바랍니다."

"네, 고마워요."

아만다는 단단한 눈빛으로 오열을 바라보았다. 어린 시절부터 전쟁을 겪은 그녀다. 오열과 함께하기 위해 행성 워프까지 감행한 그녀는 오열이 아니면 이곳에 의지할 사람이 없다.

드르륵.

문이 열리고 오열의 모(母) 오수련이 들어왔다.

"아만다, 밥은 먹었니?"

오수련 여사는 장일성 소장은 보지도 않고 아만다를 걱정스럽게 바라보며 물었다. 그러다가 장일성 소장을 보고는 부산을 떨었다.

오열은 주위가 소란한 것을 느끼며 눈을 떴다. 그런데 눈꺼풀이 무겁다. 갑작스럽게 강한 빛이 들어오자 다시 눈을 감았다.

삐삐삐삐삐.

기계가 요란하게 울리자 아만다는 급히 오열을 바라보았다.

장일성이 급히 의사를 불렀다. 의사가 달려오는 사이 마침내 오열이 눈을 떴다.

"여보!"

"오열아!"

두 여자가 동시에 소리쳤다.

오열이 주위를 돌아보고 왜 여기서 이러냐는 표정을 지었다.

"하하하!"

장일성이 함박웃음을 터뜨렸다.

"자네, 한 달 만에 깨어난 거네."

"네?"

오열은 장일성 소장의 말에 깜짝 놀랐다. 한숨 자고 난 것이라고 생각했는데 한 달이나 지났다니.

"몬스터는 사라졌네."

"정말이요?"

오열은 침대에서 벌떡 일어났다.

"모두 자네의 덕이네."

말을 하면서도 장일성의 얼굴은 밝지 않았다. 몬스터는 동전의 양면과 같은 존재였다. 인류를 위협하는 동시에 인류의 에너지원인 마정석을 토해내었다. 그래서 오열의 업적에 대한 찬반이 컸다.

"정말 모두 사라졌어요?"

"완전히는 아니지만 대부분 사라졌네. 그리고 남은 몬스터 역시 리젠되지 않는다네."

"아!"

오열은 장일성 소장의 말을 이해했다. 메르데스 신이 물리력을 행사할 수는 없지만 새로운 생명체를 만드는 작업에는 탁월한 능력을 발휘했다. 그는 카오스에너지를 만들지는 않았지만 그것을 가장 잘 이용할 수 있는 존재였다. 그 존재가 사라졌으니 몬스터의 재생은 있을 수 없다.

오열은 이틀 뒤에 퇴원했다. 창밖을 통해 본 거리는 낯설었다. 일부 건물이 붕괴된 모습도 보였지만 많지 않았다.

'예상보다 피해가 적군.'

메르데스의 마지막 저주의 발악이 큰 영향력을 상실한 모양이다.

*　　　*　　　*

오열은 헤드라인 뉴스를 보며 피식 웃었다. 인간의 탐욕이라니.

―새로운 에너지의 증발, 연금술사가 책임져야……

―몬스터의 소멸은 인류에게 새로운 도전을 가져다주었다.

―인류는 다시 핵에너지 시대로 되돌아가는가?

―영웅적 행위를 한 연금술사, 드디어 코마 상태에서 깨어나……

몬스터가 사라지면서 이런 반응은 어쩌면 당연했다. 인간은 자기 것을 빼앗기면 예민해지는 법이다. 그러나 상관없다. 충분한 돈이 있고 마정석을 대체할 생명에너지의 재고도 많다. 아공간 마법배낭에는 그가 평생 사용할 마정석이 있다.

'정말 그 모든 카오스에너지가 사라졌을까?'

오열은 아니라는 생각이 들었다. 메르데스가 소멸당했지만 카오스에너지는 그대로 있다. 이미 봉인이 깨진 상태가 아니던가? 그리고 지저 세계가 붕괴되었음에도 피해가 너무 적었다. 뭔가 이해가 안 된다.

'뭔가 있어. 설마 메르데스가 죽지 않은 것은 아니겠지?'

오열의 머리가 빠르게 돌아갔다. 그리고 회심의 미소를 지었다. 카오스에너지는 사라지지 않았다. 석유처럼 지하에 파묻혀 있는 것이 틀림없었다.

오열은 부동산에 전화해서 도봉산 크레이터 지역을 매입하겠다고 했다. 몬스터가 사라진 도봉산 크레이터는 관광객에게 흥밋거리를 줄지는 모르지만 실소유자들에게는 아닐 것이다. 그의 예측대로 도봉산 일대의 매입은 순조롭게 진행되었다. 국가 소유의 산은 왕실에서 양도해 주었다.

'일단 땅을 파봐야지.'

땅속에 파묻혀 있는 아바타의 장비에는 최상급 마정석이 있다. 그것들만 해도 조 단위의 가치를 가졌다.

찾는 것은 아주 쉽다. 탐지기만 작동시키면 된다. 탈룸—

티탄RA의 구성 입자는 특이하다. 땅 좀 파서 1조를 번다면 안할 이유가 없었다.

'이제 메탈아머는 유물이 되는 건가?'

몬스터가 없으니 슈트가 필요 없었다.

*　　*　　*

ㅡ연금술사, 새로운 에너지원을 발굴하다.

ㅡ지하에서 다량의 카오스에너지 발견, 연금술사가 이를 채광하다.

ㅡ인류의 축복 생명에너지.

ㅡ인류는 다시는 원자력 시대로 돌아가지 않아!

오열은 도봉산에 있는 크레이터 지하에서 다량의 나무를 발견했다. 카오스에너지를 만들던 나무이다. 오열은 그것에서 카오스에너지를 채광했다. 이 채굴 작업에는 탈룸ㅡ티탄RA 관이 사용되었다.

몬스터가 사라지면서 정치체계도 달라졌다. 더 이상 강력한 중앙집권적 권력 구조가 필요 없게 된 것. 이철 국왕은 정치에서 물러나 상징적인 존재로 남기로 선언했다. 총리는 여전히 국왕에게 충성 서약을 하지만 정치적 책임이 없는, 그야말로 존경 그 이상의 의미가 없는 것이었다.

오열은 빙그레 웃었다. 세계 최고 부자가 된 것이 기쁜 것이 아니다. 몬스터가 없는 것이 기분 좋았다.

마정석은 소량이지만 여전히 공급되었다.

어떻게?

뮤란트 대륙에 있는 지니어스23호를 통해 몬스터 사냥을 해서 마정석을 지구로 워프시켰기 때문이다. 이런 이유로 뮤란트 대륙에는 아바타가 다시 많아졌다. 메탈사이퍼들이 뮤란트 대륙으로 가서 몬스터 사냥을 한 것이다.

오열은 아만다의 손을 잡고 흘러가는 구름을 바라보았다.

"여보, 우리 아기 언제 생겨요?"

"글쎄, 언젠가 생기겠지. 심심하면 입양이라도 하지."

장난스런 대답에 오열은 아만다에게 한 대 맞았다.

"어떻게 입양을 심심하다고 해요?"

"그럼 진지하게 생각하고 하면 되잖아."

"그럼 열 명 정도 입양할게요."

"안 돼."

"당신이 하라고 했잖아요. 아버님께 이를 거예요."

"끙."

오열은 아만다의 말에 입을 다물었다. 어떤 이유인지 아만다는 임신을 하지 못한다. 장난처럼 대답했지만 입양을 생각해야 할 시점이었다.

"열 명은 많으니 일단 세 명 정도만 하자."

"네, 여보."

선선히 대답하는 아만다를 보며 오열은 자신이 당했다는 생각이 들었다. 그래도 좋았다. 사랑 하나만 보고 행성을 워프해 온 아내가 아닌가.

"우리 영원히 살까?"

"어떻게요?"

오열의 말에 아만다가 대답했다. 인간은 죽는다. 신이 아니니까.

"이번에는 현자의 돌을 완벽하게 만들 수 있을 것 같아."

"현자의 돌이요?"

"우리 오랫동안 행복하게 살자."

"네, 여보."

오열은 아만다의 손을 잡고 하늘을 바라보았다.

구름 한 점 없는 푸른 하늘이었다.

『영웅2300』 완결

초대형 24시 만화방

신간 100%, 샤워실, 흡연실, 수면실(침대석), 커플석, 세탁기 완비

■ 강북 노원역점 ■

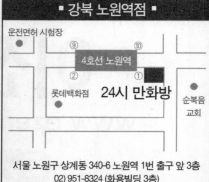

서울 노원구 상계동 340-6 노원역 1번 출구 앞 3층
02) 951-8324 (화용빌딩 3층)

■ 일산 정발산역점 ■

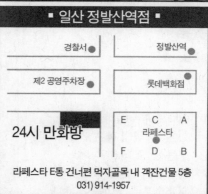

라페스타 E동 건너편 먹자골목 내 객잔건물 5층
031) 914-1957

■ 일산 화정역점 ■

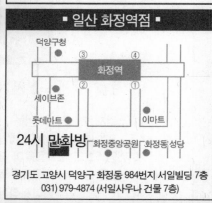

경기도 고양시 덕양구 화정동 984번지 서일빌딩 7층
031) 979-4874 (서일사우나 건물 7층)

■ 부천 역곡역점 ■

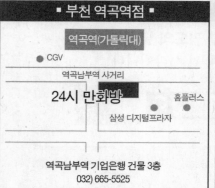

역곡남부역 기업은행 건물 3층
032) 665-5525

■ 부평역점 ■

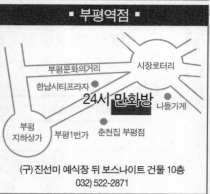

(구) 진선미 예식장 뒤 보스나이트 건물 10층
032) 522-2871

이계진입 리로디드

임경배 퓨전 판타지 소설

FUSION FANTASTIC STORY

『권왕전생』임경배의 2015년 신작!

『이계진입 리로디드』

**왕의 심장이 불타 사라질 때,
현세의 운명을 초월한 존재가 이 땅에 강림하리라!**

폭군으로부터 이세계를 구원한 지구인 소년 성시한.
부와 명예, 아름다운 연인…
해피엔딩으로 이야기는 끝인 줄 알았건만
그 대가는 지구로의 무참한 추방이었다.
그리고 10년 후……

"내가 돌아왔다! 이 개자식들아!"

한 번 세상을 구한 영웅의 이계 '재'진입 이야기!

Book Publishing CHUNGEORAM

유행이 아닌 자유추구 -
WWW.chungeoram.com

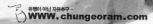

박선우 장편소설
FUSION FANTASTIC STORY

Wonderful Life

멋진 인생

태어나며 손에 쥔 것이라고는 가난뿐.

그러나 내게는 온몸을 불사를 열정과
목숨처럼 소중한 사랑이 있었다.

『멋진 인생』

모두가 우러러보는 최고의 직장이자 가장 치열한 전쟁터,
천하그룹!

승진에 삶을 바친 야수들의 세계에서 우뚝 서게 되는
박강호의 치열하지만 낭만적인 이야기!

Book Publishing CHUNGEORAM

유행이 아닌 자유추구
WWW.chungeoram.com